나를 좋아하는 건 너뿐이냐③

You're
the only
one who
likes me

라쿠다 지음
브리키 일러스트
한신남 옮김

츠바키 / 요우키 치하루

우리 반에 나타난 전학생. 별명의
유래는 본명을 조합하면 '츠바키
(椿)'가 되기 때문. 전학 첫날에 내
손등에 키스를 하고 '내게 봉사를
하고 싶다'고 말하는 펑키한 소녀.

"실은 소생,
오늘은 실수로,
점심을 많이
만들어 와서…
괘, 괜찮다면,
키사라기 공이
드셔 주셨으면
하는
마음이올시다!"

코스모스 / 아키노 사쿠라

나의 선배이자 학생회장. 쿨한 외모로 교
내의 평판도 높은 우등생이지만, 사실은
꽤나 덤벙쟁이에 소녀틱. 극도로 긴장하
면 사무라이 어조가 된다.

"이번 테니스 시합,
죠로도 응원하러 와!
나 열심히 할 테니까!"

히마와리 / 히나타 아오이

내 소꿉친구. 테니스부의 에이스로 운동 신경만큼은 발군인, 행동이 조금 가벼운 녀석. 이제 곧 전국대회 예선이 있는 모양인지 아침저녁으로 연습에 힘쓰고 있다.

"내 보물이야.
아주 좋아하는
책이니까
당신도 읽어
봤으면 해."

팬지 / 산쇼쿠인 스미레코

어째서인지 나에게만 독설, 땋은 머
리 & 안경인 도서실의 주인. 안경을
벗고 머리를 푸르면 내 취향의 미인
이 되지만… 그 기회는 전혀 없다고
해도 좋다.

c o n t e n t s

3

You're
the only
one who
likes me

나를
좋아하는
건 너뿐
이냐

라쿠다 지음
브리키 일러스트
한신남 옮김

eXtreme novel

프롤로그　나는 딱히 신경 쓰지 않는다

　어느 날 방과 후, 나―죠로＝키사라기 아마츠유가 가방을 들고 일어나려는 찰나에 근처에 서 있는 두 남학생이 마치 노리기라도 한 듯한 타이밍으로 대화를 시작했다.

　"있잖아. 우리 학교에서 제일 귀여운 여자애는 누구라고 생각해?"

　"어? 제일 귀여운 여자애? 으음~! 고민되네~⋯. 생각 좀 해볼 테니까 기다려."

　"OK!"

　저건 축구부의 α군과 럭비부의 β군이로군.

　흠. 이 학교에서 제일 귀여운 애라⋯. 너무 흔해 빠져서 재미라곤 없는 이야기지만, 왠지 관심이 가는데⋯. 좋아, 저들의 대화를 들은 뒤에 도서실에 가도록 할까.

　그렇게 해서 일어서려던 것을 중지하고 다시 착석.

　"⋯좋아! 정했다! 내가 제일 귀엽다고 생각하는 사람은 우리 반의 히마와리야!"

　30초 정도 생각한 끝에, 럭비부 주제에 부드러운 어조의 β군이 도달한 대답은 히마와리.

그래. 타당한 대답이야. 내 소꿉친구인 히마와리＝히나타 아오이는 분명히 예쁘다.

나이보다 다소 어려 보이는 외모지만, 여유롭게 허용 범위. 살짝 바보 같은 부분은 마이너스가 아니라 솔직하고 밝은 여자애라는 플러스로 느껴질 수 있는 미소녀다.

"히마와리라. 응, 히마와리는 귀엽지. …하지만 내 생각은 다른데~"

"헤에~ 그럼 아루후와는 누가 제일 귀엽다고 생각하지?"

아니, 아루후와라니 성도 참 특이하네. 처음 들었을 때는 깜짝 놀랐어.

"물론! 당연히 학생회장 코스모스 선배 아니겠습니까! 어른스럽고 다정하며, 게다가 가슴도! 그렇게 멋져도 되는 겁니까?! 됩니다! 크으~!!"

카비라 씨[*] 같은 캐릭터의 확립을 노리면서 축구부의 α군＝아루후와가 주먹을 움켜쥐었다.

음. 그쪽도 타당한 대답이야. 학생회장인 코스모스＝아키노 사쿠라는 분명히 예쁘다.

어른스러운 외모, 학생회장을 맡을 만큼 똑똑하고, 또 그런 실

※카비라 씨 : 카비라 지에이. 일본 오키나와 출신의 배우, 스포츠캐스터. '됩니다!', '크으~' 등 많은 유행어를 남겼다.

력을 가졌음에도 불구하고 콧대 높아지는 일 없이 모두에게 격식 없이 대하는 마음씨 착한 미녀다.

귀엽다기보다는 아름답다는 말이 잘 어울리지만, 그들의 대화에서 그건 똑같은 카테고리겠지.

참나…. 히마와리와 코스모스라는 우리 학교의 양대 아이돌은 인기가 전혀 시들지 않는군.

"코스모스 회장이라~ 응, 미인이지. 히마와리와 회장 중 누가 더 낫냐고 한다면 나는 히마와리라고 하겠지만, 아루후와의 마음도 이해가 돼!"

"역시나 베에타! 너라면 그렇게 말해 줄 거라고 믿었어! 크으~!!"

이쪽도 몇 번을 들어도 신기한 성이다. 그리고 아루후와, 너 정말 집요하다.

"그럼 베에타. 반대로 묻겠는데, 우리 학교에서 제일 귀엽지 않은 애는 누구일까?"

"귀엽지 않은 애? 으음… 고민되네~"

베에타, 다음 발언에는 주의가 필요해.

주위를 잘 살펴봐. 교실에 남아 있는 여자애들이 카리스마 그룹을 중심으로 귀를 쫑긋 세우고 서서히 너희를 포위하고 있어.

즉, 여기서 베에타가 우리 반 여자애의 이름을 꺼냈다간… 그들은 교실이라는 좁은 사회에서 말살당하고 말겠지. 나무아미

타불.

우왓! 카리스마 그룹 잠정 리더, A코의 얼굴이 무진장 무서운데요!

눈을 마주치지 않도록 하자….

"나는 이미 정했어! 그러니까 네 대답을 기다릴 뿐이야! 크으~!!"

"알았어! 아니, 나도 준비 만반! 이왕 이렇게 된 거 동시에 말해 보지 않을래?"

"알겠습니다그려!"

무지란 무섭소이다그려.

자신들 바로 옆에 죽음이 다가오고 있다고는 전혀 알아차리지 못한, 철없는 미소가 빛나는구나.

""하나, 둘….""

아주 잠깐의 침묵 뒤에, 당사자도 아닌데 침을 꿀꺽.

""산쇼쿠인 스미레코!""

아…. 응, 그 녀석이라면 너희의 운명은 끝나지 않아. 사회적 사망은 면했어.

여자애들도 어딘가 김샌 얼굴을 하면서 너희의 포위망을 풀었고.

왜냐면 녀석은 다른 반, 그것도 친구도 거의 없는 도서위원 여학생이니까.

뭐, 이것도 타당한 대답이로군. 도서위원인 팬지＝산쇼쿠인 스미레코는 분명히 귀엽지 않다.

빨래판처럼 평평한 가슴. 믿기지 않을 만큼 두꺼운 렌즈의 안경. 그리고 아주 촌스러운 땋은 머리.

어떤 의미로 흔히 눈에 띄는, 매우 투박한 여자다. 그들이 제일 귀엽지 않다고 평하는 것도 이해된다.

"그렇지! 난 작년에 산쇼쿠인하고 같은 반이었는데, 정말로 크으~ 어두운 애였어!"

거기서 카비라 씨 도입?! 제법이군, 아루후와.

하지만 그 정보는 다소 빗나갔다. 녀석은 친한 사이가 아니면 말하지 않을 뿐이야.

도서실에서 친구들과 있을 때는 말도 잘하고, 어둡지도 않아.

"나는 다른 반이었으니까. 아, 하지만 산쇼쿠인의 이야기라면 자주 들었어. 말을 붙여도 한두 마디 대답으로 끝내서 붙임성이 없다고도 하고, 협조성도 전혀 없다더군. 하지만 그 이야기를 듣고 생각한 건데, 녀석은 혼자 멋대로 자기가 잘났다고 착각하고 다른 사람들을 뒤에서 비웃는 타입 아닐까? 사실은 자기가 비웃음을 산다는 것도 모르고! 푸푸푸푸푸…."

베에타. 그 정보도 틀렸다. 녀석은 다른 이들을 비웃지 않아.

이상하게 나만 놀리고 매일 독설을 퍼붓는다는 게 정답이야.

"나도 그렇게 생각해! 산쇼쿠인은 분명히 성격이 못됐어! 눈에 안 띄고, 음울하고…. 정말이지 좋은 데가 없어!"

"아하하하하! 시험에서 백 점을 받는 것보다도 그 애의 장점을 찾는 게 어렵지! 산쇼쿠인 스미레코의 장점을 열 개 들 수 있다면 도쿄대 합격도 확실! 이라고 할 수 있어!"

흠. 이걸로 녀석들의 대화는 대충 끝났으니 이번에야말로 가방을 들고 기립.

"…어디, 슬슬 가 볼까."

※

복도를 지나 계단을 올라가서 조금 큰 문을 열자, 거기는 도서실.

접수처에 있는 땋은 머리에 안경─팬지가 평소처럼 투박한 모습으로 내 옆으로 다가왔다.

"안녕, 죠로. …어머? 그 얼굴은 왜 그래? 빨갛게 부어서 아파 보이는데? 누구한테 맞기라도 했어?"

"하찮은 소리를 지껄이는 놈들이 통행에 방해되기에 가방을 휘둘렀다가 얻어맞았다. 이상."

"그래. 그럼 찜질이라도 하도록 해. 해 줄까?"

"됐어. 이런 건 놔두면 나아. 그러니까 팬지는… 신경 쓰지 마."

"……? 마지막 말이 왠지 마음에 와 닿는데, 무슨 일 있었어?"

"내가 도쿄대에 확실히 합격할 수 있다는 걸 알았을 뿐이야."

"머리를 세게 맞았나 보네. 그럼 다시마를 붙이도록 해. 붙여 줄까?"

"그쪽의 의미*냐! 내 두피에 문제는 없어! 머리숱도 이렇게 많아!"

"현실에서 도피하는 건 당신의 안 좋은 버릇이야."

그렇게 내가 위험했어?! 처음 듣는 소리긴 해도 꽤나 동요하게 되는데?

"하지만 안심해. 당신의 머리를 지키기 위해서 어쩔 수 없이 오늘도 무릎베개를 해 줄게."

"오늘도란 말은 뭐야, 오늘도란 건! 내가 매일 네 무릎을 베는 것도 아니고, 바란 적도 없어!"

"그랬지…. 딱 한 번 해 준 이후로 허벅지가 아니면 흥분할 수 없는 죠로는 버릇 들 것 같으니까 부끄럽다는 듯이…."

"내가 언제부터 허벅지 성애자가 됐는데? 그것보다는 오히려 가스…… 됐어."

"가스미가세키 역에 흥분하다니, 꽤나 특수한 취향이네. 어쩌다 그렇게 되었을까?"

"이제 됐다고 했잖아! 대체 왜 그렇게 되는데?!"

※그쪽의~ : 탈모에는 다시마 가루를 이용한 팩이 효과가 있다고 한다.

왜 내가 도쿄 치요다 구에 있는 가스미가세키 역에 성적 흥분하는 이상한 남자가 되었지?!

참나…. 대체 어느 쪽의 머리가 이상한 걸까.

오늘도 여전히 밝고 잘 떠들고 붙임성 좋게 나를 놀려 대는군….

"…얼른 독서 스페이스로 가자."

"알았어."

이 이상 이 녀석과 어울리면 나도 뇌가 이상해질 것 같기에, 이야기를 강제로 끝내고 독서 스페이스로. 당연하지만 타박타박 따라오는 팬지. 완전히 배후령이다.

여엉차~

"그러면 **그렇게 된** 경위를 자세히 들려주겠어?"

빨라! 내가 의자에 엉덩이를 붙인 순간, 이야기를 꺼냈다!

"그렇게 되긴 뭘…. 대단한 것도….

"가치관의 차이야. 나한테는 대단한 일이야. 참 이상한 일에 휘말려 들었어."

으음…. 그렇게 말한다면 대답할 말이 없다.

점심시간에 일어난 사건에서 누가 제일 잘못했느냐고 묻는다면, 그건 틀림없이 나다.

나는 배경 캐릭터니까 괜찮다며 멋대로 나댄 결과로 사건이 발생했고, 팬지나 다른 녀석들을 성대하게 끌어들였다.

하아…. 자업자득이니까 별로 말하고 싶지 않은데….

하지만 저항해 봤자 억지로 말하게 될 테고…. 포기하자….

"그럼 들려주지. 나와 오늘 온 전학생―요우키 치하루에게 무슨 일이 있었는지를."

나의 하렘이 완성되고 붕괴했다

제 1 장

지금 내 앞에 한 여자가 서 있다.

앞머리를 일자로 가지런하게 자른 생머리. 굳세어 보이는 눈동자에는 엄격함이 떠돌고, 키는 여자의 평균 신장보다 조금 크며, 가슴은 슬프게도 앞머리와 비슷하게 일자. 히마와리 미만이다.

상당히 아쉬운 부분이 다소 있지만, 그래도 충분한 미인… 오늘부터 우리 반이 된 전학생인 요우키다.

그런데, 그런 전학생 요우키 말인데, 상당히 펑키한 사람이었다.

얼마나 펑키하냐면 말이지. 전학 첫날, 인사를 할 때 느닷없이 내 앞으로 다가오더니,

"앞으로 성심성의껏 봉사할게. 잘 부탁해."

라는 영문 모를 말과 함께, 시작부터 내 손등에 키스를 할 정도다.

…아니, 이게 대체 어떻게 되어 먹은 전개야?

손등이 아니라 뺨이나 입술이라도 괜찮았을지 모른다.

어쩌면 키스까지는 아니더라도, 그녀가 사실은 부모들끼리 정한 나의 약혼녀라든가, 과거에 장래를 약속한 남녀라든가, 열쇠를 펜던트로 만들어서 가지고 있다든가….

배리에이션은 여러 가지지만, 장르로서 통일하자면 한 가지.

말하자면 나에게 전학생 이벤트가 발생했다는 소리다.

훗. 언제 어떤 때라도 러브 코미디에 돌입할 마음의 준비를 해두길 잘했군.

이 경우의 대처법은 알고 있겠지? 모두가 사랑스럽다고 생각할 수밖에 없는, 티 없는 눈동자로 "어어… 무슨 소리?"라고 더듬거리면 되는 거지?

하하핫! 그 정도야 껌이지, 껌! 여유만만하게….

"히이이이이이이이익!"

할 수 있을 리가 없잖아! 재빨리 손을 거두고 비명을 질렀어!

뭐야, 이 녀석?! 갑자기 손등에 키스를 하다니, 뇌 구조가 분명히 이상해!

"너, 그 태도는 너무하지 않아?"

내 겁먹은 기색에 눈썹을 꿈틀 움직이며 의아한 표정을 짓는 당신에겐 미안하지만, 그쪽의 행동에 문제가 너무 많다. 아니, 문제밖에 없다.

"아, 아니…. 보통 그런 건 안 하잖아?"

"그럴 리 없잖아."

"그럴 리 있다고!"

네가 아는 전학생은 아는 얼굴이 있으면 일단 손등에 키스를 하냐?!

애초에 나는 네가 누구인지도 모르는데!

"으음. 나는 아버지에게 예전부터 '봉사해야 할 상대가 있거든 일단 그 상대의 손등에 입술을 대고 자기 마음을 밝혀라'라고 배웠으니까 그렇게 했는데. …이상하군."

어디의 영국 귀족이냐! 이상한 건 네 아버지의 교육 방침이다!

아무리 좋게 보려고 해도 오해를 사는 행위잖아! 영국 본토에서도 이상하게 봐!

참나…. 이렇게 상식이 없어서야 앞으로의 학교생활에 고생뿐이겠지.

다들 쳐다보잖아? 거의 모든 사람이 나한테 수상하다는 시선을 보내거나… 나한테 뜨악한 시선을 집중하고 있잖아! 제길! 또 이런 패턴이냐!

"아…. 요우키, 슬슬 자기소개를 해 줄 수 있을까?"

나이스, 담임! 이 영문 모를 분위기를 정리해 주다니!

"음, 그렇지요. 죄송합니다. 그럼 키사라기 아마츠유, 이따가."

풀네임으로 부르다니, '완전히 록 온(lock on)* 했습니다'라는 느낌이라서 무섭다.

이따가, 라니…. 이미 충분하니까 안 와도 되는데.

"내 이름은 요우키(洋木) 치하루(茅春)입니다. 예전 학교에서는 성의 '木' 자와 이름의 '春' 자를 합쳐서 '츠바키(椿)*'라고 불렸

※록 온(lock on) : 하나 이상의 목표를 지정하고, 거기에 자물쇠를 잠그듯 조준을 고정하는 것을 말한다.
※츠바키(椿) : 일본어로 동백나무라는 뜻.

으니까, 그렇게 불러 준다면 기쁘겠습니다."

오, 완벽하게 그쪽 느낌의 이름이잖아….

하지만 풀네임을 들어도, 별명을 들어도, 역시 딱 하고 떠오르지 않는다. 정말로 누구지?

그거 말고도 뭔가 힌트가 있으면 좋겠는데.

"그럼 질문이 있는 사람은…"

"아, 나, 질문! 왜 츠바키는 우리 학교로 전학 왔어?"

제법이군, 히마와리. 이 묘한 분위기 속에서 태연하게 아까 행동과 전혀 관계없는 질문을 하다니.

손등에 키스하는 건 일상다반사잖아? 왜 다들 그렇게 허둥거려?

라고 말하는 듯한 태도로, 전혀 신경도 쓰지 않고 있잖아.

네게는 'Bitch계의 조코비치'라는 별명을 선물해 주지. 테니스부니까.

"집안이 튀김꼬치 가게를 하고 있는데, 손님이 늘어서 분점을 내자는 이야기가 나왔기에 거기에 맞춰 전학 왔습니다. 가게 이름은 '따끈따끈한 튀김꼬치 가게'. 모레 오픈할 예정이니까, 한번 먹으러 와 주세요."

"와아! 대단하네! 응! 꼭 갈게!"

왜 튀김꼬치집이 영국 귀족식으로 자녀를 키우는 거지?

꼬치랑 레이피어*가 왠지 모르게 비슷하니까?

아니, 레이피어는 애초에 프랑스에서 탄생한 '에페 라피엘'이 어원이고, 딱히 영국이랑은…. 잠깐, 튀김꼬치집? 튀김꼬치…라고?

─내 이름은 치하루. 치가사키(茅ヶ崎) 시의 '茅'에 춘하추동의 '春'을 써서 치하루(茅春)야.

"아. …아앗! 너, 그때의! 여, 여자였냐?!"
무심코 자리에서 일어설 뻔했지만, 그건 참으면서 고함.
알았다! 누군지 알았어! 이 사람, 그 사람이다!
작년에 내가 야구장 주변에서 썬을 격려할 튀김꼬치를 찾을 때, 노점을 하고 있던 우울한 미남 점원이잖아!
"응. 겨우 기억을 해 주었나? 아니, 너는 나를 남자라고 생각…."
"따끈따끈한 튀김꼬치 가게라고오오오오오?!"
어라? 다른 자리에서 나를 능가하는 고함 소리가 날아오는데.
그 고함의 주인은 내 친구인 썬=오오가 타이요다.
왠지 모르지만, 엄청나게 흥분한 기색이다.
벌떡 일어나서 책상에 두 손을 짚고 펄쩍 뛰기까지 했다.

※레이피어 : 16~17세기 근세 유럽에서 사용된 길고 가늘고 뾰족한 도검 일체를 가리키는 용어.

180센티미터라는 장신의 근육질 몸으로 그런 짓을 하면 책상이 삐걱삐걱 비명을 지르잖아. 그러다가 부서져서 다치지 않도록 하라고 충고해 주고 싶다.

"아, 너는 우리 가게를 아는군."

"물론이지! 작년 8월부터 갑자기 그 이름과 맛을 세상에 알린 튀김꼬치계의 초신성 '따끈따끈한 튀김꼬치 가게'! 한입 물면 입 안에 퍼지는 튀김옷과 속 재료의 이너바우어! 핥기만 해도 퍼지는 에메랄드그린의 흐름은 그야말로 소스계의 에게 해! 맛으로만이 아니라 마음까지 치유하는, 궁극과 지고를 겸비한 튀김꼬치! 앗! 이거 못 참겠네! 침이 추르릅!~*하는 맛일 거야~의 따끈따끈한 튀김꼬치 가게잖아?!"

진정해라, 썬. 그렇게 우효효 룰룰*한 태도를 보여도 뭔 소린지 모르겠다.

안 거라고는 네가 튀김꼬치를 진심으로 사랑한다는 사실뿐이야.

"음. 잘 알고 있군. 대체로 정확한가."

대체로 정확해?! 난 전혀 몰랐는데?!

"아, 그럼 자기소개는 이 정도로. 그리고 요우키의 자리는 제

※앗! 이거 못 참겠네! 침이 추르릅!~ : 만화 『죠죠의 기묘한 모험』 4부 '다이아몬드는 부서지지 않는다'의 캐릭터 니지무라 오쿠야스가 하는 대사.
※우효효 룰룰 : 위의 대사 직후에 나오는 효과음.

일 뒤쪽의 저기.”

아, 담임의 교사 정신이 소멸했다. 자기소개를 강제로 종료시켰다.

“알겠습니다.”

담임의 말에 무뚝뚝한 얼굴로 지정된 자리로 뚜벅뚜벅 걸어가는 요우키.

흐름상으로는 분명히 내 주위에 앉을 거라고 생각했는데 그렇게 되지 않았다. 꽤나 거리가 있다.

그도 그렇다. 내 자리는 앞에서 세 번째, 오른쪽에서 두 번째라는 어중간한, 배경 캐릭터다운 자리라서 주위에 빈자리가 없다.

참고로 그런 내 왼편에 앉은 사람은 사실….

“죠로. 너 갑자기 손등에 키스라니…. 말도 안 돼….”

여자 그룹 중에서도 가장 무서운, 카리스마 그룹에 소속된 A코였다.

“아, 아니…. 나도 뭐가 뭔지….”

“…토 나와.”

이상하네?

지난 권 에필로그에서는 카리스마 그룹에서 고립되려는 것을 구해 줘서 내게 존경의 시선을 보냈을 텐데, 왜 지금은 더러운 것을 보는 눈을 하는데?

이게 여자 마음과 가을 하늘*이란 것인가. 한 수 배웠다.

…자, 그건 그렇고.

4월 초순에는 '러브 코미디 주인공의 탈을 뒤집어쓴 쓰레기! 미녀 두 사람을 동시 공략으로 우헤헤 사건'. 5월 초순에는 '배경 주제에 화무전에 뽑힌 쓰레기! 이번에는 두 명이 아니라 세 명이다 이얏호 사건'. 그리고 6월 직전인 5월 말인 오늘 일어난 이것은… 그래, '전학생에게 느닷없이 키스를 받은 쓰레기! 또 한 명 늘었다 이예이 사건'이라고 명명할까.

…이렇게 생각해 보니 대단하군.

인생에 딱 한 번 만날까 말까 하는 사건이 한 달에 한 번 페이스로 일어나고 있어.

혹시 나는 탐정이 천직일지도 모르겠군. 사건과 만나는 빈도가 장난 아냐.

뭐, 한탄만 해도 별수가 없다. 슬슬 이번 사건의 대책을 생각하자.

괜찮아. 지금까지의 많은 사건도 어떻게든 헤쳐 나왔어. 그러니까 나는 냉정하다.

얼마나 냉정하냐 하면 안구는 완전히 초점이 맞지 않은 채로 종횡무진 움직이고, 두 다리가 평소의 세 배 속도로 진동할 정도

※여자 마음과 가을 하늘 : 여자의 마음은 가을 날씨처럼 변하기 쉬운 것이라는 의미의 일본 속담.

로 냉정하다.

그렇게 냉정한 나는 이번 비극 예비군에 대한 대책으로 세 가지 방침을 세웠다.

그럼 일단 소개부터 하지! 항상 찾아오는 그거! 새로운 버전의 소개 타임!

1 : 반 아이들 모두(주로 카리스마 그룹 A코)에게 공격을 받지 않도록 한다.

당연하지? 요우키는 나에게 엄청난 행동으로 접근해 왔다.

그리고 그 결과, 반 아이들 모두(주로 남자)가 나에게 질투와 살의가 담긴 말을 날리게 되었다. 시험 삼아 귀를 기울여 보자. 어어… 뭐지? '잠깐만 인간을 좀 관두고 올게'…라고? 석가면을 쓸 준비*가 완벽하구만.

이건 주식회사 히어로즈*에서 아르바이트하는 것을 생각하는 게 좋을지도 모르겠다.

뭐, 현실 도피는 이쯤 하고, 이 이상 상황을 악화시키지 않고, 오히려 호전시킬 필요가 있다.

따라서 분투.

2 : 팬지에게 들키지 않도록 한다.

※잠깐만 인간을~ : 『죠죠의 기묘한 모험』 1부의 악역인 디오는 '나는 인간을 그만두겠다'라고 외치며 석가면을 쓰고 흡혈귀가 된다.
※주식회사 히어로즈 : 『잠깐만 회사 좀 관두고 올게』의 작가 기타가와 에미가 집필한 소설 제목을 이용한 패러디.

어차, 오해가 없도록 말해 두겠는데, 딱히 내가 팬지를 좋아하니까 들키고 싶지 않다는 건 아니거든? 지금도 변함없이 나는 그 녀석이 싫어.

하지만 그 여자는 나를 좋아한다고 호언하면서, 노골적일 정도로 어필해 온다.

그런 녀석이 이 사실을 알면 어떻게 할까? 전혀 짐작도 가지 않는다.

뭐, 한 가지만큼은 틀림없다고 확신하지만.

그건… 녀석이 이 사실을 안다. 그것은 곧 나의 비극으로 직결된다는 점이다.

따라서 분투.

3 : 요우키와 **거기**에 앉지 않는다.

이건 **빼놓을** 수 없다. 요우키와 나의 만남의 장소는 대체 어떤 운명의 장난인지 또 그날, 그때, 그 장소다. 구장 러브 스토리다.

여기서 요우키와 거기에 앉기라도 해 봐. 분명히 또 불행이 일어난다.

지금까지 거기에 앉고서 불행이 일어나지 않았던 경험이 없는 이상 틀림없다.

이제는 정식 명칭을 말하는 것조차 꺼려질 레벨이다.

따라서 분투.

이상이 나의 이번 지침이다. 어때? 완벽하지?

내 주위의 인간관계나 지금까지의 경험에서 해야 할 일을 완벽하게 도출했다고!

자, 이 세 가지 지침에 따라서 힘내 볼까!

"죠로, 또 다른 여자에게 한눈팔고 있는기라? 내 여개 있는데… 메모, 메모."

4 : 사투리 여자가 괜한 기사를 쓰지 못하게 한다.

따라서 분투.

자, 이 **네 가지** 지침에 따라서 힘내 볼까! …흑흑흑.

※

충격적인 조례가 끝나고 1교시가 시작될 때까지의 쉬는 시간.

담임이 '오늘은 이만'이라고 말한 순간, 요우키는 내 눈앞에 달려들었다.

빠르다, 빠라. 행동 속도가 장난 아냐.

제길. 가능하면 전학생의 흔한 행사인 질문 타임으로 사람이 모여서 요우키를 막아 주길 바랐는데, 반 아이들이 정말 분위기도 잘 읽는다.

거의 전원이 나와 요우키의 모습을 지켜보는 쪽에 집중하고 있어….

"자, 원하는 것을 말해 보도록 해. 어떤 부탁이라도 들어주지."

"여자애 팬티 주세요~~*"

아무튼 눈치 빠른 농담으로 자리의 분위기를 누그러뜨리고….

"응, 알았다."

"어?"

이 녀석, 뭐라고 했지? 갑자기 A코를 보더니… 서, 설마…!

"자, 너. 팬티를 좀 벗어서 키사라기 아마츠유에게 줄 수 있을까?"

"뭐, 뭐어?! 왜 내가!"

우오오오오오! 그건 위험하니까! 필요 없으니까!

"자, 잠깐! 농담이야, 농담!"

"그런가? 알기 어려운 농담은 삼가 주었으면 하는데. 그럼 진짜로 원하는 건 뭐지?"

내게는 자리의 분위기를 누그러뜨리려는 농담조차도 말할 권리가 없었나….

"너 말이지…. 패, 팬티라니…."

A코, 다리 사이로 스커트를 꾹 누르는 모습, 좋군.

팬티가 벗겨질까 봐 두려워하는 거냐. 휘익~! 귀엽긴☆

그런 귀여운 모습의 너라면 분명 알아주겠지?

분명히 내가 한 말이긴 하지만, 그건 살짝 부드러운 분위기를

※여자애 팬티 주세요~~ : 『드래곤볼』 초반에 우롱이 신룡에게 빈 소원.

만들고 싶었을 뿐이라는 걸.

그러니까 여기선 좀 웃으면서 넘어가….

"이 쓰레기!"

그렇긴 한데, 그게 왜?

그쪽이 그렇게 나온다면 이쪽도 더는 모른다! 이제부터는 확정색하고 열을 내겠어.

자, 옆쪽의 수라(修羅)는 방치하고 요우키에게 대답을 하자. 어어, 부탁이라고 했나?

"요우키. 나는 원하는 게…"

"츠바키라고 불러 주겠어? 아까도 자기소개로 말했지. 벌써 잊었나?"

기억하지만, 마음의 거리를 연출하려는 말이 사이비 영국 귀족에게는 안 통하는 모양이다.

어쩔 수 없지. 여기서는 나도 귀족풍으로 대처하면서 어떻게든 넘기자.

"…츠바키 공. 소생은 딱히 원하는 것이 없다."

응? 이건 귀족풍이 아니라 사무라이풍이 아닌가? 어디의 학생회장의 영향이로군. 실례.

"정말로? 너는 아주 욕심 없는 사람이로군."

아니, 욕망이 넘쳐흐릅니다. 내향적인 변태일 뿐입니다.

"그래. 예를 들자면 스토킹을 당하고 있으니 도와 달라든가,

반쯤 강제적으로 지정된 행동을 해야만 하니까 해방되었으면 한 다든가…. 그런 건 없나?"

상식적으로 생각해서 그런 무시무시한 상황에 처한 남학생이 있을 리…… 있군요.

거울을 들여다보면 눈앞에 그런 남학생이 나옵니다요.

으음, 나로서는 이 녀석이 왜 내 바람을 이뤄 주려고 하는 건지 알고 싶은데, 물어보면 가르쳐 줄까? 아, 그걸 부탁하면 되겠네. 나도 머리가 참 좋아.

"츠~바키~!"

"너는… 아까 질문을 한 애로군?"

"응! 난 히나타 아오이! 모두에게는 히마와리라고 불리고 있어! 잘 부탁해!"

"음. 나와 비슷한 별명이로군. 잘 부탁한다, 히마와리."

칫. 얼른 부탁을 하려고 했더니 히마와리가 츠바키에게 엄청 관심을 보인다.

여기서 대화에 끼어들면 분명히 화를 낼 테니, 그냥 얌전히 있자.

"있잖아! 츠바키랑 죠로는 어떤 관계야? 손에 쪼옥~ 했잖아! 손에 쪼옥~!"

나는 네가 화내지 않도록 조심하고 있는데, 왜 그쪽은 그런 조심성이라고는 없는데!

입을 뾰족 내밀며 즐거운 듯이 '쪼옥~'이라고 말하는데, 전혀 귀엽지… 않은 것도 아니네.

제길. 분하지만 꽤 귀엽다.

"죠로? 아, 키사라기 아마츠유의 별명은 '죠로'로군."

슬쩍 곁눈질로 날 확인한 뒤에 다시 히마와리에게 시선을 되돌리고.

위험해…. 아까도 내 농담을 진지하게 받아들이고 코요테에게 팬티를 벗으라고 요구했던, 머리의 나사가 날아간 듯한 귀족 츠바키.

단순히 손님과 점원이라는 관계를 모두가 오해할 만한 식으로 말할지도 몰라….

마음 같아서는 막고 싶지만, 배경 캐릭터인 나로서는 입장상으로도 능력상으로도 힘들다. 자, 어떻게 될 것인가?

"음, 그래! 그리고 내가 죠로의 베프인 오오가 타이요다! 썬이라고 불러 줘!"

기다렸습니다! 나의 위기에 달려와 주는 주인공은 역시 이 사람밖에 없다!

"그렇지, 죠로?"

게다가 아이 콘택트로 '귀찮은 일이라면 나한테 맡겨'라고 억척스럽게 전하고 있어!

"어, 어어! 그래, 썬!"

그러니 나도 아이 콘택트로 '고마워, 맡길게'라고 밝게 전했다.

으음, 아슬아슬한 지점이라 당황했는데, 이렇게 되면 츠바키에게 쓸데없는 말을 듣지 않고 끝날 수 있겠어!

"썬, 내가 아직 말하는 중!"

조코비치의 특기인 위협의 카운터가 등장했다!

장기전에 강하다는 장점이 뚜렷하게 나타나는군….

"오? 그, 그렇지…. 미안! 계속 이야기해도 돼!"

썬! 포기하지 마! 그렇게 슬픈 눈으로 나를 바라보지 마!

"에헤헤. 그럼 츠바키, 가르쳐 줘!"

끝장이다…. 난, 끝장이다….

"실은 말이지, 작년에 내 가게는 망하기 직전까지 몰렸어. 그때 죠로가 내 가게에서 튀김꼬치를 왕창 사 줬지. 사실 그날이 가게를 시작한 뒤로 꼬치가 가장 많이 팔린 날이었어. 그날 이후로 내 가게는 대번성. 그것도 죠로 덕분이지. 죠로는 튀김꼬치를 사 줄 때 어떻게 해야 잘 팔릴지 충고를 해 주었거든. '맛있는 튀김꼬치를 만드는 것만이 아니라 고객층에 맞춘 상품을 만들거나 맛있다고 알리기 위한 홍보 전략에도 힘을 기울이는 편이 좋다'라고 말이야."

어라? 내가 더 비참한 처지에 빠질 만한 이야기일까 싶었는데, 그렇지도 않네.

의외로 평범한… 오히려 정상적인 부류에 들어가는 추억담이잖아.

그 말에 나도 기억을 더듬었는데, 그런 소리를 하긴 했다. 그
냥 그때 떠오르는 대로 말했던 건데.

"죠로의 말대로 많은 사람들에게 알려지도록 노력을 하고, 고
객층에 맞춘 상품을 만들었더니 손님이 많이 늘었지. 노점에서
일반적인 가게로, 그리고 거기서 또 분점을 낼 정도로 커졌어.
그때 죠로가 생각한 캐치프레이즈는 좀 아니라서 안 썼지만, 정
말 감사하고 있어."

응, 그것도 떠올랐다. 내가 생각한 홍보 문구는 센스가 괴멸적
이라고 그랬지.

"헤에! 그러고 보면 내가 '따끈따끈한 튀김꼬치 가게'를 안 것
은 작년 8월이었지! 그건 죠로 덕분이었나!"

"응, 그렇게 되나. 죠로 덕분에 가게 매상이 늘고, 나름 유명해
졌지. 그러니까 그날 죠로가 냈던 돈은 지금도 내가 부적으로 삼
고 있지. 큰돈이야 가게 매상으로 돌렸지만, 잔돈은 추억으로 말
이야."

어라? 이거 정말 좋은 이야기 아냐? 내 주가가 뛰는 거 아냐?

저거 봐. 츠바키도 행복하게 주머니에서 부적을 꺼내더니 그
안에서 5엔짜리 동전을 꺼내고 있고.

솔직히 전혀 본 기억은 없지만…. 아마 내가 그때 지불한 돈의
일부겠지.

"또 죠로와 '인연*'이 있기를…이라면서. 헤헤헤. 신을 믿는 것도 아니지만, 조금은 믿고 싶어졌다고 할까."

뭐, 사실 그때 샀던 튀김꼬치는 썬에게 못 주었고 내가 먹은 것도 아니다. 배곯은 불쌍한 아이들에게 전부 주었지만, 그 점은 입 다물고 있자.

주가가 오를 기회에 주가가 떨어질 발언을 하면 안 되겠지.

"와아~! 멋지네!"

"큭! 눈에 땀이 들어갔어!"

오오! 잘은 모르겠지만, 감동의 한 장면이 어느 틈에 만들어졌어!

훔쳐 듣던 반 아이들도 납득한 얼굴을 하고 있고, 이거라면 아까의 사건도 문제없이 수습되는 거 아냐?

"그러니까 교실에 들어와서 죠로의 모습을 본 순간 놀랐던 거지. 소원이 이루어졌다고 생각했어. 그렇게 기쁜 마음에 가만히 있을 수 없어져서, 아버지에게 배운 대로 봉사할 상대에게 그 마음을 전하기 위해 충의의 증거로 손등에 키스를 했다고나 할까. 그건 첫 경험이었으니까 부끄러웠지만…."

츠바키 백작! 안 됩니다! 아니 됩니다! 거기까지 말하면 아니 됩니다!

※인연 : 일본 동전 '5엔(고엔)'의 일본어 발음은 '인연'과 발음이 같다.

그렇게 부끄러운 듯이 말씀하시면….

"죠로 주제에… 쓸데없는 짓을 하고….”

"저 자식, 요즘 운이 너무 좋지 않아? 어쩔까? 재판에 넘겨? 아니면 처리해?"

내 평가가 사막처럼 부스스!

"이름 이외에는 아무것도 몰랐던 죠로와 이렇게 재회했다. 단순한 우연일지도 모르지만, 나는 '인연'이라고 생각해. 그러니까 내 나름대로 최대한 은혜를 갚도록 할까나.”

5엔 동전을 꾹 움켜쥐면서 츠바키는 우아한 미소와 함께 결의 표명을 하듯이 그렇게 말했다.

나를 사막으로 내쫓은 장본인인데, 그 미소만큼은 마음을 채워 주는 오아시스 같다.

가능하면 지금부터 내 평가도 좀 채워 주었으면 싶지만, 그건 불가능하겠지.

이제 슬슬 수업이 시작될 시간이다. 선생님이 교실로 들어오고 있다.

"아, 시간 됐나. 그럼 죠로, 다음 이야기는 나중에….”

"그럼 나도 돌아갈래!"

"나도 이만!”

"어, 어어….”

츠바키, 히마와리, 썬, 그리고 훔쳐 듣던 녀석들도 모두 자기

자리로 돌아간 것을 확인했을 때, 나는 혼자 생각의 바다에 다이빙.

…그래. 츠바키는 내게 감사하고 있어서, 이 우연을 살려 은혜를 갚으려고 하는 건가.

아까 미소와 5엔 동전 이야기…. 뭐랄까, 드라마에서밖에 못 봤던 것 같은 전개로군.

하하하. 그렇게 생각하니 아주 로맨틱한데. 그게 현실로 일어났잖아?

인연이라는 말도 이해될 것 같아…. 아니, 나도 그렇게 생각해.

그런데도 처음에는 이상한 짓을 했다고 노골적으로 경계해서… 상처 입혔지.

나는 정말로 틀려먹은 녀석이다. …정말로 한심해.

하지만 그렇게 스스로를 비하만 해선 안 되지. 그보다 해야 할 일이 있다.

어? 뭐냐고? …당연하잖아? 츠바키에게 사과를 하는 거야.

어떻게 사과할지도 물론 생각했다.

녀석의 마음을 받아들이고 솔직하게 대하면 된다. 그러면 나도 득을 보잖아?

미녀가 나서서 같이 있고 싶다고 말하는 거라고. 최고잖아.

반에서의 평가를 신경 쓸 필요는 없어. 중요한 건 넓고 얕게가 아니라 좁고 깊게다.

많은 친구들보다도 믿을 수 있는 소수의 친구. 나는 그쪽을 소중히 하고 싶다.

안심해, 츠바키. 나는 이미 너를 경계하지 않아. 확실히 믿기로 했으니까.

라고………… 내가 말할 줄 알았냐아아아아!!

그럴 리가 없잖아! 그럴 리가 있을 리 없잖아! 현실을 뭘로 보는 건데!

저어어얼대로, 안 속을 거니까!

갑자기 나타난 전학생이 사실은 이전에 만났던 여자애고, 게다가 우연히 우리 반에 나타나서 운명의 재회를 이뤄 은혜를 갚는다고?!

우와, 진짜 진부한 러브 코미디로군요! 정말이지 눈물이 다 나고 구역질이 난다!

그런 흔해 빠진 행복이 내게 굴러 들어올 리가 없잖아! 이쪽은 배경 캐릭터라고!

애초에 이 책의 제목을 똑똑히 확인하고서 전학을 와!

네가 나한테 호의를 품게 되면 이 제목이 사기가 되잖아!

…아니, 그건 이미 저질렀다. 늦었군. …이럴 수가….

하, 하지만 안 속는다! 지금까지 있었던 일을 다시 한번 떠올려!

어딘가의 소꿉친구와 학생회장이 나한테 데이트를 신청했고, 어느 쪽하고 사귈까 하는 희망을 품고 갔다가 내가 어떻게 되었더라?!

어째서인지 연애 서포터라는 절망을 품게 되었어!

그걸 뛰어넘어서 모두와 친하고 즐거운 청춘을 손에 넣으려고 했다가 내가 어떻게 되었지?!

어째서인지 세 다리 의혹의 쓰레기와 벌레를 압축한 존재가 되었어!

어떻습니까?! 이러고도 이 모든 상황을 믿으라고?! 네이! 무, 리!! Impossible!!

이런 내게 멀쩡한 러브 코미디가 찾아올 리가 없다! 없다면 없어!

이건 단언해도 좋아! 츠바키에게는 분~~명히 뭔가 속셈이 있어!

사실은 썬을 좋아해서 접근했다든가, 내가 불특정 다수의 여자에게 손을 내민다고 오해해서 천벌을 내리러 왔다든가, 어느 특정 미래를 막기 위해 나를 죽이러 왔다든가, 그렇게 내게 최상급의 불행을 가져다주려는 거야!

아쉽게 됐네요! 엉터리 러브 코미디 메이커 씨!

애석하게도 나는 어디에도 없는 주제에 '어디에나 있는 평범한 고등학생'이라고 자인하는 남자가 아니라고! 즉, 트러블에 놀란 얼굴로 매번 돌격하는 우행은 저지르지 않아!

그러니까 여기서부터 취해야 할 행동은 하나! 너의 진짜 목적을 밝혀 낸다!

이 수업 시간을 이용해 작전을 생각하도록 하지!

아무튼 츠바키는 내게 봉사한다고 말했다.

그럼 그 수상쩍은 발언을 받아 주는 척하면서 여러모로 조사하도록 하지! 흥흥!

이런 거나 저런 거, 수단을 가리지 않고 다양한 방법으로 조사해 주지! 흥흥!

각오해라! 흥!

"죠로, 아까부터 콧소리가 시끄러워. 팬티 냄새라도 맡았어? …토 나와."

닥쳐, A코. 나는 네 팬티에 티끌만큼도 관심 없어! 그러니까 나중에 실물을 넘겨라.

자, 그건 그렇다 치고 지금부터 작전을 세우자! 흐…음후우~

이름 하여 '츠바키의 본심을 아는 대작전'이다! 흐…음후우~

크크큭. 아까까지의 여유만만한 낯짝이 어떻게 일그러질지 기대되는군. 흐…음후우~

※

　쉬는 시간이 됨과 동시에 나는 엄격한 발걸음으로 츠바키에
게… 가려고 했더니 이미 본인이 눈앞에 나타났다. 역시나 나에
게 불행을 가져오는 악마.

　"자, 이번에야말로 은혜 갚기에 최선을 다하도록 할까. 죠로,
네 바람을 말해 봐."

　크크큭. 날아와 불에 뛰어드는 여름 벌레가 바로 이것이로군.

　그럼 수업 중에 생각한 작전을 실행해서 네 정체를 폭로해 주
지!

　"그럼 츠바키한테 학교를 안내해 줄게. 아직 모르는 것도 많겠
지?"

　"어? 그럼 반대가 되잖아."

　호오. 벌써부터 자상함의 탈을 핑계로 삼으시나.

　얕보지 마라. 그 탈은 지금부터 하나씩 꼼꼼하게 벗겨 주마!

　"그럼 나한테 봉사한다고 생각하고 안내를 받아."

　어때? 이 빈틈없는 한마디. 차갑고 멋진 미소를 덤으로 붙여
주마.

　이러는데 거절할 수 있는 여자가 있을 리 없지.

　"음, 알았어. 하지만 그 얼굴은 이상하니까 그만둬."

　어때? 거절하지 못하잖아? 역시 나라니까. 두 번 다시 이런

미소는 짓지 않는다.

"죠로, 츠바키한테 학교 안내해 주게? 나도 가고 싶어!"

"아니, 너무 여럿이서 갈 일도 아니니까 나 혼자면 돼."

히마와리. 너는 교실에 머물면서 해 주었으면 하는 일이 있어. 그러니까 거기서 얌전히 팔팔한 모습으로 있어.

"우우! 죠로만 너무해! 나도 가고 싶어!"

칫. 이건 응석받이 모드로 들어가려는 전조로군. 거기에 돌입하기라도 하면 내 작전 실패는 필연.

이걸 어떻게 빠져나가는가가 아주 중요한데, 물론 타개책은 없다. 어쩐다?

"히마와리, 고마워. 하지만 죠로만으로도 충분하겠어."

"츠바키가 그렇게 말한다면… 참을게. 하지만 나중에 잔뜩 이야기해야 돼?"

왜 소꿉친구인 내 말은 안 듣는 주제에, 오늘 처음 만난 츠바키의 말은 잘 듣는 건데?

고마운 이야기이긴 하지만, 뭔가 석연치 않아….

"음, 그건 물론이지."

"와아!"

뭐, 됐어. 자, 히마와리. 네게 귀중한 일을 하나 의뢰해 볼까.

"히마와리, 아스나로가 너한테 할 말이 있다는 얼굴이야."

"어! 그럼 아스나로랑 이야기해야지."

"큭! 죠, 죠로… 제법이군요…."

그렇게 간단히 미행할 수 있을 거라 생각하지 마라, 사투리 여자. 네 행동 따윈 이미 다 꿰뚫어 보고 있어.

자, 이걸로 상황은 정리되었다. 미션 스타트다! …라고 말하고 싶지만 그 전에,

"츠바키. 학교를 돌아보기 전에 한 가지 주의점이 있으니까 그걸 전해 두지."

"뭐지?"

"학교를 안내하는 도중에, 혹시 벤치가 보이더라도 절대로 앉지 마."

"어? 벤치? 어어… 왜지?"

내 갑작스러운 발언에 표정을 무너뜨리고 놀란 얼굴을 하는 츠바키…. 제길, 귀엽다.

하지만 아무리 귀엽더라도 이것만큼은 양보할 수 없다.

지금까지의 숱한 불행을 떠올려라. 어떤 때라도 반드시 녀석은 나타났다.

공원도 그렇고, 도서실도 그렇고, 교정도 그렇고, 옥상도 그렇고, 어떤 장소에라도 녀석은 나타난다.

건물 안은 녀석에게 절호의 사냥터라고 할 수 있겠지. 어디에든 있을 수 있다.

녀석에 앉은 시점에서 지금까지의 노력은 물거품이 되고 나는

끝난다.

"자세한 이유는 말할 수 없어. 하지만 나는 여자와 함께 벤치에 앉으면 어째서인지 불행의 밑바닥으로 굴러 떨어지는 사태가 발생해. 그러니까 절대로 앉지 말아 줘. 그리고 혹시 앉는다고 해도 나한테 착석을 요구하지 마. 그리고 머리카락을 손가락으로 뱅글뱅글 감지 마!"

"아, 알았다…."

내 뜨거운 말에 기가 죽으면서도 이해한 모양이다.

후우. 이걸로 네 가지 지침 중 하나, '요우키와 거기에 앉지 않는다'는 무사히 통과될 것 같군.

이런 걸 보면 나머지도 쉽게 되려나?

특히나 팬지에게 들키지 않도록 하는 것은 츠바키의 협력이 틀림없이… '부르르'.

…어라어라어라라라? 어째서인지 스마트폰이 진동하는데?

「방과 후에라도 자세한 이야기를 들려주었으면 해.」

「알겠습니다.」

어째서 벌써 들킨 걸까? 녀석이 알 방법 따위는….

"아, 죠로! 오늘 점심시간엔 츠바키랑 같이 도서실에 갈 거니까! 아까 팬지랑 코스모스 선배한테 무슨 일이 있었는지 메일로 다 설명했으니까 괜찮아!"

사건은 현장에서 일어나는 게 아냐! 메일에서 일어난다!*

"죠로, 안 가나?"

끄으으! 이 분노에 몸을 맡기고 히마와리에게 불평을 하고 싶지만, 그건 나중! 참자, 참아!

"그랬지. 기다리게 해서 미안."

"괜찮아. 나는 얼마든지 기다리지."

또 다정한 말을 하다니…. 그 정도로 내가 속을 거라 생각하지 마!

"아, 죠로. 단추를 잘못 끼웠군."

교실을 나와서 복도를 뚜벅뚜벅 걷는데, 벌써부터 츠바키가 공격해 왔다.

나를 슬쩍 올려다보면서 옆으로 다가와서 단추를 고쳐 끼워 주다니… 아직 멀었군.

설령 민트향 같은 게 가볍게 풍기더라도 나는 조금도 움직이지 않는다.

"음. 이걸로 됐다. …그래서 어디에 가는 거지?"

"그럼 일단은 식당과 매점을 안내할게."

"그래. 그럼 안내를 받아 볼까. 고마워."

자연스러운 감사의 말을 잊지 않다니, 정말로 제대로 예의를

※사건은~ : 일본 드라마 〈춤추는 대수사선〉의 주인공 아오시마 슌사쿠의 명대사 '사건은 회의실에서 일어나는 게 아니야! 현장에서 일어나는 거야!'의 패러디.

아는 수상한 여자다.

이런 배려를 하는 여자가 이 학교에 있을 리가 없다.

"저기, 죠로. 좀 물어보고 싶은 게 있는데."

"뭔데?"

좋아하는 여자 타입은? 같은 소리를 떠들면 서슴없이 '왕가슴'이라고 대답해 주지.

"너는 작년에 이야기했을 때와는 어조가 다른데, 왜지?"

예상과 달랐지만, 그 질문은 NG야. 단언컨대 듣고 싶지 않은 질문이다.

감점이 당연하지만, 궁금하다면 설명해 줄까.

"나는 작년까지…. 아니, 올해 4월까지 가면을 쓰고 살고 있었어."

"무슨 소리지?"

"잘난 것도 없는 녀석이 난폭한 어조로 말하기보다는 얌전한 어조인 편이 인기가 있을 거라고 생각해서."

왠지 죄를 고백하는 듯한 복잡한 기분이로군….

"…미안하다. 말하고 싶지 않은 걸 물었군. 하지만 나는 지금의 네가 낫다고 생각해!"

아까부터 너 자꾸만 다정하게 나오잖아. 그건 이미 충분해.

이거야 원…. 정말로 서툴기 짝이 없어. 제일 중요한 걸 모르는군.

알겠어? 나는 히마와리라는 무자각 bitch가 날마다 달라붙거든?

그러니까 나한테 봉사하겠다고 장담할 거면 최소한의 bitch는 불가결해.

히마와리라면 복도로 나온 시점에서 '죠로, 식당으로 Go야!'라면서 찰싹…은 아니고 덥석 내 팔을 껴안고 들었을 거야.

내게 봉사한다면 이건 기본 중 기본!

그것도 못 한다면 너를 믿는 건 꿈속의 또 꿈…. 어라? 왠지 벽에 왁스칠을 했다는 종이가 붙어….

"음. 왁스칠이 된 모양이고, 죠로가 넘어지면 안 되니까 이렇게 하도록 하지."

거짓말…. 츠바키가 내 팔에 꼭 달라붙었어.

어, 이거 대단하네. 왜 여자의 몸은 이렇게 부드러운 거지? 두근거린다~

"어, 어우어…."

만세! 이렇게 타이밍 좋은 왁스라니!

"아하하하…. 첫 경험 2인가. 역시… 조, 조금 부끄럽지만…."

이, 이럴 수가?! 거기에 청초함 설정을 얹었다고?!

본래 결코 겹쳐질 수 없는 상반되는 두 개를 합쳐 놓은 청초계 bitch… 실존했나!

우와! 촉각적인 보상에 머뭇거리며 부끄러워한다는 시각적인 보상이 더해졌어!

이, 이 녀석, 히마와리의 상위 호환 기술을 이렇게 간단히 걸어왔다! …얕볼 수 없어!

하지만 이 정도는 아직 시작이다! 팔을 껴안은 정도로 나를 공략할 수 있다고 생각하지 마!

그러니까 조금 더 세게 껴안아! 더 꼬옥 껴안아! 우헤헤헤….

"여기가 식당. 그리고 저쪽이 매점이야."

식당에 도착한 나는 츠바키의 육체적 감촉을 만끽하면서 짧게 설명.

가끔씩 몸의 밸런스를 무너뜨리면 더 세게 껴안아 오니까, 내 중심은 흔들거린다.

"그런가. 점심시간에는 꽤 붐비나?"

"그래. 특히나 매점은 난리도 아니지. 운동부 녀석들이 밀려들어서 완전히 전쟁터야. 썬은 야구부의 에이스에 운동 신경도 뛰어나니까 항상 여유롭게 사 오지만, 나는 제대로 된 걸 산 적이 없어. 딱히 운동을 못하는 건 아니지만, 잘하는 것도 아니고."

"흐응. 죠로는 뭐 잘하는 거 있나?"

"…없어."

나날이 배경의 길을 걷는 내게 그런 게 있을 리가 없잖아.

"그런가. 그럼 앞으로 익히면 되겠군."

"뭐, 그럼 좋겠네."

큭! 은근슬쩍 격려를 해 주다니…. 이렇게 못된 여자가!

"그리고 죠로가 매점에서 뭘 살 때는 말해. 내가 사 올 테니까."

"…알았어."

삐빅! 그 발언은 오답입니다아아아아!

어이어이, 츠바키 씨. 히마와리를 돌파했다고 해서 너무 나대지 마세요!

말해 두겠는데 말이지, 이 학교에는 히마와리와 동등, 혹은 그 이상의 여자가 또 한 명 있지!

용모 단정, 문무 겸비, 품행 방정의 삼박자를 갖춘, 우리의 학생회장! 코스모스다!

코스모스는 대단하거든! 우리가 점심을 먹을 때 항상 뭔가 맛있는 걸 만들어 와서 모두에게 나눠 줘! 분명히 말하는데 이제껏 맛없었던 적이 없어!

그야 덤벙대는 면은 많이 있지만, 요리 쪽으로는 초일류!

즉, 아까 발언에서의 정답은 '내가 사 올게'가 아니라 '내 도시락을 나눠 줄까'다! 물론 무진장 맛있는 도시락을!

나는 요리를 못하는 여자는 기준 미달로 받아들일 수 없는 타입이니까!

아까 발언으로 단숨에 수상함이 늘어났어! 역시 이 녀석은 수상한 여자가 틀림….

"아, 혹시 매점이 아니라도 괜찮다면 내 도시락을 나눠 줄 테니까."

"…어?"

"자, 지금도 가져왔지. 시험 삼아 내 튀김꼬치를 하나 먹어 보겠어? 자, 아앙."

아앙! 이 애, 수상함을 지워 버렸어!

"아, 이런. 뜨거우니까 식혀야지…. 후우후우…."

츠바키의 무자각은 어째서인지 후우후우까지 갑니다! 후우후우!

갑자기 뜨끈뜨끈한 튀김꼬치가 어딘가에서 튀어나와서 내 입으로 들어왔다!

맛있어! 이거 가게에서 파는 레벨이다! 그도 그렇지! 튀김꼬치집 딸이니까!

코스모스의 요리는 맛있지만, 내 손으로 먹는다. 츠바키의 요리는 맛있고, 먹여 주기까지 한다.

설마 학생회장의 중요한 정체성 중 하나를 태연하게 뛰어넘다니….

앞으로는 혹시 도시락을 깜박하거든 츠바키에게 말하자! 꼭 그러자! 우히히히….

"일단은 이 정도야. 달리 궁금한 게 있거든 나중에 안내할게."

"음, 지금은 괜찮으려나. 모르는 게 생기거든 물어볼지도 모르지만. 고마워."

슬슬 수업이 시작될 시간이 다가왔기에 교실로 돌아오고 있는데… 제, 제길! 이 녀석, 도무지 빈틈이 없어.

전혀 대가를 요구하지도, 선의를 강요하는 것도 아냐.

내게 순수한 선의를 제공하고, 히마와리, 코스모스라는 양대 거두를 태연하게 뛰어넘는 모습까지 보였다.

이건 이상적인 히로인이라고 해도 과언이… 있지. 딱 하나, 가슴이 부족해.

"아….."

그때 내 몸을 부축하는 청초계 bitch의 품에서 학생수첩이 툭.

거리상 내 쪽에 가깝군. 그럼 여기선 내가… 응? 무슨 사진이 들어 있는데.

이 다이너마이트 누님은 누구지? 꼭 좀 소개를 받았으면 싶다.

"봐, 봤나? 그건 내 어머니의 대학생 때 사진이지. 별로 안 닮았지?"

응?! 이게 츠바키의 어머니라고?! DNA의 장난도 정도가 있지!

"어머니는 고등학교를 졸업한 뒤에 가슴이 커졌다고 해서…."

왜 대학생 때 어머니 사진을 학생수첩에 넣어 두는지는 넘어가고, 이건 정말 기가 막히는데…. 즉, 고등학교를 졸업한 뒤에 츠바키도…! 장래성이 충분한가!

"저, 저기…. 츠바키."

"뭐지?"

꿀꺽 침을 삼키고 자신의 심박 수를 억누르는 나. 동시에 교복
주머니에 손을 넣었다.

이미 한없이 이상에 가까운 히로인이라고 해도 과언이 아닌 츠
바키지만, 하나만 더… 딱 하나만 더, 이 짧은 시간 동안 확인할
수 있는 게 있다.

하지만 이걸 할 수 있을까? 분명히 말하는데 무진장 난이도가
높아.

"이걸 받아 줘."

주머니에서 꺼낸 종이 한 장을, 한심하게도 떨리는 손으로 츠
바키에게 패스.

"…이건…?"

"음."

종이에 적힌 내용이 뜻밖이었는지, 의아한 눈을 하는 츠바키.
역시 무리인가.

뭐, 그렇겠지. 아쉽지만 어쩔 수 없다. 아무리 그래도 너무 욕
심이 과했나….

"그럼 할게…."

무어라? 정말로? …오오! 츠바키 녀석, 살짝 얼굴을 붉히면서

도 두 손을 토끼 귀처럼 머리 위로 올렸잖아! 그렇다면…

"주인님~♡ 오늘은 어떤 게임으로 같이 놀까뿅?"

이얏호오! 나의 컬렉션 중 하나, 『토끼 메이드와 우혜혜한 재롱잔치』다!

"이, 이러면 될…까?"

"와, 완벽해…. 츠바키, 앞으로도 잘 부탁해!"

"응. 별것 아니니까. …헤헤헤."

어쩔 수 없지! 이렇게까지 한다면 어쩔 수 없어!

일부러… 덫이란 걸 알면서도 일부러 속는 척을 해 볼까!

말하자면 그거거든? 지옥에 떨어질 거면 그 전의 행복을 만끽한다. 같은 거?

죽음 속에 삶이 있다는 말도 있고. 그런 건 중요하다고 생각해.

그런 쪽으로 오해하면 안 된다? 아! 난 진짜로 싫은데 말이지. 우호호호….

※

점심시간이 됨과 동시에 나는 가벼운 발걸음으로 츠바키에게… 가려고 했지만 이미 본인이 눈앞에 나타났다. 역시 나에게 행복을 가져다주는 천사.

"죠로. 점심밥으로 도시락을 준비했나? 안 했다면 아까 조금 먹여 주었던 내 도시락을 같이 먹는 거랑 매점에서 사 오는 것 중 어느 쪽이 좋지?"

말을 했으면 실행에 옮긴다, 이게 바로 그것이다. 처음에 꺼내는 말이 '같이 밥 먹자'가 아니라 내 점심 걱정으로 시작하다니, 이런 자상함이 또 어디 있을까. 자애 덩어리가 내 눈앞에 있다.

"아니, 점심은 도시락이 있으니까 괜찮아. 걱정시켜서 미안."

"그런가. 그럼 죠로와 같이 먹고 싶은데. 괜찮을까?"

으음! 그렇게 불안한 눈을 하면 내 얼굴 근육이 흐물~하게 풀어지잖아~

"…토 나와."

흠. 옆에서 환청이 들릴 정도로 나는 들뜬 모양이로군.

이거 안 되지. 얼굴 근육을 잘 다스리면서 가급적 빨리 교실을 나가자.

"물론. 나는 도서실에서 먹을 거니까 츠바키도 같이 가자."

어때? 이 빈틈없는 한마디. 상큼한 미소도 덤으로 붙여 주마.

이러는데 거절할 수 있는 여자가 있을 리 없지.

"음. 알았어. 하지만 그 얼굴은 정말 이상하니까 그만둬."

어때? 거절하지 못하잖아? 역시 나라니까. 두 번 다시 상큼한 미소도 짓지 않는다.

'아니다'가 랭크 업하면 '정말 아니다'가 되는 모양이다. 큰 걸

배웠다.

자, 그럼 점심시간도 **조사를 위해** 츠바키의 봉사에 몸을 맡기자!

정말이지 내가 배경 캐릭터라서 다행이야. 세상의 러브 코미디 주인공이라고 불리는 녀석들은 전학생이 갑자기 호의를 보이면 허둥거리면서 부정하는 경우가 많으니까. 정말이지 머리가 이상한 거야.

나는 그거잖아? 성심성의, 전력으로 거기에 몸을 맡기는 자세!

그런 거나 이런 거, 또 저런 것까지 만끽하도록 해 볼까!

"죠로, 츠바키! 밥 먹으러 가자! 얼른, 얼른!"

어깨에 라켓 케이스를 멘 히마와리가 귀여운 미소와 함께 다가와서 재촉했다.

마음이 급한지 머리가 이리저리 흔들리는 게 쓰다듬어 주고 싶다. 참겠지만.

"그래, 여기에 계속 있어 봤자니까 얼른 갈까."

물론 그런 히마와리의 재촉에는 대찬성이다.

아까부터 A코와 유쾌한 카리스마 그룹이 통쾌한 시선을 찌릿찌릿 날리는 이상, 안전 확보를 위해서 신속한 탈출은 불가결하겠지.

은근슬쩍 빠른 발걸음으로 교실을 나왔다.

"그럼 도서실로 Let's go야!"

복도로 나오는 동시에 히마와리가 신이 나서 내 오른손을 꽈 악!

"죠로가 넘어지지 않도록 손을 잡을까. 조금 부끄럽지만…."

츠바키가 내 도시락을 휙 가져가더니 머뭇거리면서 왼손을 꽈 악!

남자 주제에 여자에게 짐을 들게 하면 안 되네 어쩌네는 몰라. 나는 방금 전에 남녀평등을 신조로 내세우기로 했다.

오른쪽에 히마와리. 왼쪽에 츠바키. 두 미녀의 합동 공연을 만 끽하면서 발걸음을 옮겼다.

그래, 그래! 이런 거야, 이런 거! 나는 이런 걸 하고 싶었던 거 야!

지금 나의 하렘은 착실히 완성되고 있다! 자, 가자, 도서실로! 후하하하하하!

"그럼 들어가 볼까."

두 손이 막힌 내 대신 츠바키가 도어를 오픈.

도무지 처음 오는 걸로 보이지 않는 숙련된 동작에 나는 감탄 하고 있었다.

오, 코스모스는 이미 왔나. 접수처에서 팬지와 무슨 이야기를 하고 있네.

"안녕, 죠로, 히마와리. 그리고… 당신이 전학생?"

담담히 접수처에서 땋은 머리에 안경 모드의 팬지가 한마디.

내 상황에 뭔가 당찮은 코멘트를 하려나 했는데, 그렇지도 않은 모양이다.

"요우키 치하루. 츠바키라고 불러 주면 기쁘려나. 잘 부탁해."

"그래. 나는 산쇼쿠인 스미레코. 사람에 따라서는 팬지라고 부르기도 하지만, 마음대로 불러도 좋아. 그런데… 왜 당신들은 죠로의 손을 잡고 있을까?"

큭. 넘어가 주는 줄 알았는데, 아니었나.

"으응! 재미있으니까!"

"죠로가 넘어지면 위험하니까 부축한다고나 할까."

하지만 철벽의 포진이 팬지의 공격을 멋지게 저지.

크크큭, 팬지, 너는 나에게라면 독설을 퍼부어 대지만, 다른 이들에게는 의외로 자상하다는 사실이라면 이미 조사했다!

"꽤나 즐거운가 보네, 죠로."

"…뭐, 재미없진 않아."

"그래. 그럼 됐어."

순간 오싹했지만, 아무래도 괜찮았던 모양이군.

딱히 더 불평하지도 않고 일어서서 타박타박 독서 스페이스로 가고 있고.

그럼 우리도….

"저, 저기, 죠로. …그건 대체 어떻게 된 거지?"

음. 팬지를 돌파했나 싶었더니 이번에는 코스모스가 물고 늘어졌다.

당황한 기색으로 내 양쪽으로 시선이 오가다가 츠바키에게 고정됐다.

"왜, 왠지, 아주 사이가 좋아 보여⋯."

음? 왜 코스모스는 이렇게 슬픈 기색이지? 신기한 일도 다 있네~

⋯라는 소리는 안 하겠어.

물론 그 이유는 알고 있지! 본인이 직접 말한 것도 아니라서 틀림없다고는 할 수 없지만, 90퍼센트 정도 내 예상이 맞았을 거다.

사실 코스모스는 저번에 있었던 우리 학교의 전통 행사, 백화제에서 치러진 한 이벤트에서 어둠을 틈타 내게 대담무쌍한 보상⋯ 이른바 뺨에 쪼옥이라는 행동으로 나섰다!

상식적으로 생각해서 전혀 마음에도 없는 남자에게 이런 행동을 하진 않겠지.

다만⋯ 코스모스 녀석은 그 이후로 그 사실을 전혀 언급하지 않았달까.

백화제 2일 차에도, 그 후에 우리 다섯 명이서 뒤풀이를 할 때도, 소녀틱하게 허둥거린 적은 있지만 그것뿐. 그러니까 나는 아무 말도 할 수 없었다.

이쪽에서 말하는 건 틀림없이 얼굴에서 불이 나는 레벨 이상으로 부끄러운 일이고, 코스모스 나름대로 무슨 생각이 있어서 그런 거라면 그걸 무시하는 건 좋지 않다.

그러니까 현황 유지. 배경인 나는 쫄아서 머뭇거리는 타입이다.

"조금, 슬퍼…."

자, 이런 케이스에서는 상대의 마음을 몰라서 놀라든가, 알 때는 어영부영하는 대답을 하는 게 일반적인 러브 코미디 주인공이다. 하지만 욕망에 충실한 마이너 배리어블 플레이어(Minor Variable Player)—자칭 MVP인 나는 그런 짓을 할 생각이 전혀 없다.

알겠어? 지금 우리 반에서 내 입장은 사막처럼 말라비틀어지고 있어. 아니, 이미 말라 버렸어.

그런 가운데 히마와리와 츠바키라는 오아시스가 존재하지만, 그것만으로는 부족하다.

알겠지? 오아시스의 샘으로 목의 갈증을 축였지만, 허기는 채워지지 않아.

즉, 코스모스라는 이름의 과일의 존재는 필수!

인간이란 욕심 많은 생물이다. 나는 그 업에 따라서 코스모스도 내 진영에 넣고 말겠다!

자, 죠로 씨. 코스모스에게 완벽한 대답이 되는 대사를… 어서!

"히마와리야 항상 이러는 거고, 츠바키는 내가 넘어질까 걱정해서 손을 잡아 주는 겁니다. 츠바키, 이 사람은 학생회장인 아키노 사쿠라. 저, 저기… 미인이고 머리가 좋아서 아주 든든한 사람이야."

코스모스의 눈을 똑바로 바라보며 사실을 전혀 숨기지 않고 말하는 것으로 남자다움을 어필!

그리고 츠바키에게로 시선을 옮겨서 살짝 부끄러운 듯이 코스모스를 칭찬한다!

그러면 어떻게 되냐고? 어이어이, 서두르지 마. 금방 알 수 있을 거야.

"그, 그렇게 소개해 주니 부끄럽잖아…. 으음, 잘 부탁해. 츠바키…라고 부르면 되지? 나는 3학년인 아키노 사쿠라. 모두에게는 코스모스라고 불리고 있어."

"처음 뵙겠습니다, 코스모스 선배. 저는 요우키 치하루입니다. 츠바키라고 불러 주세요."

이렇게 서로의 소개가 막힘없이 완수되고, 코스모스의 기분도 좋아졌다.

어때? 이것이 MVP인 내가 지금 할 수 있는 최고의 연출이다!

후하하하하하하! 이제 승리는 눈앞! 아니, 이미 이겼다! 나의 하렘은 완성되었다!

즉, 드디어… 정말로 드디어 시작되는 것이다!

내가… 아니, 전국의 남자들이 원해 마지않는, 미소녀들과의 꺄아꺄아우후후가!

참나… 대체 오늘의 나는 왜 이러는 거지.

혹시 이 뒤에 급추락이… 아니, 안 되지, 안 돼. 괜한 생각을 하면 현실로 일어날 것 같으니까 그만두자. 위험한 플래그는 세우는 게 아냐.

난 이 점심시간이 끝나면 행복해질 거야.

"도착! 난, 여기!"

츠바키와 코스모스의 자기소개가 끝나고 독서 스페이스에 도착하자, 히마와리가 내 손을 놓고 안쪽의 오른쪽 좌석에 싯다운. 거기가 히마와리의 정 위치다.

"죠로, 나는 어디에 앉으면 될까?"

"그럼 코스모스 회장 옆에 앉아 주겠어?"

"음, 알았다."

츠바키에게는 안쪽 중앙에 앉은 코스모스의 오른쪽에 앉도록 했다.

솔직히 말해서 내 옆에 앉게 하고 싶지만, 이미 내 오른쪽에는 팬지가 앉았고 왼쪽에는 매점에 들르느라 아직 안 왔지만 썬이 앉을 예정이다.

사실은 오른쪽의 여자를 치워 버리고 싶지만, 그런 짓을 하면 내 사망이 확정된다.

그러니 여기선 참자. 썬의 도착을 기다리면서 잡담에 임하자.

"어라? 히마와리, 왜 오늘은 테니스 라켓을 가지고 왔지?"

아, 그건 나도 궁금했어. 나이스 코스모스.

"에헤헤! 이제 곧 전국대회 예선이니까 언제든지 연습할 수 있게 가지고 다니고 있어요!"

"히마와리, 도서실에서 테니스 연습을 하면 안 돼. 책이 상해."

"알고 있어, 팬지! 게다가 이 라켓, 이미 오래돼서 슬슬 바꿀까 하고 있어! 용돈을 모았거든!"

"시합이 가깝다면… 히마와리는 이제부터 연습으로 바빠지는 건가?"

"응! 츠바키 말이 맞아! 내일부터 방과 후만이 아니라 아침에도 연습이 있어! 7시부터 8시까지 연습이야! 연습!"

그렇게 말하면서 히마와리가 케이스 안에서 잘 손질되었지만 꽤 오래된 라켓을 꺼냈다.

저건 중학생 때 히마와리가 용돈을 모아서 산, 꽤 비싼 녀석이지.

1학년 때부터 크게 활약한 히마와리. 보이지 않는 곳에서의 노력이 그대로 반영된 듯한 라켓에 무심코 눈길이 갔다.

"응? …왜 그래, 죠로? 그렇게 내 라켓을 빤히 보고?"

"아니, 평소에는 용돈을 금방 다 쓰는 녀석이 착실히 모았다고 하니까 놀랐을 뿐이야."

"우우! 난 참을 때는 잘 참아!"

알고 있어. 너는 의외로 확실한 면이 있어서 자기가 열중한 일을 위해서라면 엄청나게 노력하는 녀석이지. 정말이지 그런 점은 부럽다.

속알맹이 없는 배경 캐릭터인 나는 뭔가를 가진 녀석을 부러워하는 경향이 있다.

"여어! 기다렸지! 오늘도 나는 매점에서 뜨거운 싸움에 승리하여 밥을 사 왔다!"

오, 썬이 왔나. 두 손 가득 안은 빵은 매점의 승자라는 증거일 테지.

본인은 멋진 말을 했다고 생각하는 건지, 어딘가 의기양양하게 씨익 웃고 있다.

"오! 츠바키도 왔네! 기다리게 해서 미안!"

내 옆에 호쾌하게 털썩 앉더니, 그대로 정면의 츠바키에게 웃으며 말을 붙인다.

처음 온 츠바키가 긴장하지 않도록 사소한 배려를 하는 걸 보면 여전히 빈틈없는 녀석이다.

"음, 괜찮아. 나도 지금 막 왔고."

"하핫! 그래! 그럼 우리 둘 다 지금 막 왔군!"

크! 역시나 야구부의 에이스. 자연스럽게 멋진 말을 하는군.

응? 그렇다면 썬의 친구인 나도 자연스럽게 멋진 말을 하는 편이 앞으로의 호감도를 위해서라도….

"사람에게는 각자 장단점이 있어. 흉물이 옷을 입고 사는 듯한 죠로."

아니, 이 에스퍼 도서위원은 왜 영문 모를 독설을 날리는 거람?

자, 그럼 마음을 다잡고… 하렘의 시작이다!

"아, 죠로. 내 따끈따끈 튀김꼬치 도시락 먹어 보겠어? 맛있어."

"죠로, 이쪽의 샌드위치도 어때?"

"잘 먹겠습니다. 고마워, 츠바키, 코스모스 회장."

"그럼, 자. 아앙."

"아! 그, 그럼 나도! 아, 아앙."

으으음! 너무 행복해서 혀가 녹아 버린다아아아!

왜 부자들이 메이드를 고용하는지 간신히 이해했어.

이렇게 전력으로 시중을 들어 주기 때문이지. 나도 장래에는 메이드를 고용하도록 해 볼게.

"그러고 보니 코스모스 선배, 3학년은 슬슬 진로를 정할 때죠? 가고 싶은 대학 같은 건 정했습까?"

"나 말이야? 그래, 정했어. 집안 사정도 있어서 의대를 지망할 생각이야."

여의사라, 왠지 에로틱한 말이군.

알파벳으로 하면 순식간에 패션모델이나 세제로 변하지만.[*]

"헤에! 코스모스 선배네 집은 병원이나 그런 검까?"

"그래. 음… 맞아. 아버지가 병원 원장이셔."

제법인데, 코스모스! 여기서 부자 설정을 도입하다니! 역시나 내 하렘의 과일!

"그렇다면 코스모스 선배네 집은 부자임까? 별장도 있다든가?"

"내 입으로 말하기엔 조금 부끄럽지만, 그 말이 맞아. 별장도 가지고 있어. …산에."

바다가 아니냐! 여름 이벤트에 전혀 도움이 안 되잖아!

"우호오! 코스모스 선배, 대단하네요!"

"딱히 내가 대단한 게 아냐. 부모님이 노력하신 성과야…."

응? 뭔가 코스모스의 얼굴이 묘하게 어둡네. 집안 이야기를 하기 싫은가?

"참고로 저는 프로야구 선수를 목표로 할 검다! 야구를 좋아하니까!"

역시나 썬이다. 바로 코스모스의 미묘한 변화를 알아차리고 화제를 바꿨다.

※알파벳으로~ : 여의(女醫)의 일본어 발음은 '조이'. 영어로 joy라고 쓸 수 있으며, 이 이름으로 활동하는 남자 패션모델이나 세제가 존재한다.

그렇긴 해도 의사와 프로야구 선수라…. 그냥 말로 하자면 간단하지만, 구름 위 같은 존재다.

어느 쪽도 나로서는 무리겠지. 애초에 그걸 위해 노력할 생각도 없지만….

"죠로는 장래의 꿈 같은 것 있어?"

"나? 나는 지금으로선 메이드… 아무것도 아냐."

위험했다! 무심코 방금 전에 생긴 모호한 꿈을 전력으로 말할 뻔했어!

"츠바키는 튀김꼬치 가게?"

"응. 그렇지. 튀김꼬치를 만드는 것도 재미있고, 아버지의 뒤를 이어서 계속 열심히 할 생각이니까."

"…그래. 뭔가 멋지네."

히마와리는 장래까지는 몰라도 지금은 테니스에 매진하고 있고, 좋은 결과를 내려 애쓰고 있다.

코스모스와 썬과 츠바키는 명확한 꿈이 있어서 그걸 위해 노력하고 있다.

그리고 나에게는 메이드를 고용하고 싶다는 꿈 외에 아무것도 없다.

이렇게 이야기를 듣고 비교해 보니, 나는 정말로 텅텅 빈 쭉정이다.

…잠깐만. 아직 아무 말 안 한 사람이 한 명 있잖아. 그 녀석은

어떨까?

"저기, 팬지···."

"시·집·갈·예·정♡"

그·만·두·세·요☠

점심 식사가 끝난 뒤에 팬지가 6인분의 홍차와 두루주머니에서 꺼낸 초콜릿 쿠키를 접시에 담아서 책상에 배치. 오늘 갑작스럽게 온 츠바키의 컵까지 있다니···.

대체 이 녀석은 도서실에 컵을 몇 개나 준비해 놓고 있는 거지?

"응! 팬지의 쿠키, 오늘도 맛있네! 썬!"

"그래! 내 평생 먹은 것 중 단독 1위로 맛있는 쿠키는 바로 팬지가 만든 거야!"

썬이 팬지의 쿠키를 먹는 모습을 보니 마음이 놓인다.

지금까지 계속 정말로 먹고 싶은데도 사양했으니까.

"어? 왜 그래, 죠로? 팬지의 쿠키, 안 먹어?"

"어, 어어. 아니, 나도 먹을게."

쿠키를 하나 손에 집어서 입 안으로. ···여전히 변함없이 맛있다.

"죠로, 맛있어?"

"···그래, 맛있어."

"그렇게 말해 주니 당신을 위해 열심히 만든 보람이 있어."

"나를 위해서만 애쓰지 마. 조금은 자기 생각을 해."

"생각하고 나서 하는 발언이야. 아직 나에 대해서 모르는 거네."

이 녀석도 사실은 상당한 미인이니까 나한테만 매달리지 말고 다른 일도 하면 좋을 텐데.

성격에는 문제가 많지만, 공부도 잘하고 과자도 맛있게 만들고 미인이라서, 나와는 달리 인기 있을 조건을 두루 갖추었잖아.

무슨 사정이 있을지도 모르지만. 그렇다고 해도 말이지… 아까워.

"…응?"

문득 깨달은 건데, 왜 그런지 모르겠지만 츠바키가 나를 뚫어져라 바라보고 있었다.

뭐지? 이 헌신을 다하는 봉사 여고생은 또 나를 기쁘게 해 줄 건가?

어쩔 수 없구만~ 그럼 물어볼까~

"왜 그래, 츠바키?"

"응. 결정했다."

그래! 결정했나! 그거 다행이네! …그래서 뭘?

"저기, 팬지, 히마와리, 코스모스 선배."

스윽 일어서서 꽤나 차분한 기색으로 세 사람에게 말하는 츠바키.

"무슨 일이지?"

"왜?"

"왜 그래, 츠바키?"

당연하다면 당연하지만, 세 사람에게서는 의문 어린 목소리. 나와 썬도 나란히 놀란 얼굴이다.

그렇게 영문 모를 분위기 속에서 츠바키는 숨을 크게 들이마시더니,

"너희에게 죠로를 걸고 승부를 청해 볼까!"

어어…. 이 애는 활짝 웃으면서 갑자기 무슨 소리를 하는 거지?

"우리한테?" "죠로를 걸고?" "승부를 청한다?"

멋진 하모니. 세 사람이 하나의 말을 멋지게 완성시켰잖아.

"응, 그래! 오늘 하루 동안 죠로와 지내며 생각했는데, 나만죠로 곁에 있으면 돼! 너희가 없어도 나 혼자서 죠로를 만족시킬 수 있다는 걸 알았으니까! 그러니까 그걸 증명하기 위해서 승부를 청할까!"

미안! 조금 더 자세히 설명해 주면 안 될까?

"츠바키, 그게 대체 무슨…."

"죠로는 조용히 해 주겠어?"

"아, 넵."

여자는 무섭다.

"알겠어? 내가 이기면 너희는 앞으로 죠로 곁에 있으면 안 되니까! 죠로에게 헌신하는 건 나뿐! 얌전히 물러나 주겠어?"

"헤헤헤. 승부라니, 일이 재미있게 되었잖아. 죠로의 옆자리는 안 넘겨 주겠어!"

승부에 포함되지 않은 썬이 왜 그리 신이 났는데?!

아, 그러고 보면 이 인간, 승부를 좋아했다! 쉽게 달아오르는 타입이었다!

"그래서 츠바키. 승부 내용은 어떻게 할 거지? 크리켓? 아니면 티…."

"썬도 조용히 해 주겠어?"

"아, 넵."

여자는 무섭지, 썬.

어라? 츠바키는 어디에선가 꼬치를 꺼내더니 세 사람을 향해 레이피어처럼 들었잖아. 그게 사이비 영국 귀족식 전투 스타일인가?

"승부 내용은 '누가 제일 죠로를 기쁘게 해 줄 수 있는가'! 일정은 내일 아침부터! 그것으로 내가 제일 죠로에게 헌신하기에 어울리는 여자라는 걸 보여 주겠어!"

그 영문 모를 승부 내용은 뭔데?! 헌신하기에 어울린다는 표현은 처음 들었거든!

아니, 잠깐만…. 승부 내용을 듣자면 이건 나한테 득이 되는 이벤트 아닌가?

누가 나를 제일 기쁘게 해 주는 건지 정하는 거지? 그렇다면 하렘 파워 업 아냐?!

"요우키. 한 가지 확인하겠는데, 이긴 사람은 어떻게 되지?"

"그때는 죠로의 곁에서… 굽든 삶든 마음대로 하면 돼!"

잠깐만! 그건 내 허가가 필요한 거 아냐?!

"죠로의 곁에서." "굽든 삶든." "마음대로 해도 된다?"

너희들 진짜로 사이좋구나! 멋지게 말을 완성했어!

"좋아." "나, 할래!" "나, 나도 참가하지!"

세 사람 다 묘하게 신이 나기 시작했어! 게다가 승부에 응했다!

어? 그렇다면 이건 뭐야?

나는 이 네 사람의 싸움에서 이긴 사람의 말을 들어야만 해?

그건 또 뭐야! 아주 불길한 예감이 드는데요?! 나한테 헌신하고 봉사한다는 거 아니었어?!

"죠로. 내가 이기거든 다른 사람이 네게 봉사하는 걸 인정하지 않을 테니까."

뭐?! 그러면 히마와리의 스킨십도, 코스모스의 밥도 없어진다는 소리?!

말도 안 되는 소리 마! 나는 이 책의 타이틀을 희생해서 행복을 얻으려고 했는데!

강제 츠바키 루트는 하렘 붕괴 결정!

"어, 어어… 츠바키. 이런 말을 묻기는 좀 그런데, 너는 나한테, 저기… 연애 감정 같은 걸 품고 있다든가…?"

"무슨 소리야? 나처럼 남자인지 여자인지 모를 여자에게 연애 감정을 갖는 사람은 없고, 죠로처럼 꿈도 희망도 없는 남자에게 연애 감정을 갖는 사람은 적지 않을까."

그러고도 용케 나한테 봉사하겠다는 소리를 했네!

스스로에게 더 자신을 가져! 그리고 나한테 자신을 좀 줘!

"있잖아! 죠로, 나는 곧 시합 때문에 아침 연습을 해야 하니까 아침에 같이 등교 못 해! 그러니까 내가 이기거든 아침 일찍 일어나! 그리고 테니스 연습도 같이 해!"

아침 일찍 일어나면 3억 가지를 손해 본다! 이쪽은 살인 운동 플랜을 기획하고 있어!

네 운동 신경을 따라갈 수 있을 리가 없잖아! 아침 대시만 해도 힘들어!

강제 히마와리 루트는 신체적 사망 결정!

"어어… 달리기에, 공 줍기에, 라켓 휘두르기에…. 아! 덤으로 팔굽혀펴기 500번도 넣어야지!"

덤으로 뭐가 중요한지 완전히 어긋났다! 무슨 투표권 포함된 CD냐!

"죠, 죠로. 저기, 나는 네 장래를 생각해서 역시 우수한 교육 기관에 가는 편이 좋다고 생각해! 그, 그러니까, 저기… 나랑 같은 대학은 어떨까? 어, 어때? 내가 이기면, 공부의 기초부터 차근차근 가르쳐 줄 테니까…. 응?"

이쪽은 살인 두뇌 플랜이다! 분명히 말도 안 되는 학습일 거야!

게다가 그게 입시 때까지 계속된다니…. 위험한 걸 넘어서 무서워! 진짜 무서워!

강제 코스모스 루트는 정신적 사망 결정!

"다, 당장 어떤 식으로 공부할지 생각해 둬야지!"

노트를 집어넣어! 첫 줄부터 하루 23시간 공부 같은 소리를 적지 마!

"죠로, 그렇게 불안한 얼굴 안 해도 돼. 나는 이것만 부탁할 거니까."

팬지가 어디에선지 모르지만 종이를 한 장 꺼내서 내밀어 왔습니다만….

어어, 이게 뭐지? '죠로가 해 줄 일 리스트'…입니까?

'1 : 산쇼쿠인 스미레코를 스미레코라고 부를 것'

'2 : 도서실에서는 항상 손을 잡고 달콤한 말을 하루 한 번 할

것'

'3 : 21시부터 22시까지 전화로 이야기할 것(직접 만나는 것도 OK)'

'4 : 한 주에 여덟 번 데이트할 것'

한 주는 7일밖에 없다는 거 알아? 이건 전 세계 공통이야.

강제 팬지 루트는 사회적 구속 결정! 어느 틈에 이런 걸 준비했지?!

"갑자기 의욕이 생겼어."

어디에선지 모르지만 다자이 오사무의 『여자의 결투』를 꺼내면서, 보기 드물게 의욕 넘치는 모습인 팬지.

그 책, 마지막에는 모두 다 죽는 이야기 맞지?

"아, 아니…. 딱히 그러지 않아도, 되지 않아?"

내가 조심조심, 힘없이 의견을 말해 보았지만 마이동풍.

방금 전까지 즐거운 하렘이 만들어졌을 텐데, 지금은 그런 분위기가 티끌만큼도 없다.

어느 틈에 나의 하렘은 붕괴했고, 하렘 요원(이라고 하기엔 뭔가 이상한 인간)은 서로가 서로를 노려보면서 뜨거운 불꽃을 튀기고 있다. 아쿠타가와 상*이라도 노리는 걸까?

"누가 승자인지는 죠로에게 정해 달라고 할까! 내일 승부가 끝

※아쿠타가와 상 : 일본 천재 작가 고(故) 아쿠타가와 류노스케를 기리기 위해 창설된 순수문학상. 나오키상과 함께 일본 양대 문학상으로 평가됨.

난 뒤에 죠로가 제일 곁에 두었으면 하고 생각하는 사람이 승자!
뭐, 내가 뽑힐 게 틀림없지만!"

그거 지금 정하면 안 돼? 승부 같은 거 안 해도 되지 않아? 아,
안 되는 거로군요.

여러분, 아주 의욕이 흘러넘치는 모습이시로군요.

""""죠로를 걸고 승부야!""""

나는 어디서 쓸데없는 플래그를 세워 버렸나? 세상은 무상하
다.

※

그렇게 해서 다들 기다렸지. 프롤로그 다음 이야기가 드디어
시작된다.

현재는 방과 후, 장소는 도서실이다.

"이상이 오늘 있었던 일이야. 아니, 중간부터는 너도 있었지
만."

"그래."

방과 후, 지금까지의 경위를 팬지에게 설명한 나.

참고로 지금 도서실에 있는 것은 우리 둘뿐이다.

썬과 히마와리는 동아리 활동으로, 코스모스는 학생회, 츠바
키는 가게 오픈 준비가, 그렇게 각자 방과 후에 할 일이 있기 때

문에 여기에 없다.

"으음! 크으⋯."

홍차를 꿀꺽 마시자, 왼뺨이 꽤나 아렸다. ⋯제길, 베에타 녀석.

어조는 부드러운 주제에 파워는 전혀 부드럽지 않았다. 역시나 럭비부다.

"그러니까 죠로가 외모와 반비례한 자신감을 가지고 요우키의 선의를 어중간하게 받아들인 결과, 그런 광대극에 우리가 휘말린 거네."

그렇다는 소리는, 대단한 자신감을 갖지 않은 나는 상당히 좋은 외모를 가졌다는 소리로군.

항상 독설만 하는 줄 알았는데, 가끔은 좋은 말도 하잖아. 좋아, 화내자.

"광대극이란 건 뭐야?! 이쪽은 사활이 걸린 문제야! 애초에 너도 승부에 응했잖아!"

"사활 문제? 진짜로 그렇게 생각한다면 생각을 재고하는 편이 좋아."

"무슨 소리야?"

"여자들이 한 남자를 둘러싸고 정신없이 다툰다. 이런 건 당신만 득을 보는 하찮은 승부 아냐? 보통은 절대로 응하지 않아."

"잠깐만! 애초에 그 승부에서 이긴 녀석은 나를 마음대로 할

수 있다는, 영문 모를 특전이 붙었잖아! 절대로 나한테 득이 안
돼!"

"그래. 이대로라면 득이 되지 않았겠지만, 죠로는 이미 자기가
제일 득을 보는 방법을 떠올렸어."

"뭐…? 너 무슨 소릴…."

"판정 결과를 '무승부'로 하고 승부를 어영부영 넘기는 방법을."

"켁!"

Oh! 들켰구나.

"역시나. 그럴 줄 알았어."

팬지 녀석, 내가 남몰래 생각했던 승부의 결정수를 한발 먼저
까발리다니….

"요우키가 이겼을 때의 조건을 말해도 죠로가 승부를 막지 않
은 시점에서 그렇게 생각하는 걸 눈치챘어. 그녀의 발언은 당신
이 필사적으로 노력해서 간신히 이을 수 있었던 '모두와의 소중
한 인연'을 망가뜨리는 일이야. 그걸 당신이 허락할 리가 없잖
아?"

"그, 그건…."

"하지만 요우키를 지게 만들 수도 없어. 그녀가 있으면 당신은
명확한 답을 내지 않아도 돼. 그러니까 승부를 막지 않았어. 아
니, 막을 수 없었지?"

"…명확한 답?"

이쪽도 들킨 것 같지만, 일단 저항.

"응, 그래. …화무전에서 멋진 포상을 받은 죠로."

이거고 저거고, Oh…. 다 들켰구나….

"…어떻게 네가 알고 있는 거지?"

"본인이 아까 점심시간에 가르쳐 줬어. 참고로 그때 '이번에는 내 힘**만**으로 열심히 해 볼 생각이니까, 지지 않겠어'라는 선전포고도 받았어. 안심해. 당신에게 말해도 상관없다는 말이 있었으니까."

"그러십니까."

점심시간에 접수처에서 이 녀석들이 말하던 내용은 그거였나.

그 녀석도 참 성실하군. 일부러 자기 입으로 팬지에게 말하다니.

게다가 이번에는 자기 힘**만**이라고 했나. 즉, 누구에게도 의논하지 않겠다는 소리인가….

"일부러 요우키의 마음까지 확인해서 그녀의 행동 원리가 '감사'라는 것을 알려고 하다니, 정말로 한심한 사람이야. 일일이 확인하지 않더라도 보면 알잖아."

"시끄러!"

혹시나의 경우가 있잖아! 혹시나라는 게!

나도 가끔은 좀 우쭐해서, 저기… 그럴 때가 있으니까!

"지금 당신에게 요우키와 히마와리는 필요불가결해. 감사와

우정으로 호의를 보내 주는 사람. 그녀들이 있으면 **다른 마음**에서 오는 호의도 받아들일 구실이 돼."

점심시간에 묘하게 얌전하다 싶더니 그런 걸 분석하고 있었냐….

설마 거기까지 장악했다니…. 역시나 이 녀석이 제일 귀찮아.

"호의를 거절하는 것으로 남을 상처 입힐지도 모른다고 두려워하는 당신이기에 가능한 수법이야. 말해 두겠는데, 그건 마음씨 착한 게 아냐. 그냥 도피하는 것일 뿐."

"…너는 거기까지 알면서 왜 승부에 응했어?"

"요우키의 생각이 나와 비슷했으니까. 그녀는 당신을 위해서, 나는 나를 위해서, 라는 근본적인 차이는 있지만, 하려는 바는 똑같아."

"뭐? 그게 무슨 소리야?"

"그 얄팍한 가슴에 손을 대고 물어봐."

"…아니, 그런 소리를 해도…."

"스스로 생각해 보라는 말이야. 현황 유지를 바라는 겁쟁이 죠로."

이, 이 망할 여자가! 영문 모를 소리를 늘어놓은 끝에 평소처럼 내게 독설을 퍼붓고!

진짜로 열 받네…. 하지만 완전히 정곡이라서 뭐라 말할 수가 없다….

팬지의 말처럼 나는 그 승부의 내용을 들었을 때, 이걸 잘만 이용하면 지금의 어중간한 상태를 유지하고 더 끌어갈 수 있겠다고 생각하고 승부를 막지 않았다.

하지만 그러더라도 어쩔 수 없잖아.

나는 주인공이 되지 못한 배경 캐릭터니까, 하렘의 현황 유지를 생각해도 되잖아?

참으로 나답게 어중간한 상태잖아….

"내일부터 시작되는 승부. 무승부로 만들지 말고 꼭 누가 1등인지 정해 줬으면 해."

"…알았어."

그런 말까지 하면 무승부로… 할 수 없잖아.

하아…. 역시나 이 녀석에게 들키면 일이 꼬여. 진짜로 어쩐다…?

"그리고 죠로. 난 오늘 당신에게 주고 싶은 게 있어."

"어?"

이 녀석, 뭐야? 갑자기 가방 안에서 꽤나 오래된 책을 꺼내고.

"자, 이거."

"어, 어이…. 그렇게 억지로 주지 마. 아니, 이 책은 뭔데?"

"내 보물이야. 아주 좋아하는 책이니까 당신도 읽어 봤으면 해."

"왜?"

"당신과의 공통 화제가 필요해. …안 될까?"

"…나는 책 읽는 속도가 별로니까, 언제 다 읽을지 몰라."

"그래도 돼. 읽거든 꼭 감상을 말해 줘."

분명히 승부에서 팬지가 유리해지도록 주는 거라고 생각했는데, 아무래도 그건 내 착각이었던 모양이다.

혹시 그렇다면 스팅어 군을 덧붙여서 '내일까지 읽어'라고 하겠지.

즉, 순수하게 나와 취미를 공유하고 관계를 돈독히 하고 싶을 뿐이란 소리인가.

…그럼 어디 빌려서 읽어 볼까.

"내 감상은 기대하지 마."

"물론이야. 나츠메 소세키의 미발표 작품이 공표되었다고 가정한 정도의 기대밖에 하지 않으니까 안심해."

"엄청 기대하고 있잖아! 그 기대, 너무 크다고!"

높이뛰기의 허들을 내리려고 했는데, 장대높이뛰기 높이까지 올라간 기분이다.

게다가 장대도 없이. 그 밑을 그냥 빠져나가고 싶다.

"자, 슬슬 도서실도 닫을 시간이니 돌아갈까."

대화가 적당히 끝난 타이밍에 팬지가 담담히 일어서서 스윽 옆으로 다가오더니 내 손을 붙잡았다. 응, 얘는 뭘 하는 거지?

"어이, 너는 왜 내 손을 잡는데?"

"즐거움과 당신의 안전을 고려한 결과야."

"웃기지 마. 짜증나니까 얼른…"

"즐겁다고 말했어."

"뭐?"

아니, 하나도 즐겁지 않은데, 이 녀석이 대체 무슨 소리를 하는 거지?

"오늘 점심시간에 말했잖아? 손을 잡으면 즐겁냐고. 그랬더니 당신은 '재미없진 않다'고 말했어. 즉, 내가 잡아도 문제없는 거네?"

그건 내가 츠바키와 히마와리와 손을 잡고 도서실에 왔을 때를 말하는 건가!

이 녀석, 그때 전혀 불평하지 않는다 싶더니만 이때를 위한 포석으로 이용하려는 거였나!

"웃기지 마. 얼른 놔… 어어…."

"이거라면 불만 없을까?"

갑자기 안경 벗지 마! 그것만으로도 나는 네 얼굴을 똑바로 바라보게 된다고!

아! 제길! 무진장 귀엽잖아! …아니, 그게 아니라!

"멍청아! 학교에 있는 동안은 끼고 있어. 네가 지금 그 얼굴을 보이면 큰일 나니까!"

츠바키가 전학 온 덕분에 진정되었지만, 우리 학교에는 또 하나의 위험한 움직임이 있었다! 그 일에 제대로 엮여 있는데 무슨 짓을 하는 거야!

"어머, 그리고 보니 그랬지."

내 허둥거리는 모습을 보고 웃으면서 안경을 끼는 팬지.

안경을 낀 순간 귀엽지 않아졌지만, 그 전의 이미지가 눈에 새겨져서 큰일이다.

"그렇게 부끄러워하지 않아도 되잖아. 부끄럼쟁이네."

"시끄러. …왜 갑자기 안경을 벗었어?"

아마도 내 행동에 팬지의 기분이 좋아지는 뭔가가 있었던 거겠지만, 그것이 뭔지까지는 전혀 모르겠다.

"조금 기쁜 일이 있었으니까."

그러니까 그 기쁜 일이 무엇인지를 못 들었다니까.

그 뒤에 학교에서 나와 둘이서 귀갓길을 걸을 때, 팬지가 차분한 얼굴로 나를 보았다.

손을 잡지 않는다고 클레임을 거는 걸까.

"저기, 죠로. 난 요우키에 대해 한 가지 궁금한 게 있어."

예상과 달랐지만, 이 녀석의 목소리 톤이 평소와 다를 때는 주의가 필요하다. 대개 당치도 않은 일이 생긴다.

"궁금한 거? 뭔데?"

"요우키는 여기에 오기 전에 어느 학교에 있었을까?"

"몰라. 츠바키한테 내가 들은 이야기는 아까 그게 다야."

"…그래."

묘한 침묵에 위화감을 느껴서 팬지의 얼굴을 흘낏 확인하니, 평소에는 상상도 못 할 정도로 무거운 분위기를 띠고 있었다. 이 녀석이 이런 태도를 보이는 일은 드물다.

"그 녀석이 전에 무슨 학교에 있었는지 궁금해?"

"응, 그게 아니라면 안 물었을 거야."

"왜 그런 걸 신경 쓰는데? 딱히 어느 학교든 상관없잖아."

"그렇지 않아. 내가 싫어하는 사람과 같은 학교에 있었고, 지금도 그 사람과 교류가 있으면 안 돼."

오오, 더욱 드문 일이군. 팬지의 입에서 '싫어한다'는 말이 나오다니.

이렇게까지 당당하게 싫어한다고 말하는 걸 보면 그 녀석을 정말로 싫어하는 거겠지.

팬지를 적으로 돌리다니 무서운 줄 모르는 녀석이군.

어디의 누군지는 모르지만, 명복을 빌어 주자.

"그럼 내일 츠바키에게 물어볼게. 그런데 어느 고등학교야?"

"토쇼부 고등학교야."

"…토쇼부… 고등학교?"

"왜 그래?"

설마 그 고등학교의 이름을 팬지의 입에서 듣게 되다니.

우연인지 필연인지 판단이 안 서지만, 나도 마음이 다소 답답해졌다.

"…신경 쓰지 마. 내가 싫어하는 녀석도 그 고등학교에 있을 뿐이야."

그렇긴 해도 내 경우는 단순히 괜한 원한이지만. 한심하지.

"그렇겠지."

역시나 에스퍼. 순식간에 내가 싫어하는 녀석이 누군지 특정하고 납득했어.

"혹시 네가 싫어하는 녀석도 나랑 같은 녀석이야?"

"애석하지만 달라. 누군지는 가르쳐 주지 않겠지만."

안 가르쳐 준다는 소리는 결국 말하기 싫다는 소리인가.

왠지 최근 팬지의 발언도 그 의도를 서서히 읽을 수 있게 되는 내 자신이 슬프다.

두 달 전의 나라면 절대로 몰랐겠지.

이해하고 싶지 않지만, 이해하지 않으면 더 심한 일과 맞닥뜨린다.

전진해도 지옥, 후퇴해도 지옥이란 말은 바로 이런 거다.

내게 몰아치는 선의의 폭풍

제 2 장

"**안**녕, 죠로."

"…응? 으응?!"

눈을 뜨자 눈동자에 비친 광경에 나는 얼음.

이건 대체 무슨 상황이지?

"츠, 츠바키… 왜, 내 침대에 네가…?"

"물론 죠로에게 봉사하기 위해서랄까. 혹시 민폐라고 생각했어?"

귀여운 미소와 귀족 흉내를 내려는 건지 베이지색 네글리제를 입고서 올려다보는 시선은 무방비함과 파괴력을 동시에 갖추었고, 살색 면적이 장난 아니다.

"아, 아니… 그런 건 아닌데…."

"그럼 다행일까. 헤헤헤헤."

귀를 통해 머릿속에 쏴악 스며드는 츠바키의 달콤한 목소리.

동시에 가슴에 가볍게 머리를 대는 모습에 내 머리는 완전 혼돈의 도가니.

침대 안에서 다리를 버둥거리고 싶지만, 츠바키에게 맞으면 안 되니까 참았다.

어이어이, 이런 이벤트가 있어도 돼?

나한테 봉사한다고는 했지만, 아침부터 같은 침대 안에서 굿모닝이라니….

"아, 죠로는 아침에 샤워를 하나? 그렇다면 같이 들어가서 등을 밀어 주려는데….”

네?????? 잠깐, 너… 무슨 소릴 하는 거야?!

“지, 진짜로…?”

“응, 첫 경험 3인가. 부, 부끄럽지만… 열심히 해 볼까.”

멋쩍은 듯이 고개를 끄덕이고 욕실에서 옷에 손을 댄 츠바키가 뭔가를 깨달은 걸까. 몸의 방향을 빙글.

“자, 잠깐 저쪽을 봐 줄 수 있을까? 너무 빤히 쳐다보는 건….”

“아! 미안!”

어차, 이런, 이런. 그건 그렇지. 그럼 나도 몸의 방향을 빙글.

그 뒤에 머리의 방향을 빙글. 이걸로 제대로 확인할 수 있다.

우와! 등이 엄청 예쁜데!

나에게 어휘력이 더 있으면 눈 녹은 어쩌고 하는 느낌으로 표현할 수 있겠는데, 슬프게도 일개 남자 고등학생이다. 그런 표현 능력은 갖고 있지 않다. 엄청 예쁘다, 이상.

…어라? 뭔가 이상한데. 어느 틈에 우리는 침대에서 욕실로 이동했지?

어라라라라? 왜 아직 목욕을 하지도 않았는데 츠바키의 몸이 약간 젖어 있지?

기분 탓인지 머리카락도 길고, 가슴도 커진 것 같은데….

“휴우. 이걸로 준비 OK! 그쪽도 괜찮으려나~?”

몸에 걸친 네글리제, 또 속옷까지 벗은 하이텐션 츠바키가 나에게 확인.

이런…. 지금 깨달은 건데, 내가 옷을 벗는 것은 좋지 않다.

나의 물뿌리개가 전력을 다해 맹활약하고 있으니까. 안녕, 이 멍청한 놈.

"어, 어어… 역시 그만둘까? 서로 부끄럽잖아?"

몸을 굽히면서 왠지 씩씩한 여대생 같은 미녀에게 제안.

같이 목욕하고 싶다는 욕망은 있지만, 아무래도 여기선 수치심이 앞선다.

"괜찮아~ 부끄러워할 이유는 하나도 없어~! 왜냐면…"

"왜냐면?"

"모자지간이잖아~!"

"서엉모오오오오오!!"

까, 깜짝 놀랐다! 진짜로 깜짝 놀랐어! 순식간에 벌떡 일어났다.

그대로 황급히 주위를 확인했더니 내 방이었다! 진짜로 다행이다!

"허억! 허억! 꾸, 꿈인가!"

나는 뭐 이런 꿈을 꾸는 거야! 진짜로 심장에 안 좋으니까! 아, 쫄았다.

"……."

침대에서 빠져나와 내 상황을 확인.

평소와 다름없는 내 방이고, 평소처럼 실내복을 입고 있다. 평소와 다른 것은… 아침에 일어난 상태인데도 내 물뿌리개가 풀죽어 있다는 것 정도다. 잘 자라, 나의 세계.

"응?"

어라? 책상 위에 놔두었던 내 스마트폰이 경쾌한 착신음을 연주하는군.

알람…이 아니야. 아직 6시다. 이런 시간에 전화하는 걸 보면 무슨 급한 일일까?

"…여보세요?"

[안녕, 죠로. 아직 자고 있었으려나?]

"어? 아니, 지금 일어났어. 어어… 츠바키야?"

[응, 그렇다고나 할까.]

아까까지 꿈에서 보았으니까 목소리만으로 네글리제 모습이 머릿속에 재생된다.

"어, 어쩐 일이야, 이런 시간에?"

[죠로가 지각하지 않도록 모닝콜을 했다고나 할까. 같이 학교에 가지 않을래?]

"뭐?"

[어라? 잘 안 들렸나?]

아니, 확실히 들렸는데.

일부러 나와 학교에 가기 위해 아침 6시에 전화한 거야?

아니, 모닝콜도 겸한다고 했지. 난 보통 7시에 일어나지만….

"…알았어. 괜찮아."

[정말? 다행이군.]

"그래. 그럼 몇 시 정도에 만날까?"

[언제든지… 몇 시라도 괜찮다고 할까. 죠로가 준비되는 대로 집에서 나오면 돼.]

이 녀석은 대체 무슨 소리를 하는 거지?

"뭐? 그럼 츠바키는 어쩔 건데? 내가 언제 집을 나설지…."

[알아. 언제 일어나도 대응할 수 있도록 지금 네 집 앞에서 스탠바이하고 있지.]

"……."

내 방에 있는 창문 중 베란다와 이어진 쪽이 아니라 바깥을 확인할 수 있는 창문으로 가서 커튼을 슬쩍.

그리고 그대로 밖을 확인하니,

[아, 죠로 발견. 안녕.]

이, 있다! 틀림없어!

우리 학교 교복을 입었고 저렇게 체지방률이 낮을 듯한 여자는 츠바키 말고는….

[죠로, 지금 아주 실례되는 생각을 하지 않았나?]

"기분 탓이야. 나는 텅 **빈** 마음을 치**유**해 주는 맑은 구름의 대단함에 대해 생각했어."

[그런가. 그럼 됐어. 난 여기서 기다릴게.]

"어? 어, 어이! 잠깐만… 제길, 전화를 끊었잖아!"

진짜냐! 혹시 일부러 등교 도중에도 봉사하기 위해 저러는 건가?!

고맙긴 해도 민폐잖아! 아무리 그래도 이런 시간은 아냐.

어쩔 수 없지…. 서둘러 준비를 하고 출발하자.

"어머? 아마츠유, 오늘은 일찍 일어났네~"

잽싸게 교복을 입고 가방을 들고 거실로 가자, 들려오는 엄마의 목소리.

또다시 꿈이 떠올라서 두근두근…할 뻔했지만, 파마에 두꺼운 화장기가 막아 주었다.

고마워, 엄마. 언제까지고 지금 그대로의 어머니로 있어 주세요.

아, 아빠는 아직 출근하지 않았나. 뉴스를 보면서 묵묵히 식사를 하고 계시네.

"미, 미안, 엄마! 오늘은 아침도 도시락도 됐어! 난 얼른 가야 하니까!"

"에엥~! 이미 만들기 시작했는데~!"

…이런, 엄마의 곤란해하는 목소리에 아빠가 째릿 이쪽을 바라

본다.

"…아마츠유. 그런 중요한 일은 어제 말해야지."

"죄, 죄송합니다…."

우리 아빠는 평소엔 로우 텐션이지만, 화나면 꽤 무섭다.

기본적으로 가족 LOVE인 사람이니까, 가족을 가볍게 여기는 행위에는 꽤나 엄하다.

"…케이키. 아마츠유의 도시락에 넣으려던 건 내 것에 더 넣으면 돼."

"하지만 그러면 아주 많아지는데? 괜찮아?"

"…나는 의외로 잘 먹지. 그러니까 문제없어."

"꺄아~! 사랑해~!"

자, 거실에서 벌어지는 내 부모의 러브 신은 어디에서도 수요가 없을 테니까 이만 가자. 양친에게서 나오는 핑크색 오라를 떨쳐 내고 나는 현관으로 향했다.

어차, 이런, 이런. 나갈 때 인사를 해야지.

"그, 그럼 다녀오겠습니다!"

"잘 다녀와! 아마츠유!"

"…다녀와라, 아마츠유. 차 조심하고."

집을 나와서 후욱 숨을 내뱉자, 내게 빙그레 미소 지어 주는 미소녀가 한 명.

"여어, 빨리 나왔네."

너한테 그런 소리를 듣고 싶진 않아.

"너무 기다리게 할 수도 없으니까. 그보다 왜 이렇게 일찍부터 왔어?"

"죠로가 평소에 몇 시에 집을 나서는지 몰랐으니까, 만전에 만전을 기한 거지."

무슨 일이든 그렇게 만전을 기한다고 좋은 게 아냐.

우리 집에서 학교까지는 걸어서 15분이야. 하다못해 7시 정도에 와 주었으면 좋겠는데.

"게다가 오늘부터 승부가 시작되니까, 난 열심히 하겠어!"

아, 그런 건가. 그래서 츠바키는 이렇게 일찍부터 와서 나한테 의욕을 보여 주는 걸까.

으음…. 반쯤 기세에 몸을 맡겨서 시작된, 네 여자의 '나를 기쁘게 해 주기 승부'.

뒤로 몰래 꾸미고 있던 '무승부로 만들어서 어영부영 작전'은 팬지에게 멋지게 저지되었다.

즉, 누군가 승자를 정해야만 한다. 분명히 말해서 꽤나 난처하다.

누구를 골라도 지옥밖에 기다리지 않고, 신경 쓰이는 것도 하나 있다.

그건 어제 팬지가 말했던 '츠바키와 팬지가 같은 것을 하려고 한다'는 말이다.

무슨 꿍꿍이인지는 전혀 모르겠지만, 좋지 않은 예감밖에 들지 않는다.

"어라? 죠로다! 안녕!"

"으아아악!"

뭐지, 이 고통은?! 등을 세게 얻어맞는 거야 평소와 같지만, 분명히 위력이 평소보다 세다. 이미 고통을 넘어서 뜨거운 레벨이야!

"뭐야! 왜 이렇게 아침 일찍 나와 있어? 혹시 내 아침 연습 시간에 맞춰 준 거야? 에헤헤! 고마워! 아, 죠로도 기쁜가 보네!"

탈락! 히마와리, 탈락! 우연히 아침 일찍 나선 것을 멋대로 착각하고 등 철썩을 파워 업시키는 여자는 절대로 싫어! 내 표정의 어디에 기쁨이 있었는데?!

"다, 당했나…. 하지만 이제 시작이니까, 이제부터 뒤집어 볼까…."

충격을 받은 그 얼굴, 그만두지 않겠어?

왜 어제 하루밖에 같이 있지 않았는데, 내가 등을 맞으면 기뻐한다고 생각하지?

"히마와리, 전에도 말했지만, 갑자기 등을 때리지 마! 그리고 내가 아침 일찍 나온 건 츠바키가 데리러 와서 그런 거니까! 너를 위해서가 아냐!"

"그렇구나! 하지만 같이 갈 수 있잖아! 기뻐!"

나는 전혀 기쁘지 않아. 애초에 이미 승부는 시작되었으니까, 조금은 나를 기쁘게 만들어 줄 노력을 해. 하긴 너의 패배는 이미 결정되었지만.

"츠바키도 안녕!"

"음, 안녕, 히마와리. 선수는 빼앗겼지만, 승부는 이제부터니까."

괜찮아, 츠바키. 바로 그 선수를 두는 바람에 히마와리는 탈락했어.

이제부터 이 녀석이 부활하려면 어지간한 일이 없는 한… '물컹'.

"그럼 셋이서 학교 가자! 재미있겠어, 죠로!"

부! 활! 히나타 아오이 부활!

이렇게 달콤한 포옹이라니. 그야말로 14킬로그램의 설탕물*과 같다.

자, 츠바키 씨. 내 오른팔은 아직 비어 있습니다. 언제든지 오세요.

"이제부터 히마와리에게 이기려면…. 생각을 조금 해야겠군."

생각하지 마. 느끼는 거야. 지금 네가 내 오른팔을 껴안으면 좋은 승부가 돼.

※14킬로그램의 설탕물 : 격투 만화 『파이터 바키』에서 주인공 바키가 맹독으로 죽어 가다 해독된 뒤에 몸을 회복하기 위해 이것을 원샷한다.

아, 안 되겠군요. 츠바키 씨, 뭔가 혼잣말을 중얼거리기 시작했네요.

누가 좀 통학로에 왁스를 칠해 주지 않겠어?

"있잖아! 죠로, 오늘부터 6월이야!"

셋이서 걷기 시작한 지 10초, 히마와리가 내 팔을 더 힘주어 껴안으면서 방긋방긋을 30퍼센트 증가. 내게 무슨 기쁜 일을 해줄지 맞춰 보라는 시선을 반짝반짝 발신 중.

아, 그러고 보니 6월이라면 그 이벤트가 있었군.

기억해 두길 잘했어. 잊고 있었다간 '소꿉친구인데!'라면서 화를 냈겠지.

"그래. 30일에 히마와리의 생일이 있는 6월이지."

"에헤헤! 기억해 줘서 고마워!"

정답을 맞혔기에 히마와리의 미소가 또 50퍼센트 증가.

내 팔을 껴안는 강도도 강해지고, 오늘이라는 날을 축복하고 싶은 기분이 들었다.

"있잖아, 있잖아, 올해도 우리 집에서 생일 파티 할래! 그러니까 죠로도 와! 또 선물도 줘!"

역시나 히마와리다.

남자를 뜯어먹는다는 자각이 전혀 없으면서 뜯어먹으려고 한다.

물론 바치겠지만.

"알았어. 뭐 갖고 싶어?"

"어어, 으음⋯."

신이 나서 웃으며 고개를 좌우로 흔드니까, 히마와리의 머리가 내 어깨에 툭툭 hit. 동시에 히마와리 특유의 감귤 계열의 산뜻한 향기가 내 코를 자극한다.

이걸 자연스럽게 할 수 있다니 무자각 bitch는 무섭다.

"그렇지! 죠로, 나, 리스트밴드가 필요해!"

"리스트밴드? 왜 또 갑자기?"

"이제 곧 테니스 시합이 있으니까 그때 쓰게! 지금 쓰는 건 이미 낡았어!"

그러고 보면 어제도 비슷한 소리를 했다.

테니스 라켓이 이미 낡았으니까 새 것을 산다고.

그리고 거기에 돈을 써야 하니까 리스트밴드 쪽에는 돈을 쓸 수 없나.

그거라면 딱히 상관없다. 선물로서 가격도 적당하고 허용 범위다.

하지만, 하지만 말이지.

"테니스 시합은 네 생일 전 아니었어?"

"응! 그러니까 그 전에 줘!"

조르는 것도 잘하는구나! 그렇게 귀여운 미소와 함께 조르면 거절할 수가 없잖아.

"⋯안 돼?"

"그렇지 않아. 그럼 생일에는 너희 집에 공짜 밥을 먹으러 갈 테니까."

"와아! 죠로, 좋아!"

그럼 돌아오는 휴일 즈음에 역 근처에 있는 스포츠용품점으로 사러 갈까.

가능하면 히마와리 본인을 데리고 가고 싶지만, 시합 전이면 휴일에도 연습할 테고.

오늘도 아침 연습 때문에 일찍 집을 나설 정도니까, 그걸 방해하면 안 되겠지. 혼자 갈까.

제길. 얼마 전이라면 조코비치의 프랑스 대회 착용 모델을 팔고 있었는데….

"그래서 어떤 게 좋아?"

"죠로가 좋다고 생각하는 거!"

…또 그 패턴인가.

히마와리가 나에게 뭔가 사 달라고 말할 때는 항상 이런 식이다.

전에 어떻게든 입을 열게 하려고 했는데, 단호하게 '죠로가 좋다고 생각하는 게 좋아!'라면서 삐치더니 그 이외 아무 말도 없었다.

작년에는 샌들이 필요하다고 해서 녹색 샌들을 선물했더니 마음에 안 들었는지 살짝 뾰로통했던 게 생각났다. 잘 신기는 하지만.

"알았어. 하지만 마음에 안 들어도 불평하기 없다?"

"불평 안 해!"

표정으로는 불평하겠지만.

"…아, 생각났군. 저기, 죠로."

그때 지금까지 혼잣말만 하던 츠바키가 내게 말을 붙여 왔다.

"응? 왜 그래?"

"가방을 나에게 맡겨 주겠어?"

내 가방을 가리키며. 달라고 손으로 어필.

과연. 나를 기쁘게 하기 위해서 학교까지 짐을 들어 주려는 건가.

하지만 그건 미묘하군. 분명히 메이드는 짐을 들어 주지만, 이건 짐꾼으로 부려 먹는 느낌이다.

어제부터 남녀평등을 신조로 삼기로 결심한 나지만, 여기서는 남자로서의 프라이드를 우선하자.

"내가 들고 갈 테니까 괜찮아. 마음만 받을게."

"왜지?"

내 발언이 예상 밖이었을까, 츠바키의 눈썹이 놀란 듯이 움직이고 불안한 표정을 지었다.

"어제는 도시락을 들게 해 줬는데…. 혹시 내가 싫어졌어?"

그런 거 아냐! 전혀 아냐! 그 불안한 얼굴, 엄청 귀여워!

"싫지 않아. 다만 사이즈도 무게도 도시락과 전혀 다르잖아. 게다가 남자가 여자한테 가방을 들게 하면 멋없잖아?"

"그런가. 싫지 않다면 다행인 건가."

오오. 나란 녀석은 참 나이스 가이다. 츠바키의 밝은 표정을 끌어내다니.

그야말로 태양 같은…이라는 말은 썬이 연상돼서 슬퍼졌다….

꿈에서도 반성했잖아. 팬지에게서 빌린 책이라도 읽고 어휘를 늘리도록 하자.

"하지만 그거라면 괜찮다. 전부터 멋없었으니까 신경 쓰지 않아도 되려나."

응, 알았어. 신경 안 써. 더 신경 쓸 게 생겼으니까.

"그러니까 이리 줘. 내가 들고 가지."

"아니, 됐다니까. 내가 들게."

최소한의 멋짐을 유지하고 싶은 내가 츠바키의 재촉을 거부.

멋없는 모양새는 행동으로 보충하고 싶은 나이다.

"혹시 나를 위해서 말해 주는 건가? 그런 걸 츤데레라고 하지?"

"그럴 리 없잖아. 내가 가방을 들고 가고 싶으니까 그렇게 말한 거야. 착각하지 마. 딱히 너를 위한 게 아냐."

"그쪽이야말로 착각하지 말아 주었으면 하는데. 내 가방을 드는 김에 네 것도 들고 싶은 것뿐이니까."

들고 싶은데, 드는 김에 들 뿐이다, 그게 무슨 소리야?

아라스 토오루[*] 씨에게 그런 쪽의 츤데레 정신을 잘 배운 다음에 발언하도록 해. 이야기는 그다음에 하지.

"그럼 내가 들게! 나, 죠로 가방 들고 싶어!"

"응?"

왠지 모르지만, 히마와리도 신나 하며 내 가방에 손을 댔다.

그 모습을 본 츠바키의 눈썹이 꿈틀. 아주 불만스러운 얼굴을 하고 계십니다.

"히마와리, 죠로를 기쁘게 하는 건 나다."

"내가 죠로를 기쁘게 해 줄 거야! 그러니까 나!"

온화하던 분위기에서 왠지 갑자기 쿠구궁 하는 분위기로 급변한 통학로.

양쪽 모두 가방을 최대한의 악력으로 움켜쥐고 그대로 잡아당겨….

"어, 어이, 너희들, 그만둬! 아, 아파! 이거 진짜 아프니까!"

내 비명 따윈 그대로 무시. 영문 모를 투지를 불태운 히마와리와 내게 봉사하기 위해서라면 나에게 민폐가 되는 것도 생각하지 않는 츠바키의 가방당기기 배틀이 갑자기 발발했다!

"저 애들 뭐 하는 거지? 아침부터 사랑싸움?"

※아라스 토오루 : 라이트노벨 「작안의 샤나」에 등장하는 캐릭터 '아라스톨'의 이름을 팬들이 일본어 이름처럼 변칙시켜서 만든 애칭.

"대단하네, 저 애…. 전에는 엎드려 비나 싶더니… 어느 틈에 저렇게…."

길을 가는 사람들의 목소리가 따가우니까! 아야야야…, 아! 이거 더 이상 무리!

""잡았다!""

여기서 고통에 굴한 내가 어깨에서 가방을 벗자, 오른쪽에서 히마와리가, 왼쪽에서 츠바키가 그것을 들었다. 배틀은 아직 끝나지 않은 모양이다.

"히마와리, 손을 놓아라."

"싫어! 내가 죠로의 가방을 더 잘 들어!"

그런 심사, 지금까지 한 적 없어!

"나도 가방을 드는 일에는 정평이 나 있다!"

어디서 평가하는데?! 가방을 드는 법 그랑프리 같은 게 어디서 열렸어?

이거 안 좋은 흐름이야…. 어떻게든 이 바보들의 싸움을 막아야 해!

"으랴아아아아아아!"

"우음가아아아아!"

"너희들, 그만둬! 그보다 츠바키, 여자로서 문제 있는 거 아냐?!"

"호잇이라고 하는 게 좋았을까!"

그런 친근한 언어는 뭔데?! 처음 들었어!

아아, 이거 틀렸다. 분명히 이다음에는….

"우왓!"

"와아! 내 승… 꺄악!"

"아! 아아아아! 역시 그렇게 되나!"

최종적인 승자는 어떤 의미로 히마와리지만, 결과는 최악.

전력으로 가방을 잡아당겼는지, 히마와리는 츠바키의 손에서 내 가방이 떠남과 동시에 내 가방을 놓치고 엉덩방아를 찧었다.

즉, 내 가방이 어떻게 되었는지 알겠지? 엉뚱한 방향으로 날아갔어….

"으으으…."

"어이, 히마와리! 다친 데 없어?!"

"엉덩이, 아파~!"

"너는 다치면 큰일 나잖아! 손은 안 다쳤어?! 그리고 다리는?!"

이 녀석은 왜 이리 생각이 없지! 이제 곧 시합인데…!

"미, 미안… 괜찮… 어, 어라? 죠로의 가방은?!"

내 가방이 자기 손에 없는 것을 깨달은 히마와리가 주위를 확인.

하지만 거기에 가방이 있을 리가 없다. 방금 전에 히마와리의 풀 파워로 어딘가로 날아갔으니까. 하아…. 찾으러 가 볼까….

"어이, 죠로! 아침 조깅을 하는데 가방이 느닷없이 하늘에서 날아와서 저기 덤불로 떨어지던데, 이거 네 가방이지?"

"써, 썬!"

이런 기적적인 타이밍!

아무래도 아침 연습으로 학교 근방을 뛰던 썬이 주워다 준 모양이다.

뜨거운 투지와 함께 내 가방을 들고… 잠깐. 어떻게 그게 내 가방인 줄 알았지?

"어, 어어…. 그런데 어떻게 그게 내 가방이라고… 살았다! 고마워!"

묻고 싶긴 했지만, 무서워서 물을 수 없었다. 알 필요가 없는 일은 모르는 편이 낫다.

"왜 하늘에서… 아하, 그런 건가! 츠바키와 히마와리가 둘 중 누가 죠로의 가방을 들지를 놓고 다퉜군? 하하하! 죠로는 남자니까 가방을 들어 줘도 기뻐하지 않을걸?"

열혈 스마일과 함께 내 심경을 적중.

쓱 본 것만으로 용케 내 가방이라고 알 만하군.

"그래. 하지만 승부는 이제부터일까."

"으음! 나도 힘낼 거야!"

너희들 양쪽 다 패배. 분명히 말해서 너무 심했으니까.

그보다… 앞날이 불안하기 짝이 없는데 괜찮을까?

※

　점심시간, 나와 히마와리와 츠바키는 셋이 나란히 도서실에 도착.

　썬은 오늘도 매점에 들렀기에 현재는 없다. 조금 더 있으면 오겠지.

　팬지는 코스모스와 함께 독서 스페이스로 이동했나. 오늘은 접수처에 없군.

　"안녕, 죠로, 히마와리, 요우키."

　도서실에 들어가서 독서 스페이스로 가자, 인사를 한 사람은 땋은 머리 안경 모드인 팬지.

　"어, 어어! 죠로, 히마와리, 츠바키!"

　이어서 꽤나 안절부절못하는 코스모스가 인사.

　왠지 오늘은 시작부터 소녀 모드인 모양이다.

　"여! 기다렸지! 오늘의 매점은 한층 뜨거운 싸움이었는데, 캐칭 기술의 차이로 내가 이겼지!"

　전원이 착석한 후에 매점의 승자 썬이 도착.

　한 손에는 빵이 든 봉투, 다른 손에는 악력기가 쥐어져 있어서 그걸로 캐칭 기술을 닦았음을 납득할 수 있었다. 점심을 사는 거랑 무슨 관련인지는 모르겠지만.

"히마와리, 매점에서 아줌마가 덤으로 이거 줬는데 먹을래?"

"와아~! 크림빵이다! 괜찮아?"

"응! 히마와리는 크림빵을 좋아하지!"

"와아! 썬, 고마워~!"

아, 이거 히마와리에게 운 좋은 이벤트다.

이 녀석, 크림빵을 좋아하지. 아주 기쁜 얼굴을 하고 있다.

"히마와리, 그건 잘못이다. 승부를 생각한다면 그 빵은 죠로에게 주어야 하지 않을까."

츠바키는 의기양양한 얼굴로 대체 무슨 소리를 하는 거지?

히마와리가 좋아하는 거니까 참지 말고 먹는 편이 당연히 좋지.

"흥! 아직 멀었군, 츠바키. 죠로라면 히마와리가 괜히 참는 것보다 히마와리가 기뻐하는 모습을 조용히 지켜보는 쪽을 행복으로 느끼는 타입이야!"

"윽! 이거 한 방 먹었나…."

응. 정확하긴 한데, 그게 알려졌다는 사실에 곤혹스러워하고 있으니까 마음속으로 생각만 해 줘.

"…좋아! 말하겠어! 여기서 확실히 죠로에게 말하겠어!"

그리고 왜 그래, 코스모스? 그렇게 일대 결심을 한 것처럼 말하고.

"저, 저기, 죠로! 조금, 이야기를해, 도좋, 을까?"

"하아…. 무슨 일입니까?"

"실은 소생, 오늘은 실수로, 점심을 많이 만들어 와서… 괘, 괜찮다면, 키사라기 공이 드셔 주셨으면 하는 마음이올시다!"

그러하십니까, 아키노 공. 갑자기 사무라이 말투가 되었다는 소리는… 그거로군요.

나에게 굉장히 고마운 일을 해 주었지만, 그 사실을 말하는 게 부끄럽고 긴장한 나머지 연극으로 얼버무리는 거군. 일부러 고맙습니다.

게다가 내가 우연히 도시락을 가져오지 않은 날에 만들어 주다니, 정말 나이스 타이밍! ……이라고 말하긴 힘들지.

도시락이 없는 내가 매점에 가지 않았던 것은 선약이 있기 때문으로….

응, 그 선약의 주인이 이쪽을 빤히 바라보고 있네.

"아, 어어, 그러니까… 실은 츠바키에게서 도시락을 받기로 약속을 해서…."

"무엇이? 그것은 거짓 없는 진실이오?!"

"거짓 없는 진실이옵니다."

"그랬소이까…. 그럼 어쩔 수 없구려. 이쪽의 점심은 소생이 먹도록 하겠소이다. 아, 아아! 신경 쓰지 마시구려! 소생의 마이붐은 단식이니까!"

거기서 일부러 이상한 억양으로 말하지 않아도 돼. 그리고 단

어의 의미를 모르겠어.

왜 단식을 하는 녀석이 도시락을 두 개나 먹는데?

"끄으으…. 아키노 사쿠라, 일생의 불찰!"

하지만 이대로 거절하기도 그렇군. 엄청 눈에 띄도록 풀이 죽어서 뭐라고 중얼거리고.

어쩔 수 없지. 점심 식사 후의 과자에 대비해 위장에 여유를 남겨 두고 싶었는데… 힘 좀 내 보자.

"저기, 코스모스 회장. 이왕 이렇게 되었으니 주실 수 있을까요?"

"아니! 그것은 거짓 없는 진실이오?!"

그거, 아까도 들었어.

"거짓 없는 진실이옵니다. 나는 의외로 많이 먹는 편이라서 2인분 정도야 충분히 먹을 수 있습니다."

오른손 엄지와 검지를 맞대 비비면서 최대한 웃는 낯으로 한마디.

본심을 말하자면 힘들 거라 생각하지만, 미녀의 호의를 무시하라고 배운 기억은 없으니 기합으로 어떻게든 하자.

게다가 코스모스의 밥은 이제껏 맛없었던 적이 없으니 기대도 되니까.

"진정 고맙소이다! 그럼 이쪽이 귀공을 위해 준비한 것이옵니다! 히나타 공에게서 살짝 조언을 받아 귀공이 좋아하는 것으로 채워 보았소이다!"

사무라이, 아까 했던 말을 떠올려. 설정상으로는 여분으로 만들었다고 했잖아. 자기 무덤을 파고 있잖아.

아니, 이 도시락 통 크다! 엷은 핑크색의 귀여운 디자인이지만, 사이즈는 귀엽지 않아….

이거 각오 단단히 하고 임하는 게 좋겠군.

"죠로, 이쪽이 내 것이다."

"오, 땡큐."

다행이다. 츠바키의 것은 보통 사이즈였다.

사무라이급이 두 개 오면 큰일이겠는데, 이 정도라면 애 좀 쓰면 어떻게든 될 것 같다.

"와아~ 다행이다~ 확실히 졌어! 확실히 졌어!"

그리고 사무라이에서 꿈꾸는 소녀로 표변한 학생회장도 기쁜 모양이니까, 만사 OK다.

"저기, 코스모스 선배. 이왕 이렇게 되었으니 이걸로 저와 승부할까요."

"승부? 호오…. 나하고 말이야? …과연, 그런 건가."

분위기 전환이 빠르군. 순식간에 사무라이에서도 꿈꾸는 소녀에서도 원래대로 돌아왔다. 그것도 왠지 거만한 기색으로.

"네. 코스모스 선배도 죠로를 위해 만들어 왔죠?"

"제법 눈이 높네. …네 말처럼 내 나름대로 마음을 담아서 만든 최고의 도시락이야."

눈이 낮아도 알아. 이제 완전히 숨길 마음도 없구만, 이 학생회장.

"음, 그러니까 제가 만들어 온 도시락과 코스모스 선배의 도시락, 어느 쪽이 맛있었는지를 죠로에게 정해 달라고 할까요."

"좋은 제안이야. 물론 그 승부, 받아들이겠어!"

나도 코스모스에게 찬성. 아침에는 내게 고통을 동반하는 승부였으니까 아주 고생이었지만, 이 승부라면 내게 큰 피해가 없다. 그저 양쪽 도시락을 먹고 어느 쪽이 맛있는지 판단할 뿐이고.

"그럼 죠로, 얼른 먹어 줘."

"죠로, 딱히 마음 쓰지 않아도 되니까. 솔직하게 맛있다고 생각한 쪽을 말해 줘."

"알겠습니다. 그럼…."

자, 이 승부… 현재까지의 공적으로 생각하면 코스모스가 앞서지.

지금껏 코스모스가 만들어 온 음식 중에서 맛없는 건 없었다. 하지만 그건 어디까지나 지금까지의 평판.

츠바키는 미지수다. 어제의 튀김꼬치뿐이라면 코스모스의 밥에도 필적하는 맛이었다.

즉, 다른 요리도 맛있을 가능성이 충분하다.

그럼 먼저 도시락을 준다고 약속했던 츠바키 것부터… 오픈!

"헤에, 새우 필라프인가. 맛있겠네."

"튀김꼬치로 할까 했지만, 그것밖에 못 만드는 여자라고 여겨지는 건 싫으니까 다른 것으로 해 보았지. 맛있어. 제대로 맛도 봤고."

입가에 아주 살짝 웃음을 머금는 츠바키.

자신 있는 건지 가슴을 툭툭 두드렸다. 이 이상 작아지지 않도록 기도해 두지.

그럼 식전 인사도 끝냈으니, 어디… 먹어 볼까!

"오, 이거 맛있네!"

"그렇지? 우리 집의 특제 소스를 썼으니까."

"헤에, 그런가!"

나는 달인의 혀를 가진 것이 아니라서 뭐가 어떻게 맛있는지 말할 순 없지만, 이건 맛있어!

맛이 살짝 삼삼하긴 한데, 완전 허용 범위다.

"제법이네… 츠바키."

"후후, 당연하다고 할까요."

살짝 전율 섞인 목소리의 코스모스와 자랑스러운 기색의 츠바키.

동시에 눈썹을 위아래로 꿈틀거렸다.

그런데 코스모스. 새우 필라프를 바라보는 눈길이 너무 흥미

진진하지 않아?

"흠, 사용한 것은… 자포니카 쌀이네. 필라프의 어원이 된 필라우의 원조 터키에서 주로 사용하는 식재료를 사용하다니…. 제법 세심한 솜씨야."

코스모스피디아 씨 덕분에 학습장 같은 이름*의 쌀을 사용했다는 걸 이해했습니다.

덤으로 지식을 자랑할 수 있어서 의기양양한 기색입니다. 대단한데, 아무래도 좋은 내용이지만.

"큭! …그럼 나도 죠로에게 한 가지 좋은 걸 가르쳐 줄까! 새우 꼬리의 성분은 바퀴벌레의 날개와 같지. 알고 있었어?"

츠바키피디아 씨, 왜 그런 지식을 초이스했어? 나는 지금 식사 중이거든요?

"츠바키, 그건 다소 과장된 표현이야. 분명히 그 둘은 키틴질이라고 불리는 같은 물질로 형성되어 있지만, 그 외에도 투구벌레나 잠자리의 표피를 형성하기도 하니까."

그 추가 지식도 필요 없습니다. 뭘 추가하든지 결론적으로 내가 벌레를 먹는 게 된다.

너희들 말이지, 지식 승부가 아니라 요리 승부라는 걸 잊지 않았지?

※학습장 같은 이름 : 일본 기업 쇼와 노트 주식회사에서 만든 자포니카 학습장을 의미.

"그럼 이쪽은 어떨까? 새우 등에 보이는 검은 선에는 배설물이 섞여 있을 가능성이 있지! 물론 다 제거했으니까 안심해도 좋아!"

츠바키피디아 씨의 지식이 아까부터 너무 안 좋은 쪽이라서 큰일이다.

코스모스피디아 씨에게 이기고 싶더라도 그렇게 무리해서 지식을 쥐어짜내진 마.

아무리 맛있는 요리라도 말이지, 그런 소리를 식사 중에는….

"새우는 재미있지! 맛있는 것에 바퀴벌레의 날개라든가 배설물 같은 여러…. 어라? 왜 그러지, 죠로? 갑자기 먹는 걸 멈췄잖아?"

"코스모스 회장의 밥도 있으니까, 그것도 먹어 볼까 해서."

…츠바키는 대항심을 불태우면 괜한 소리를 하는군. 앞으로 조심하자.

"흐흥. 내 요리로 죠로는 매우 기뻐하고 있으려나."

응, 처음에는. 지금은 크게 실망했는데, 모르려나?

"츠바키, 넌 아직 멀었군."

"무슨 소리일까, 썬?"

"그 새우 필라프, 염분이 좀 적어. 죠로는 맛이 간간한 쪽을 좋아하니까. 소금을 작은술 하나 정도 더 늘려야 완벽했어."

"윽! 다음부터는 조심하지…."

썬피디아 씨의 지식이 내게 너무 특화되어서 대단히 복잡한 심경이다.

어떻게 한입도 안 먹었는데 염분 농도를 알았지?

"그, 그러면 죠로. 슬슬, 내 것도…."

그런 모습을 보고 있자니, 소녀 코스모스가 들뜬 시선을.

얼른 먹어 보라는 말만이 아니라 시선으로도 말하는 고등 기술이다.

"알겠습니다. 그럼 잘 먹겠습니다."

좋아! 아까 받은 충격은 코스모스의 도시락으로 중화시키자!

요리를 잘하고, 더군다나 내 취향만으로 만들어 주었다는 자신작.

자, 무엇이 나올까. 그럼 먹어 보…… 오, 오오?

"저기, 코스모스 회장…. 이건?"

멍해지면서 코스모스에게 한마디.

그도 그럴 것이. 도시락 통 안에 든 것을 한마디로 하자면 숲.

모든 것이 녹색으로 가득 채워져 있지 않은가.

왜 도시락 통에 이런 대량의….

"브로콜리야! 히마와리에게 듣자하니 너는 브로콜리라면 얼마든지 먹어도 안 질린다고 하던데!"

히마와리! 그 정보는 뭐냐?!

나는 딱히 브로콜리를 싫어하지 않지만, 좋아한다고 한 적은 한 번도 없어!

"그래요! 전에 같이 외출했을 때, 죠로는 새우튀김보다도 브로콜리를 기분 좋게 먹었어요!"

그건 그거 말이냐?! 네가 나를, 그 뭐냐, 고백에 불러냈을 때 이야기냐?

분명히 그때 나는 너한테 새우튀김을 빼앗기고 대신 브로콜리를 받았지!

하지만 좋아한다고는 한마디도 안 했어! 멋대로 무슨 소릴….

"아, 안 좋은 전개일까…. 설마 새우보다 브로콜리를 좋아하다니…."

어이, 츠바키, 그 충격 먹은 얼굴은 당장 접어.

나는 브로콜리보다 새우를 좋아해. 꼬리와 등은 빼고.

"오늘은 죠로가 기뻐할 수 있도록 열심히 솜씨 좀 부렸어! 이건 브로콜리 볶음밥, 이건 브로콜리 소테, 이건 브로콜리 무침이야!"

아주 신이 났구만! 정말로 신이 났어! 대체 어떻게 이렇게 되는데?!

가령 내가 브로콜리를 좋아한다고 해도 한도란 게 있잖아!

왜 한 가지로 특화시키는데! 이 멍텅구리 학생회장!

"…그럼 잘 먹겠습니다."

그런 불평을 본인에게 직접 말할 수도 없어서 얌전히 먹는 인

간이 바로 나다.

아니, 코스모스는 이래 보여도 꽤나 멘탈이 약하다.

여기서 내가 진실을 말한 순간, 바로 그 순간에 사다코스모스로 변해서 우물 안으로 돌아갈지도 모른다.

자, 숲의 개척을 시작할까…. 일단은 이쪽의 열대 우림(무침)부터 가자.

"어때? 맛있어?"

"네…. 아주 맛있습니다."

거짓말이 아니다. 코스모스의 브로콜리 요리는 맛있다. 하지만 그 겉모습과 양이 너무해….

"와아! 어젯밤부터 여러모로 연구해서 철야로 만든 보람이 있네!"

코스모스 씨, 그 정보 무겁습니다. 위만이 아니라 마음에 무겁게 얹힙니다.

"저기… 혹시 또 만들어 줄 일이 생기거든 나한테 미리 연락을 해 줄 수 있을까요? 너무 무리를 하게 만들고 싶진 않으니."

"어?! 그, 그럼 또 만들어 와도 되는 거야?!"

그 점을 물고 늘어지냐! 아니, 만들어 주는 거야 기쁘지만!

신경 썼으면 하는 포인트가 다르니까!

"어어, 그건 고맙습니다만, 다음부터는 연락을…."

"우와아…. 어, 어쩌지? 다, 다음에는 뭘 만들면 돼?! 이거 말고도 죠로가 좋아하는 걸 들었는데, 뭘로 하면….”

　식사 중에 노트를 팔랑팔랑 넘기는 건 그만두세요. 그리고 내 말 좀 들어.

　“아무튼 부탁드리겠습니다.”

　“네, 넵! 아무튼 부탁받았습니다!”

　이제 됐다. 무슨 말을 해도 안 들어 먹을 것 같으니 포기하자.

　하지만 다음에 히마와리에게 ‘나는 다양한 식재료를 사용한 도시락을 좋아한다’고 전해 둬서, 코스모스에게 그게 전달되기를 기대하자.

　“그래. 코스모스 선배는 그렇게 나왔습니까. 하지만 양이 다소 많군요. 죠로가 기분 좋게 배를 채울 만한 양을 생각하면… 92그램 적은 편이 좋을걸다.”

　“그, 그랬나! 몰랐어…. 이건 잘 적어 놔야겠네!”

　나도 몰랐다고, 그 사실! 왜 썬은 그런 것까지 아는 거지!

　본인보다 더 잘 알잖아!

　애초에 근본적으로 틀린 건 도시락의 양이 아냐! 브로콜리의 사용량이야!

　“그래서 죠로, 결국 어느 쪽이 맛있었어?”

　그때 팬지가 담담하게 판정을 독촉하는 말을 슬쩍.

　“아, 그렇지…. 양쪽 다 맛있었고…. 여기서 바로 결정하기 어려운데….”

짜증나는 정도도 비슷했고…. 솔직히 말해서 어느 쪽도 뒤지지 않는다.

일단 츠바키도 코스모스도 기세를 타면 실수를 저지른다는 사실만큼은 잘 알았다.

평범하게 준비했으면 양쪽 다 대단했을 텐데….

"아, 위험했나…. 코스모스 선배, 다음에는 안 질 테니까."

"홋. 나도 아직 정진이 부족했군. 츠바키, 또 좋은 승부를 하자."

어이, 너희들, 지금 당장 그 달성감 넘치는 미소를 집어넣어.

그 뒤에 새우 필라프를 비우고 코스모스 숲의 개척도 끝낸 것으로 점심 식사는 종료.

상당한 양이었기에 배가 빵빵하다.

"그럼 슬슬 홍차와 과자를 준비할게. 죠로는 배불러?"

"아니, 괜찮아. …나한테도 줘."

설령 위장에 가득 차도 이 괴로운 기억을 달달한 과자로 지우자. 내 위야, 힘내라. 과자는 들어가는 곳이 다르다!

"어머. 어쩐 일로 그런 기쁜 말을 다 하네."

그 뒤에 기분 좋아진 팬지의 과자를 먹으니 평소의 세 배 정도로 맛있었다.

※

수업이 다 끝나고 반 아이들이 제각기 교실을 나가는 가운데 힘없이 가방을 메는 나.

하아…. 왜지? 왜 이렇게 되었지?

원래 예정으로는 오늘은 여러 여자에게 봉사를 받는 행복에 겨운, 리얼충(充)을 넘은 리얼극(極)(made by 마이 언어)으로 모두에게서 질투의 시선을 모을 터였는데. 지금 상황에는 SHIT이란 말밖에 나오지 않아….

히마와리는 내 가방을 던지고, 코스모스는 숲을 개척하게 하고… 고생만 했다.

게다가 이쪽은 자업자득이지만, 반 아이들의 시선은 여전히 매서웠다.

얼마나 힘든 상황이냐 하면….

"아! 오늘도 키사라기균이 안 옮아서 다행이다!"

호오. 키사라기균이라고 했습니까, A코 씨.

나는 항상 건강을 신경 쓰는 생활을 하고 있으니까, 분명 비피더스균 같은 거겠지.

화분증이나 알레르기 증상의 완화에 나는 빼놓을 수 없다. ……눈물 나네.

"죠로, 오늘은 나도 같이 도서실에 갈까. 아직 팬지와의 승부가 남았으니."

이제 좀 참아 줘…. 나는 아침 점심으로 체력이 꽤 소모되었으니까, 방과 후에는 휴식을 취하고 싶어.

독을 뿜는 팬지는 있지만, 그 녀석은 최소한의 대화에만 응하면 괜한 짓을 하지 않는다.

그러니까 적당히 팬지와 이야기하면서 그 녀석이 끓여 준 홍차와 과자를 먹을 예정이었는데…. 안 좋은 예감이 마구마구 커져간다.

"가게 일은 안 도와도 돼?"

"응. 오늘은 괜찮다고 할까. 내가 없어도 다들 열심히 해 주고."

이런…. 이거 방과 후에도 내가 비극을 만나는 패턴 아냐?

여기선 어떻게든 이유를 대서 츠바키를 쫓아내든가, 아예 나에게 예정이 있다고 하면서 오늘은 도서관에 가지 않… 아니, 안 돼.

오늘 일이 이렇게 된 것은 전적으로 내 잘못이다.

이 승부만 해도 내가 더 세게 나가서 그만두라고 했으면 이렇게 되지 않았다.

그런데 내가 배경 캐릭터 주제에 하찮은 생각을 하는 바람에 이렇게 되었다.

그게 마음에 안 든다고 츠바키를 멀리하는 건 너무 뻔뻔한 소리다.

어쩔 수 없지. 얌전히 각오를 단단히 하고 츠바키와 함께 도서실에 가자.

게다가 이 녀석에게는 아직 듣지 못한 게 하나 있으니까.

"어머, 죠로. 그리고 오늘은 요우키도 함께 있네."

"응, 오늘은 나도 방과 후에 도서실에 왔지."

어째서일까? 지극히 평화롭고 일상적인 대화를 하는 것일 텐데, 공포가 솟구친다.

마치 참극의 전조처럼⋯. 아니, 그런 불평을 지금 와서 해 봤자다.

각오를 한 이상 이제부터 일어나는 일에 불평하기 없기.

얌전히 모든 것을 받아들이자. 다만 그 전에 아직 듣지 못했던 것⋯ 팬지가 신경 쓰던 것을 츠바키에게 확인받아야겠지만.

"저기, 츠바키. 하나 좀 물어보고 싶은데, 괜찮을까?"

독서 스페이스에 도착하는 동시에 츠바키에게 질문.

최대한 자연스러운 모습을 가장했지만, 괜찮을까? 사실 꽤나 긴장했다.

"음, 내용에 달렸겠지. 그렇게 긴장한 목소리인 걸 보면 이상한 질문인가 싶고."

우욱! 츠바키, 꽤나 예리하군. 아니, 딱히 이상한 질문은 아닌데⋯.

"아, 아니…, 츠바키는 이 학교에 오기 전에 어느 고등학교에 다녔어?"

"나? 나는 전철로 네 역 거리에 있는 아사기리 고등학교에 다녔는데. 그게 왜?"

오오! 다행이다~! 그 고등학교가 아니라서 다행이다!

어차. 참고로 우리 학교 이름은 니시키즈타 고등학교다.

북, 동, 남은 없는데 어째서인지 니시(西)키즈타 고등학교다.

"아니, 그럼 됐어. 내가 좀 껄끄러워하는 녀석이 있는 고등학교가 있어서. 거기가 아니라서 다행이다 싶었을 뿐이야."

"응, 알았어."

거짓말은… 아니지? 정확히 말하자면 '내가 껄끄러워하는 녀석이 있는 고등학교가 있어서.(팬지가 싫어하는 녀석도 있는) 거기가 아니라서 다행이다'지만.

"그렇구나. …다행이야."

"팬지도 내가 다녔던 고등학교가 궁금했어?"

"응, 맞아."

어이, 팬지. 내가 츠바키에게 잘 둘러댔으니까, 네가 알아서 상처를 벌리러 가지 마.

여기서 츠바키가 '왜 궁금한데?'라고 묻기라도 하면 어쩔 건데?

"응, 그런가."

어라, 조금 놀랍네. 츠바키는 그렇게 깊이 캐물으려 들지 않았다.

어쩌면 츠바키 나름대로 분위기를 읽고 팬지에게 캐물으면 안 된다고 판단했을까?

그렇다면 이 여자…. 제법 눈치가 있군.

자, 나와 팬지가 걱정하던 문제가 의외로 쉽게 끝났군….

"그럼 팬지. 지금부터는 나와 너, 어느 쪽이 죠로를 기쁘게 해줄지 승부일까."

"상관없어."

즉, 드디어 시작되는 것이다. 팬지와 츠바키의 승부 겸 나에게 내려지는 벌칙 게임이….

싫은데~ 나는 무슨 짓을 당하게 될까?

"죠로, 설탕은 평소랑 똑같이 하면 돼? 오늘 과자는 평소보다 조금 다니까 적게 할래?"

으음, 설탕 숫자라니 엄청 불행한… 신경 쓰지 말자. 지극히 평범한 질문이었다.

"아니, 평소랑 똑같이 하면 돼. 아니, 점심 때 먹은 거랑 달라?"

"그래. 오늘은 힘 좀 써서 다른 것도 만들어 왔어."

팬지가 어딘가 기분 좋은 눈치로 두루주머니에서 꺼낸 것은 마카롱.

게다가 이전에 먹었던 것과 달랐다. 그렇다면 팬지의 신작인가!

"이거, 평소에 먹던 거랑 다르지?"

"그래. 여러모로 연구를 해서 맛의 폭을 넓혀 봤어."

진짜냐! 그거 기대되네!

"죠로, 오늘 하루 종일 수업으로 지쳤다면 마사지를 해 줄게, 어때?"

"응? 그건 괜찮아. 그렇게 지치진 않았고."

"그래? 하지만 일단 어깨만이라도 풀어 줄까."

어이어이, 잠깐만 기다려. 츠바키가 뚜벅뚜벅 내 곁으로 와서 어깨를 주무르기 시작하잖! 아, 이거 꽤나 기분 좋아~….

혹시 이거 벌칙 게임이 아니라 포상 아냐?

"죠로, 맛은 색깔별로 세 종류가 있으니까."

접시 위에 담긴 마카롱은 흰색, 황색, 보라색이었다.

그 색깔을 보고 바로 깨달았다. 이건….

"헤에, 팬지의 색깔과 맞춘 거네."

"그래. 맞아. 용케 알아주었네."

"뭐, 그 정도야. 그럼 먹을게."

"어서 먹어."

일단은 하얀 마카롱부터 덥석. …맛있다아아아아!

역시나 팬지! 제과 쪽으로는 그야말로 최강이야!

장래에는 좋은 파티시에가 되겠어! 내가 보증할게!

"맛있어?"

"그래, 맛있어."

"후후후, 당신에 대한 애정을 듬뿍 넣은 보람이 있었네."

여전히 괜한 한마디가 있지만, 그건 참고 넘어가자.

아무튼 팬지의 과자는 맛있고, 츠바키의 마사지는 기분 좋다.

즉, 지금 여기는 드디어 극락정토로 변했다!

그래! 이거야, 이거! 나는 이런 승부를 하고 싶었어!

으음, 길었다! 오늘 하루 종일 꾹 참아서 드디어 제대로 된….

"우왓! 미, 미안, 죠로."

어? 여기서부터 안 좋은 꼴을 보리라고 생각했어? 아쉽네요! 그럴 리가 없습니다~!

츠바키가 몸의 균형을 잃고 내 머리에 몸을 밀착했어.

그거 알아? 여자는 독특한 부드러움이 있지.

그러니까 체지방률이 극단적으로 낮은 츠바키라도 모리곳하게 온다고.

아, 모리곳이라는 건 '제대로'의 상위 호환이야. 내가 만든 말이야.

2016년 5월 31일에 구글 검색한 시점에서는 틀림없이 없었으니까. 그 뒤로는 몰라.

"아니, 신경 쓰지 마. 아, 츠바키도 마카롱 먹을래?"

"응, 그럼 하나…. 하지만 두 손을 못 쓰니까 나중에….”

"그럼 내가 먹여 줄게, 자, 아앙.”

"응, 고마워.”

나란 녀석, Nice fight! 가끔은 제대로 사례를 해야지!

그저 봉사를 받기만 하는 남자가 아니라는 어필은 중요하다.

"죠로, 어쩐지 기쁜가 보네.”

어차, 이런, 이런. 팬지 쪽도 잊지 말아야지.

맡겨 줘, 팬지. 나는 오늘을 세계에서 가장 네게 관용적인 날로 만들자고 방금 결심했어.

"으음, 뭐, 그렇지. 팬지의 과자도 아주 맛있고, 기뻐.”

"지금으로선 호각일까…. 이대로 가면 끝이 안 나. 좋아! 내가 죠로를 기쁘게 해 주기 위해 준비한 비밀 병기를 쓰도록 할까!"

그런 병기를 써도 돼?! 너무 기대돼서 한심한 소리를 해 버렸어!

"그럼 나도 그러도록 할까.”

어? 거짓말~ 혹시 오는 거야? 그거 오는 거야?

이거 팬지의 진짜 모습을 볼 수 있는 겁니까?

이래도 괜찮아? 하지만 거기까지 간다면 어느 쪽을 승자로 하면 좋을까?

소꿉친구와 학생회장의 낙선은 확정이지만, 츠바키와 팬지는 만만치가 않아.

즉, 이 뒤의 두 사람의 행동으로 모든 것이 결정 나는 건가…. 꿀꺽.

"헤에…. 뭐, 마음대로 해."

여기서 중요한 것은 그리 흥미를 보이지 않는 태도를 취하는 것.

덥석 달려들면 상대에게 별로 좋은 인상을 주지 않으니까. 여기선 쿨한 게 최고다.

"알았어. 그럼 준비해 올게."

"나도 조금 준비를 하고 올까. 잠깐만 기다려."

어라? 츠바키가 내게서 떨어졌다는 소리는, 너도 옷 갈아입게?!

어? 그러면 나가는 거야? 나가는 거야?!

남자 고등학생이 동경하는, 러브 코미디에 곧잘 나오지만 현실에서는 파이널 퓨전* 정도의 성공률(거의 0%)로밖에 나오지 않는, 메이드복이란 것이!

그렇지! 확률 따윈 단순한 장식이야!

부족한 점은 용기와 근성으로 채우면 돼!

큰일이다. 엄청나게 심장이 뛰기 시작했다. 전혀 관계없는 거

※파이널 퓨전 : 일본 애니메이션 〈용자왕 가오가이아〉에 나오는 용어로 로봇끼리 합체하는 과정을 의미한다. 성공률은 0%에 가깝기 때문에 '부족한 부분은 용기로 채우라'는 대사가 등장한다.

라도 생각해서 어떻게든 마음을 진정시켜야지. 어어, 손바닥에 'π'라고 써서 삼키….

""기다렸지, 죠로.""

왔다아아아아! 기다리고 있었습니다!

"음, 그렇게는 안 기다렸으니까, 신경… 어?"

이상하네.

나는 돌아보면 분명히 메이드복 츠바키와 얼티밋 팬지가 있을 거라고 생각했다.

하지만 아니다. 츠바키는 교복 차림 그대로고, 팬지도 땋은 머리 안경 모습.

하지만. 하지만 두 사람 다 어째서인지 어떤 것을 들고 있었다.

"설마 츠바키가 나와 같은 것을 준비했을 줄은 몰랐어."

"나도 놀랐달까. 팬지도 알고 있었다니."

팬지가 츠바키를 부르는 호칭이 어느 틈에 변했는데, 어떻게 된 거야?

그보다 왜 너희는 나란히… 장난감 망치를 들고 있지?

"그, 그럼 모처럼이니까 동시에 할까. 어제 열심히 조사했고…."

"그, 그래…. 혼자서 하는 건 조금 부끄러웠으니까 고마워."

머뭇거리는 츠바키와 방실방실 웃는 팬지.

후자는 땋은 머리 안경이라서 무서울 만큼 귀엽지 않지만, 그런 감상 따윈 지금 알 바 아니고.

""…….""

어째서인지 두 사람 다 얼굴을 붉히고 말없이, 어디에선가 꺼낸 토끼 귀 머리띠를 장착하고 내 머리를 장난감 망치로 뽕뽕 때렸다.

…아니, 혹시 이건….

""주인님~♡ 오늘은 어떤 떡을 찧을까뽕? 아! 그쪽은 떡이 아니다뽕! 별로 따악이다뽕!""

"이러…! 그건…!"

역시 그건가! 내 컬렉션 중 하나인 『토끼 메이드와 아항한 떡찧기 대회』가 나왔다! 팬지는 그래도 이해하겠는데, 어떻게 츠바키가 그걸?!

"어제 죠로가 그런 부탁을 했기에 취미를 조사해 보았는데, 보아하니 대성공일까. …와아!"

내가 무덤을 팠구나! 아냐! 그게 아냐! 알고서 하면 의미 없어!

모르고 하니까 이쪽이 두근두근하는 거야! 정말로 조사하지 마!

"어땠어? 자신은 없지만 열심히 해 봤어."

"나도 열심히 해 봤는데, 틀렸…을까?"

둘이서 노력해 주었다는 사실보다도 내 취미가 알려졌다는 상처가 장난이 아닙니다.

나에게 무슨 코멘트를 요구하는 거지?

"어머, 죠로가 할 말을 잊고 있네. 그럼 다음 준비를…."

"그래. 이걸로는 결판이 안 나니까 다른 걸로 승부로군. 안 질 거야."

"잠깐 기다려! 아, 아냐! 아냐! 다 좋았어! 훌륭했어!"

이 이상 상처가 벌어지면 안 돼!

이 정도로 해 줘, 진짜로!

"무승부라면 납득할 수 없어. 역시 다음 준비를 할까."

"나도 어느 쪽의 떡이 부드러웠는지 정해지지 않으면 물러날 수 없어."

팬지, 너는 알면서 했잖아!

은근슬쩍 어깨를 떨며 웃음을 참고 있잖아! 그만, 부탁이니까 이제 그만….

"죠로, 팬지! 오늘 점심시간에 내가 도서실에 악력기를 잊고… 오! 귀여운 머리띠로군! …그런데 너희는 뭐 하는 거야?"

썬! 어떻게 너는 내가 곤란할 때마다 멋지게 달려와 주는 거지!

"썬, 악력기라면 접수처에 놔뒀어."

"오, 진짜로? 땡큐! 그리고 뭘 하려는 건지는 모르겠지만, 죠로가 '이 이상 하면 죽는다'라는 얼굴을 하고 있으니까 적당히 해! 그럼!"

열혈 스마일을 남기고 도서실에서 나가는 나의 베스트 프렌드.

마지막 대사까지 완벽하다. 츠바키와 팬지가 멋지게 굳어 있 잖아!

"어어… 죠로. 혹시 괜한 짓이었을까?"

"…아깝네."

썬의 한마디에 츠바키는 냉정하게, 팬지는 분한 듯이 한마디.

"그래. 진짜 참아 줘…."

간신히 나에 대한 고문을 끝낼 수 있었던 모양이다. 하아…. 진짜로 힘들다….

"저기, 죠로."

"왜, 츠바키?"

내가 의자에 앉아서 반쯤 넋을 잃고 늘어진 상태로 있자, 츠바 키가 조심조심 곁으로.

"그래서 승부의 결과를 가르쳐 줄 수 있을까. 오늘 하루 동안 난 열심히 했는데…."

"그랬지…."

내가 승부의 결과를 말하려고 하자, 팬지도 조용히, 어딘가 긴 장한 기색으로 바라보았다.

결심했어. 팬지의 말처럼 나는 승자를 정했다.

오늘 하루 동안 내가 누구인지, 어떻게 해야 할지를 알았다.

그러니까 그걸 전하자.

"츠바키. 너는 이제 나한테 봉사하지 않아도 돼. 너는 승부에 졌어."

"어어! 그, 그런…!"

"하지만 착각은 하지 마. 딱히 네가 싫은 건 아냐. 이미 충분히 봉사했고, 응…. 이 이상은 필요 없어. 앞으로는 보통 친구로 지내 줘."

"…알았어…."

내 한마디가 먹혔는지, 상당히 낙담한 기색을 보이면서도 끄덕이는 츠바키.

자, 코스모스와 히마와리는 여기에 없으니까 나중에 전하는 걸로 하고, 팬지에게도 확실히 말해야지.

"팬지. 너도 졌어. 하지만 착각은 하지 마! 전원이 졌다는 소리를 하는 게 아냐. 이긴 녀석에게는 나를 굽든 삶든 마음대로 할 수 있는 권리를 주겠어."

"…그래. 그래서 누가 이겼어?"

내 대답에 각오를 했는지, 침울해하면서도 묻는 말.

그래. 승자는 있다. 지금 이 자리에 없는 녀석이고, 이번 승부에 이긴 녀석이.

나중에 본인에게도 그걸 전할 생각이다.

그 녀석이 나를 굽든 삶든 마음대로 할 권리를 손에 넣는다.

다들 알겠지? 그래. 바로 그래. 그 사람이야.

오늘 하루 동안의 일로 뼛속까지 깨달았다. 나는 결국 배경 캐릭터. 이제 진절머리가 나….

그러니까 어울리지도 않는 하렘 따윈 필요 없다.

귀여운 여자애랑 꺄악꺄악우후후 하는 것 따윈 됐다.

츠바키에게 성심성의껏 봉사받을 생각은 없다.

히마와리의 보디 어택도, 내일부터는 아침 연습이 있으니 자연스럽게 한동안은 없다.

코스모스의 도시락도 고생시키기 그러니까 확실히 거절하자.

팬지의 과자도 사실은 먹고 싶지만… 참자.

그래! 즉 내가 정한 승자란….

"썬이야."

호모든 BL이든 뭐든지 오라고 해! 전혀 상관없어!

나는 이 녀석들의 봉사가 정말 싫어! 진짜로 싫어!

인간이란 얼굴이나 성격… 게다가 성별로도 판단하면 안 된다.

중요한 건 얼마나 나를 알아주는가! 이거다!

이럴 바에야 썬과 꺄악꺄악우후후 하는 편이 훨씬 나았어!

이 뒤에 메일로 결과를 전달받은 두 사람을 포함해 네 사람에게서 '많이 노력했는데' 같은 클레임이 쇄도했지만, 그런 건 몰라!

　나는 앞으로 배경으로서 군집 사이에 섞여 썬을 응원하는 입장이 되겠어!

　배경 최고! 배경이야말로 나의 인생! 러브 코미디 따윈 이제 정말로 싫어!

나를 좋아하는 건
너뿐이냐

나의 비극은 끝났다고 생각했더니 시작되었다

제 3 장

어제 있었던 츠바키, 히마와리, 코스모스, 팬지의 4파전.

원래는 누가 나를 제일 기쁘게 해 주는가의 승부였는데, 왠지 모르지만 신체적으로도 정신적으로도 크나큰 상처를 입었고, 최종적으로 내가 고른 승자는 썬.

물론 원래는 승부에 참가하지 않았던 사람을 고른 대가로 내가 잃은 것은 있었다.

나는 승부에 참가했던 이들과 다소 거리를 둘 수밖에 없어졌다.

츠바키에게는 '앞으로 내게 일체 봉사하지 않아도 돼'라고 전했고, 히마와리에게는 (전해졌을지 의문스럽지만) '한동안은 테니스를 최우선으로 해'라고 접촉 행위의 진정화를 촉구했고, 코스모스에게는 '도시락은 어머니가 만들어 주시니까 괜찮습니다'라고 정중하게 요리를 거절했고, 팬지에게는 '과자는 한동안 안 먹기로 할게'라고 나의 의사를 전달했다.

말하자면 (일부 예외도 있지만) 나의 하렘을 스스로 붕괴시킨 것이다.

그리고 마지막으로 썬에게 '네가 넘버원이다*!!'라고 승리를 알리는 취지를 담은 메일을 보내자, '나, 왠지 엄청 두근두근해졌어*'라는 다소 불안한 대답이 돌아왔다. 그가 나에게 뭘 시킬 생

※네가 넘버원이다~ : 만화 『드래곤볼』에 나오는 베지터와 손오공의 대사.

각인지는 모르지만, 최대한 얌전한 내용이기를 빌 뿐이다.

자, 이걸로 츠바키 문제는 끝을 맺었고, 이제부터는 나의 배경다운 일상이 시작되리라고 생각할지도 모르지만, 애석하게도 그렇게 되지 않았다.

사실 내게는 조금 귀찮은 문제가 하나 더 있어서….

그게 뭐냐 하면….

"저기, 죠로, 부탁이야! 가르쳐 줘~!"

아침에 홀로 쓸쓸하게 등교해 교실로 향하는 복도를 걷는데, 남학생이 두 손을 모으고 기도하는 듯한 포즈로 내게 부탁을 해 왔다.

인사나 자기소개를 완벽하게 생략하고 용건을 전하는 점을 볼 때 배경으로서의 마음가짐이 느껴지지만, 애석하게도 이쪽도 배경이다. 상응하는 태도로 대응하도록 하지.

"시끄러. 몇 번을 물어도 말할 생각 없어."

딱 잘라 대답하고 종료.

남학생 앞을 가로질러서 교실로… 가려는데 어깨를 붙잡혔다. 귀찮긴….

"그런 소리 하지 말고~ 응? 괜찮잖아? 나랑 너 사이잖아~"

무슨 사이인데. 너는 나랑 딱히 사이가 좋은 것도 아니잖아.

작년에도 올해도 반이 달랐고, 제대로 이야기한 건 오늘이 처음인 레벨이야.

뭐, 그야… 네 마음을 모르는 것도 아냐.

나도 반대 입장이었으면 이런 수, 저런 수를 써서 가르쳐 달라고 했겠지.

…어? 이 녀석이 뭘 묻는 거냐고? 그건….

"화무전에서 마지막으로 춤췄던 여자애의 이름을 가르쳐 줘~"

이런 것이다. 이게 나에게 찾아온 또 하나의 조금 귀찮은 문제다.

어차, 만일을 위해 덧붙일까.

화무전이란 백화제 첫날 행사의 마지막에 열리는, 남자 한 명을 상대로 여자 세 명이 교대로 파트너를 맡아 춤을 추는 일대 이벤트다.

그 화무전에서 올해 남자 멤버로 참가한 것이 나.

참가한 여자 멤버는 아시다시피 우리 학교를 대표하는 양대 미녀인 히마와리와 코스모스.

그리고 마지막으로… 그 두 명 이상의 미모를 가진 어느 여성이다.

이 여자의 등장에 학교의 모든 학생들은 들끓었다. '저런 미인은 본 적이 없어!'라든가 '히마와리나 코스모스보다 미인일지도!'라는 등, 찬사가 쏟아졌다.

춤출 때는 최고로 기분이 좋아서 하늘에 오를 듯했지만, 그건 그때의 이야기.

그 이후를 보자면… 기분은 땅에 떨어진다.

"그러니까 나는 말할 생각 없다고 했잖아!"

"그럴 수가~ 슬퍼라~"

귀여운 척 말하면 가르쳐 줄 줄 알았냐. 착각도 적당히 해.

그런 건 귀여운 여자애(친어머니는 제외)가 해야 두근거리는 거야.

뭐, 이렇게 나는 그 미녀의 정체를 알고 싶어 하는 호기심 왕성한 남학생들의 대응에 쫓기고 있었다. 특히나 백화제 이틀째 때는 난리도 아니었다….

내 인생 사상 처음이라고 해도 좋을 만큼 남자들이 달라붙었다.

츠바키가 전학 오는 바람에 다소 얌전해졌지만, 그래 봤자 조금 얌전해진 것뿐이다.

타이밍을 봐서 남자들은 다시 움직였다. 뭐, 어떻게 나오든 말하지 않겠지만.

"제길…. 죠로에게 물어도 안 되나~ 그럼 다른 녀석에게 기대는 수밖에…."

…응? 이 녀석, 지금 뭐라고 했지?

"어이. 지금 그 이야기, 무슨 소리야?"

"어?"

"다른 녀석이 물어도 나는 말할 생각 없어. 그런데 뭘 기대한다는 거야?"

"응? 무효효효… 그건 말할 수 없겠는데….."

왜 내 주변에 있는 사람들은 갑자기 무슨 캐릭터*를 정립하려는 걸까.

"네가 말하지 않겠다면, 이 늙은이도 가르쳐 줄 수 없는데."

캐릭터는 제대로 통일한 다음에 말해 주세요.

"하지만 힌트는 가르쳐 주지. 너 이외에 그녀의 정체를 가르쳐 줄 수 있을 만한 자가….."

"과연. 히마와리에게 물어보려는 녀석이 있군."

그걸 알면 다음은 간단하다. 얼른 히마와리를 붙잡으러 가자.

"어? 잠깐, 너, 해답에 도달하는 게 너무 빨라! 하다못해 조금 더 나… 아니, 이 늙은이의 인상이 남은 뒤에 해야지!"

"시끄러! 그딴 거 몰라!"

"기다려! 기다려라, 죠! 로!"

누가 기다리겠냐! 쓰러진 복서를 격려하듯이 말해 봤자*, 기다릴 리 없어.

그런 식으로 말하고 싶다고 '로'만 이상한 타이밍으로 끊지 마!

화무전에 참가한 마지막 한 명―팬지의 정체가 알려지면 안

※〈드래곤 퀘스트〉에 등장하는 캐릭터로, '무효효효'라는 독특한 웃음소리가 특징이다.
※기다려라~ : 권투 만화 『내일의 죠』에 나오는 인물인 단페이 관장의 '일어서. 일어서라, 죠'
라는 대사를 응용.

된다.

그렇게 되면 분명 일이 커져! 주로 내가.

도서실에 평소 이상의 독을 뿌려 대거나 신체적으로 어떤 피해가…. 아아… 생각만 해도 무섭다. 게다가 팬지라면 내가 생각한 공포 이상의 공포스러운 짓을 분명히 하겠지. 뭐든지 상상을 뛰어넘는다고 꼭 좋은 건 아냐.

"오! 죠로잖아! 뭐야? 내가 화장실에서 나오길 기다려 준 거야?"

빠른 걸음으로 성큼성큼 복도를 걷는데, 기운이 넘쳐 나는 큰 목소리.

단련되어 떡 벌어진 몸과 열혈 스마일을 겸비한 남자, 썬이다.

볼일을 마친 직후인지, 새빨간 불꽃 무늬의 손수건으로 손을 닦고 있었다.

"아니, 그게 아냐. 히마와리를 좀 만나려고."

"걸으면서 짧게 말하는 걸 보면 꽤나 서두르는군? 그럼 그 사람 문제겠지?"

내 보폭에 맞추면서, 눈치 빠른 썬의 예상이 정확하게 적중.

팬지의 이름을 '그 사람'이라고 자연스럽게 감추는 점에서 입이 무거운 게 느껴진다.

"그래. 아무래도 히마와리에게 녀석의 정체를 물으려는 놈이 있는 모양이라서."

"그렇군. 히마와리의 아침 연습이 시작돼서 죠로와 떨어지는 시간을 노린 건가."

나에 대한 신뢰감이 높은 건 좋은데, 그 이외에는 틀렸어, 썬.

모두가 두려워하는 건 너야. 너와 떨어지는 시간을 노리는 거지.

그 증거로 나도 방금 전에 이상한 캐릭터 행세를 하는 남학생에게 붙잡혔지.

"그러고 보니 츠바키는 같이 있지 않네? 어제는 같이 등교했잖아?"

"음. 그 녀석은 오늘 오픈하는 가게 준비가 있다면서 아슬아슬한 시간에 등교한다나 봐."

히마와리는 아침 연습. 츠바키는 가게 준비. 썬 루트를 고른 순간 히로인들이 없어지고 남자만 등장하는 아침이라니, 뭐라고 할까…. 기막힐 만큼 배경 캐릭터다운 아침이다.

※

교실에 도착하니 와글와글 즐겁게 떠들며 잡담하는 반 아이들의 모습이 보였다.

자, 히마와리는…. 어라? 없네…? 어디 있지?

주위를 둘러봐도 히마와리인 듯한 모습은 어디에도 없었다.

그 녀석, 아직도 아침 연습하나? 그럼 확인하러 갈까.

"썬, 히마와리는 없는 모양이니까 테니스 코트로….."

"아니, 있어. …저기다."

"어? …우, 우와아….."

썬이 한 방향을 가리켰기에 그쪽을 보니 엄청났다.

사람이 드문드문 흩어진 교실에서 이상하게 인구 밀도가 높은 한 곳.

적게 잡아도 열 명의 남자가 만든 원형 벽. 낯익은 얼굴이 별로 없는 점을 보면 아마도 모두 다른 반 학생이겠지. 그 중심부에 히마와리가 있었다.

"으읏! 다들 비켜! 난 말 안 해!"

남자들로 된 벽의 중심부에서 귀여운 머리를 슬쩍슬쩍 보이면서 퉁명스럽게 말하는 히마와리. 아마 점프를 하면서 비키라고 어필하는 거겠지.

"히마와리, 그런 소리 말고~ 가르쳐 줄래~?"

"싫어! 비밀로 하기로 했으니까 비밀이야!"

"그걸 어떻게 좀! 아무한테도 말하지 않을 테니까!"

전원이 다 풀어진 얼굴로 히마와리에게 심문과 커뮤니케이션을 동시 진행.

미녀의 정체를 캐면서 미녀와 논다는 일석이조의 사태를 만끽하는 모양이다.

하지만 히마와리 녀석, 팬지의 정체를 확실히 숨겨 주고 있군.

위험할지도 모른다고 살짝 의심해서 미안해. 그렇지. 아무리 네가 바보라도….

"그럼 힌트! 힌트만이라도 좋으니까!"

"안 돼! 아무 말도 하면 안 된다고 했으니까, 아무 말도 안 해!"

"괜찮다니까! 죠로도 힌트라면 말해도 된다고 했으니까."

"어? 그래?"

방금 한 말 취소. 안 늦어서 다행이다.

멋대로 남의 발언을 날조하고 있어! 저 자식… 헛소리나 하고!

"응. 힌트뿐이라면 아무도 모를 테고, 그 정도라면 괜찮다고."

"그렇구나! 그래! 힌트뿐이라면 누군지 모르겠네!"

그럴 리 있겠냐! 애초에 네가 교묘한 힌트를 말할 수 있을 리가 없어!

분명히 답에 직결된 힌트를 말하겠지!

더는 못 참아! 여기선 내가 저 녀석들에게 따끔하게….

"어이, 너희들, 그쯤 해라."

"윽! 써, 썬…."

이상하네? 내가 나설 차례가 보이지 않는다.

어느 틈에 멋진 스텝과 화려한 몸놀림을 구사해 초대형 거인처럼 남자들로 된 벽을 파괴한 내 친구가 그대로 히마와리의 정면에 서서 남자들 앞을 가로막은 상태다.

"히마와리는 말하지 않겠다고 하니까 그 이상 끈덕지게 묻지 마. 애초에 그 애가 누구에게도 정체를 밝히기 싫다고 바랐으니 까 우리도 말할 수 없어."

내 친구는 참 난처하게도 멋집니다. 무심코 가슴이 두근거립니 다.

이게 심장을 바친다는 것일까요?

"미, 미안…. 하, 하지만 그렇게 예…."

"하지만이고 뭐고 없어. 그렇게 예쁜 애니까 이름을 알고 친하 게 지내고 싶다는 마음을 모르는 것도 아냐. 하지만 그 애는 주 목받기 싫으니까 비밀로 해 달라고 말했어. 자기 마음을 들이밀 기 전에 남의 마음을 생각해."

저거 봐. 저기 있는 건 주인공 맞지? 누가 어떻게 봐도 너무 멋 지잖아….

"…아, 알았어…. 미안…."

"와아! 썬! 고마워!"

곤경에 처했던 히로인 히마와리가 썬에게 반짝반짝하는 감사 의 시선을.

하지만 왕자님은 여자에게 잘해 주기만 하는 건 아닌지, 공주 님에게 날카로운 시선을 보냈다.

"히마와리도 조금은 생각을 해. 쿄로가 그런 소리를 할 리가 없잖아. 네 발언으로 그 애가 누구인지 알려지면 난처해지는 건 너니까."

"미, 미안…. 그래…. 조심할게…."

귀여운 애에게도 사정없이 따끔한 말을 한다!

전원을 조용하게 만들고 떡하니 서 있는 왕자님의 압도적인 관록에 나는 그저 고개 숙일 뿐이었다.

"뭐! 알았으면 됐어. 갑자기 끼어들어 심한 말해서 미안해! 자, 아침 시간에 이런 이야기는 이쯤 하고 기분을 좀 전환하자고! 그리고 히마와리! 오늘 점심은 내가 매점에서 크림빵 사 줄게! 결국 아무한테도 말하지 않았으니까!"

"어! 정말로?!"

"그래! 물론 정말이지!"

"와아! 썬, 고마워!"

무거운 분위기를 스스로 나서서 밝게 개선하는 애프터케어까지 완벽!

저렇게 머리 회전이 빠른데 왜 시험 점수는 나쁜 건지 이상할 따름인 광경이다.

"잠깐, 썬."

그때 아까 썬에게 따끔한 질타를 들은 학생이 거수.

아무래도 어느 틈에 왕자님에게 발언할 때에는 손을 들어야 한다는 룰이 도입된 모양이다.

"어? 왜 그래, 아야노코지 하야토?"

이름이 멋지구만! 이렇게 멋진 이름의 남자가 헤벌쭉하게 풀어진 얼굴로 질문했던 거냐!

"실은 나, 크림빵이라면 지금 가지고 있어. 히마와리에게 미안한 짓을 했으니, 그 사과의 표시로⋯."

준비성 좋구만, 어이! 왜 크림빵을 가지고 있어?!

그거냐? 히마와리가 아까 방법으로도 입을 안 열었을 때를 위해 준비했냐?!

"우호오! 잘됐어, 히마와리! 아야노코지 하야토가 준다네!"

"와아~! 신난다! 고마워, 아야노코지 하야토!"

"아하하. 그렇게 말해 주니 아야노코지 하야토는 쑥스럽네."

풀네임으로 말할 필요 있어? 일부러 아야노코지 하야토 본인까지 이름을 말하고⋯.

"우리도 미안해, 썬. 쿠즈류 소마는 깊이 반성했어."

"나도야. 쵸소카베 테이쇼는 다른 녀석이 같은 짓을 하거든 막도록 할게."

우리 학교는 대체 뭐냐? 다른 반에는 멋지고 외우기 어려운 이름의 학생이 넘쳐 나?

"오! 정말이야? 다들 고마워!"

눈부시다! 청춘이 너무 눈부셔서, 저 틈에 낄 수 없는 배경인 내가 증발하겠어!

"썬은 평소에는 밝고 재미있고, 여차할 때는 멋지고. 정말로 좋은 남자야~!"

"그렇지! 모두에게 인기 있는 것도 이해가 돼~!"

"왜 죠로 같은 균이랑 사이가 좋은 걸까? 아깝게."

썬이 순식간에 우리 반 여자들을 공략했다….

그리고 당연하게도 A코가 나를 전력으로 세균 취급했다. 그야 지금 상황을 보면 누구든 배경이라고 인정할 수밖에 없지만…, 하다못해 인간 대접을 해 줘.

"죠로, 미안해. 기다렸지!"

그때 무사히 사태를 해결한 교실의 패자가 내 어깨를 툭. 자칫하면 살균될 뻔했다.

"어! 죠로, 왔구나! 전혀 몰랐어!"

그렇겠지. 세균은 눈에 안 보이는 일이 많고.

"죠로도 히마와리를 걱정했어. 히마와리는 괜찮을까, 라면서!"

"그렇구나! 괜찮아, 죠로! 난 분명히 말 안 했어!"

아까 아슬아슬하게 위험한 정보를 누설하려고 했던 녀석이라고는 생각되지 않을 만큼 빛나는 미소다.

하지만 여기서 화내면 안 된다는 걸 이해하니까 참았다.

공기를 감지하는 것은 공기 중에 존재해야 하는 세균으로서 당연한 행위다.

"아, 그렇지! 나 죠로한테 부탁이 있어!"

뭘까요? 세균인 제가 할 수 있는 일이라면 하도록 하겠습니다만.

"오늘 점심시간에 도서실 갈 거지?"

도서실이라…. 승부의 결과로 볼 때 가서는 안 된다고 생각하는데, 어젯밤에 팬지에게서 '약속은 꼭 지켜 주었으면 해. 안 그러면 당신이 곤경에 처하게 되거든'이라는 부탁(협박)을 받았거든.

"…그래, 갈 생각이야."

"다행이다! 저기, 나 말이지, 오늘 점심시간에는 테니스부의 회의가 있으니까 도서실에는 못 가. 그러니까 이걸 팬지한테 돌려줘."

가방을 열고 히마와리가 낑낑대며 꺼낸 것은 도스토옙스키의 『죄와 벌』이었다.

그러고 보면 저번에 벌렁벌렁두근두근하는 이야기를 읽고 싶다고 하면서 도서실에서 빌렸지. 그런데 한 가지 깨달은 게 있는데.

"이거 제대로 읽은 거야?"

책을 읽기 시작하면 30분 만에 눈꺼풀과 눈꺼풀이 합체하는 이 녀석이 이렇게 두꺼운 책을 읽었어?

솔직히 도중에 좌절했다고밖에 생각할 수 없는데….

"물론이야! 이 책, 굉장해! 잠이 안 올 때 읽으면 금방 잘 수 있어!"

과연, 즉, 푹 잠들기 위해 이용한 건가.

뭐, 좋아. 당사자들끼리의 문제니까 여기에 내가 관여할 필요는 없겠지.

"…알았어. 그럼 이걸 점심시간에 반납하면 되는 거지?"

"응! 부탁해!"

히마와리에게서 『죄와 벌』을 받고 가방의 지퍼를 오픈.

그러고 보니 나도 팬지에게서 읽어 두라는 말과 함께 책을 한 권 받았지.

아직 가방 안에 방치한 상태인데, 슬슬 읽는 편이 좋을 것 같….

"응? …으응?"

어라? 잠깐만. 잠깐만 있어 봐.

지금 나는 히마와리에게 『죄와 벌』을 받아서 가방에 넣었다.

그건 틀림없다. 하지만 말이지. 내 가방에는 원래 책이 한 권 더 들어 있어야만 한다. 그것은 팬지가 억지로 내게 쥐어 준, 아니, 빌려준 책이다.

그런데 그 책이 가방 안에 없어?

"왜 그래, 죠로?"

"죠로, 왜 그래?"

썬과 히마와리가 놀란 듯이 내 얼굴을 보았지만, 그 질문에 대답할 여유가 내게는 없었다.

왜 없지? 난 분명히 가방 안에 넣었는데?

혹시 잊어버렸을 뿐, 내 방 어딘가에 있는 걸까?!

"미안! 잠깐 집에 다녀올게!"

"어? 죠로!"

이런! 집에 있는 거지? 분명히 내 방에 있는 거지?!

※

"다, 녀, 왔, 습, 헉…!"

교실에서 단숨에 뛰어나가 고작 8분 만에 집에 도착. 내 기록 갱신이다.

그 대가로 스태미나를 현저하게 소비하고 말이 부자연스러워졌지만….

"어머? 아마츠유, 어쩐 일이니~? 수업 시작했을 시간인데? 뭐 잊어버리고 갔니?"

"그, 그래! 방에 좀 갈게!"

거실에서 엄마의 취미인 J모 아이돌의 음악이 나오고 있지만, 그런 건 아무래도 좋다. 아무튼 지금은 내 방에 있을 터인 그 책을 찾아야 해!

"어디냐! 어디에 있지?!"

침대 밑을 들여다봐도, 책장을 확인해도, 책상 위를 뒤져도,

서랍의 이중바닥을 볼펜심으로 들어 올려도, 팬지의 책은 나오지 않았다. 그야말로 홀연히 사라진 듯했다.

"왜지? 내 방에도 가방에도 없다면 어딘가에서 흘렸다는 건가?"

…기억해 내…. 그저께는 분명히 가방에 있었어.

그렇다면 잃어버린 것은 어제나 오늘이다.

그리고 가장 유력한 후보는 어제. 어제 하루 동안 나에게 무슨 일이 있었는지를 순서대로 생각해!

어어, 일단은 아침에 츠바키가 나한테 봉사한다고 하면서, 히마와리랑….

—으랴아아아아아아!
—우읍가아아아아!

"아! 아아아아아아아!!"

그 순간, 내 머릿속을 지나간 것은 어느 미소녀들의 고함 소리.

그러고 보니 어제, 내 손에서 가방이 떨어지는 사건이 일어났잖아.

츠바키와 히마와리가 내 가방을 누가 들지를 놓고 승부했을 때!

혹시 그때 어디로 날아갔나?! 분명히 지퍼는 열려 있었는데….

그렇다면….

"아마츠유~ 학교에 안 가면 안 돼~"

"아, 알았어! 금방 가!"

엄마의 느긋한 목소리에 대충 대답을 하고 곧바로 계단을 내려갔다.

이미 떨어지는 건지 내려가는 건지 모를 속도였다.

안 돼. 안돼안돼안돼!

팬지는 그 책을 '자기 보물'이라고 말했다.

그런 소중한 것을 잃어버리면 그 녀석에게 미움을 받고… 뭐, 그건 괜찮나.

팬지에게 미움을 받는 거야 괜찮겠지. 그래! 괜찮아! 정말로!

아, 아무튼! 집을 나서서 어제 가방이 날아간 장소로 서둘러 뛰어가야지!

"헉…. 헉…. 다, 다 왔다…."

인간은 여차할 때면 본래 가진 힘 이상의 힘을 발휘한다고 들었는데, 그걸 발휘해도 역시나 한계란 것이 있군. 솔직히 엄청나게 지쳤다.

마음의 힘으로 몸의 한계를 넘을 수 있는 주인공 제군들에게는 경의를 표하지. 난 무리.

뭐, 아무튼 목적지에 도착했다. 어어, 어제 가방이 날아간 게 이 근처였나?

"어~디~냐~?"

약간 좀비 같은 소리를 내면서 가방이 날아간 덤불 안을 두리번두리번.

어제 날아간 가방은 썬이 회수해 주었지만, 그때 놓쳤을 가능성이 크다. 아니, 그렇게 생각하고 찾는 편이 좋겠지.

어, 어디지? 여기가 아닌가?! 아니, 하지만 달리 떨어질 만한 장소는….

"찾았다아아아아아아!!"

찾았다! 덤불을 뒤졌더니 현현하셨다!

이거다! 이게 내가 팬지에게서 빌린 책이다! 해냈다! 찾을, 수, 있었….

"우, 우와아아아…."

자, 나의 한심한 느낌의 목소리로 이해했을까?

분명히 나는 팬지에게서 빌린 책을 찾을 수 있었다. 그건 틀림없다.

그러나 당연한 일이지만, 이 책은 약 하루에 걸쳐서 덤불 사이에 있었다.

그러면 결국 어떻게 되는가 하면.

"너덜너덜해지고 젖어 버렸잖아…."

라는 소리다.

전에 빌렸을 때에는 좀 오래된 연갈색 종이가 눈에 띌 뿐인 책이었지만, 지금은 다르다.

덤불에서 많은 수분을 흡수했고, 또 주변의 진흙이 달라붙은 모양이라서 심각한 상태.

못 읽을 것은 아니지만, '팬지, 다 읽었어!'라면서 마음 편히 돌려줄 물건이 아니다.

"이거… 장난 아닌데…."

어, 어쩌지? 사과하는 건 당연하지만, 그걸로 끝날 이야기가 아냐….

그렇다면 해야 할 일은 하나…. 학업보다도 우선하여 서점을 뒤져서 같은 책을 찾을 수밖에 없다.

학교에 안 가는 건 안 좋겠지….

PTA*로부터 '교육상 좋지 않아! 우리 아들이 따라하면 어쩌려고?!' 같은 소리를 들을 가능성도 있고…. 착한 여러분은 따라하면 안 돼.

자, 못된 애인 나는 책을 찾으러 가 볼까.

"…다음은 여기군."

지금 시각은 11시. 현재 위치는 이웃 동네의 역. 서점 앞에서

※PTA : 부모와 교사의 모임.

일단 멈춰 서서 살짝 짜증내듯이 말하는 나.

근처 역의 서점은 모두 탐색했지만, 애석하게도 찾을 수 없었다.

오래된 책이니까 혹시 절판된 책일지도 모른다.

그렇다면… 아니! 그렇게 간단히 포기하지 마!

하기로 마음먹었으면 한다! 그게 나의 모토인 이상, 찾기로 결심했으면 찾는다!

"어서 오세요."

역에서 걸어서 10분 정도 되는 곳의 가게에 들어가자, 수염을 마구잡이로 기른 아저씨가 카운터에서 '이런 시간에 학생이 어쩐 일이지?'라는 시선을 마구 날려 댔지만 그건 무시하고 탐색을 개시하자.

으음, 조금 오래된 서점이고 물건 구색이 안 좋을 것 같네.

아니, 하지만. 팬지의 책처럼 다소 희소가치가 높을 듯한 책은 이런 서점에 있지 않을까? 아니, 분명 그래.

가게 안을 이리저리 배회하면서 책들을 꼼꼼히 체크.

도서실에서 하루하루를 보내면서 책의 타이틀을 순식간에 확인하는 능력을 기르길 잘했다.

세상에서는 뭐가 도움이 될지 모르는 법이지.

하지만 그런 자신의 능력에 자부심을 가져도 내가 찾는 물건은 보이지 않고.

여기도 틀렸나…… 응? 으응?!

"이! 있다아아아!"

내 불행 수치를 생각하면 찾더라도 더 고생할 거라고 생각했는데 그렇지 않았다.

어째서인지 으리으리한 쇼케이스에 진열된 한 권의 책.

그것은 틀림없이 내가 갖고 있는 엉망이 된 책과 똑같은 것이었다!

"어이! 시끄럽다! 다른 손님에게 폐가 되잖아!"

"죄, 죄송합니다!"

기쁜 나머지 무심코 소리쳤다가 야단맞았다.

나 말고는 손님도 없는데… 안 되지, 안 돼. 그런 불평을 속으로 중얼거릴 때가 아냐.

나는 지금부터 이 쇼케이스에 담긴 책을 산다.

다시 말해 점원에게 안 좋게 찍히면 안 팔 가능성도 있다.

겉으로는 예의 바르기로 정평이 난 나다. 이 정도로 가면이 벗겨지리라고는 생각하지 않는 게 좋아.

자! 그럼 문제가 되는 가격을 확인해 볼까!

본인 평가액은 1만 엔! 쇼케이스에 들어 있을 정도니까, 어느 정도 가치가 있는 물건이겠지.

4월에 신이 나서 스마트폰을 일시불로 구입하고, 어디의 가벼운 여자에게 조금 비싼 점심을 사 준 내 저축과 소지금의 총액을 합쳐 보았어.

그렇긴 해도 겨우 책이니까! 그 정도면 여유롭게 살 수 있겠지!

자, 그러면 간다! 오픈 서프라이즈!

일…십…백…천…만…십만!

10만 2000엔!

……뭐? 이상하네? 0이 두 개 정도 많은 거 아냐?

올해 발매된 전격문고를 전부 구입해도 이 정도는 안 되잖아.

큭! 이기기 위해서는 녹색 커버가 눈에 띄는 MF 씨 쪽의 힘도 빌려야 해!

어이쿠, 안 되지. 그 외에도 든든한 동료는 많이 있어.

스니커 씨와 판타지아 씨와 패미통 씨에게도 부탁하자.

훗, 거대 조직 KADOKAWA*의 힘을 지금에야말로… 아니, 그런 승부에 이겨서 어쩌려고?!

아니잖아! 이 책을 살 생각을 해야지! 가격으로 이길 일이 아냐!

어? 뭐야? 이 책 그렇게 비싼 거야?!

※거대 조직 KADOKAWA : 전격문고, MF문고, 스니커문고, 판타지아문고, 패미통문고는 모두 일본 카도카와 출판사의 레이블.

아니, 나름 가격이 나가리라고 나도 생각은 했거든? 하지만 한도란 걸 생각해야지!

팬지 녀석은 이런 걸 나한테 빌려준 건가!

완전 모자라! 내 소지금으로는 절대로 모자라!

아니, 엄마가 관리하는 '장래 쓰기 위한 저금'을 받아 내기 위해 엎드려 빌든가 하면 어떻게 될지도 모르지만…… 안 돼.

그걸 쓰는 건 진짜 진짜로 여차할 때뿐. 아직 쓰기에는 이르다.

생각해라. 예상 밖의 가격에 허둥댈 때가 아냐!

지금 내가 할 수 있는 최선의 방법을 생각해!

"저기… 죄송합니다."

"왜 그러지, 슈거 보이?"

점원이야말로 왜 그래? 왜 갑자기 그렇게 하드보일드한 분위기를 띠는데?

"어어, 저기에 들어 있는 책 말인데요…."

"저기? 아, 저거 말인가. 상당히 희소가치가 높은 책이니까. 좀처럼 나돌지 않는 물건이야."

"그랬습니까…. 사실은 저 책을 사고 싶습니다만, 지금 가진 돈으로는 부족해서… 그러니 돈을 모아 올 테니까 팔지 말아 주시겠습니까?"

내가 혼신의 부탁을 하자, 점원이 어딘가에서 꺼낸 담배를 후욱.

　책에 담배 연기는 안 좋은 거 아닌가?

　"이유를 들어 볼까."

　"저기, 친…구에게 같은 책을 빌렸는데, 제 부주의로 책이 망가져서 변상하고 싶기 때문입니다."

　"친…구. 라."

　중간의 침묵은 그냥 무시해 주지 그래? 그 녀석을 '친구'라고 말하는 것에 다소 저항이 있었을 뿐이야.

　"그래. **여자**를 위해서 몸을 던진다…. 좋은 근성이군. 비터 보이."

　잘은 모르겠지만, 슈거에서 비터(bitter)로 진화했다.

　그거라면 처음에 '스위트 보이'라고 하는 편이 나았을 텐데. 덤으로 미묘하게 오해를 샀다.

　"괜찮아. 하지만 기한을 설정하도록 하지. 오늘부터 2주일 뒤의 목요… 아니, 선심 좀 써서 금요일까지 기다려 주지. 그때까지는 어떻게든 해 봐라."

　"가… 감사합니다!"

　2주일 뒤의 금요일인가…. 돈이 부족한 시점에서 아르바이트는 확정이었는데, 현재 소지금 1만 엔을 뺀 9만 2천 엔을 2주일 이내로 벌려면 꽤나 벌이가 좋은 곳이 아니면 힘들다…. 아니, 비관하기엔 아직 일러! 상황은 최악이 아냐!

"그럼 만일을 위해 네 연락처를 알아 둘까. 무슨 일이 있을 때에는 연락을 하지."

"아, 네! 알겠습니다!"

어어, 노트를 한 장 찢어서 전화번호를… 만일을 위해 메일 주소도 적어 둘까.

그 종이를 건네고, 보다 잘 보이기 위해 깊이 고개를 숙이고 가게를 나섰다.

좋아! 일단 책은 찾았다! 그럼 이제부터는 목표 변경이다!

일단은 역에서 무료로 배포하는 아르바이트 잡지라도 몇 개 조달하고 학교로 가자.

※

"오! 죠, 죠로, 늦었잖아! 일단 앉아!"

점심시간, 내가 도서실에 들어가자, 독서 스페이스에 앉은 썬이 여성진들의 찌릿찌릿한 시선을 사정없이 받고 있었다. 아마도 패자들의 원망을 한 몸에 받는 거겠지.

아주 보기 드물게도 나에게 도움을 청하는 시선을 보내고 계신다. …왠지 미안하네.

"어, 어이, 얘들아, 죠로가 왔으니까 아까 이야기는 끝내기로 하자고!"

"음…. 그래."

"알았어…."

"…어쩔 수 없네."

어라? 히마와리는… 아, 오늘은 테니스부의 회의가 있다고 했지.

그렇다면 오늘 제일 마지막에 온 건 나인가.

보통은 썬보다 먼저 도서실에 도착하지만, 오늘만큼은 예외.

성대하게 지각했기 때문에 교무실이라는 멋진 장소에 불려 갔다.

모처럼의 점심시간이니까 소중히 쓰면 좋을 텐데, 일부러 자기 점심시간을 할애해 내게 설교를 하다니 담임의 교사 정신은 가끔씩 불타오르니까 문제다. PTA 대책일까?

"꽤나 잔소리 들었군?"

"뭐, 그럭저럭."

썬의 질문에 대답하면서 항상 앉는 자리에 착석.

옆의 팬지를 보는 게 무서워서, 그쪽을 볼 수가 없다.

그러니 정면에 앉은 코스모스의 미모를 만끽하면서 도시락을 먹는 게 내 스타일이다.

"저, 저기… 죠로. 너무 이쪽을 보면 부끄러운데…."

음…. 그럼 얌전히 고개를 숙여서 누구와도 눈을 마주치지 않도록 하면서 밥을 먹자.

"그래서 죠로는 왜 지각을 했을까?"

팬지, 그걸 묻는 건 참아 줘. 나중에 제대로 설명할 테니까.

지금 여기서 모두에게 사실이 알려지는 건 안 좋다니까.

혹시 알려지면 최악의 경우 '우리도 돕겠다'고 말할지도 모르잖아?

이번 일은 나 혼자서 어떻게든 할게.

그렇게 결정했으니까 여기선 어떻게든 얼버무려야 해….

"아, 아니, 대단한 이유는 아니니까 신경 쓰지 마!"

"이유가 있다면 신경 쓰여."

제길! '찾는 물건'이나 '책' 같은 위험한 단어를 회피하며 잘 도망칠 수 있을 거라 생각했지만, 생각이 짧았다! 누가 구원을… 아, 안 돼!

팬지의 발언 때문에 다른 세 사람도 내가 지각한 이유를 들을 준비를 갖추었어!

어떻게 하면 이 상황을 빠져나갈 수 있지? 나 이외의 네 사람은 이쪽으로 시선을 집중시키고 얼른 말하라는 오라를 뿌리고 있고…. 그, 그래! 생각났다!

화제를 바꾸면 돼!

내 지각 이상으로 함께 이야기 나눌 공통의 화제를 제공하면 돼!

전원의 취미에서 도출된 멋진 화제를… 어, 그런 거, 없네?

냉정하게 생각하면 우리는 취미가 상당히 다르다.

코스모스의 취미는 요리. 썬은 야구. 팬지는 책. 츠바키는 튀김꼬… 찾았다!

공통의 화제, 발견!

"그, 그렇지, 츠바키! 오늘부터 가게를 열지? 그럼 오늘 방과 후에 다 함께 갈까 하는데, 추천하는 메뉴로는 뭐가 있지?"

이거야, 이거! 마침 오늘 방과 후에는 다 같이 츠바키의 가게에 갈 예정이었어!

그 이야기로 화제가 넘어가면 자연스럽게 시간이 흘러가겠지! 나도 참 똑똑해!

"응? 추천 메뉴? 글쎄, 나는 메추리알 튀김을 추천해 볼까. 그래서 죠로는 왜 지각한 걸까?"

츠바키! 그만. 거기서 화제를 되돌리지 마! 튀김꼬치 이야기를 더 하자고!

"어, 어어, 그래! 메추리알이라! 알았어! 꼭 주문할게! 썬도 같이 주문하자! 응?"

"좋지! 난 그거 말고도 가리비 튀김을 주문할 예정이야. 따끈따끈한 튀김꼬치 가게의 가리비는 빼놓을 수 없는 거니까! 그래서 죠로는 왜 지각했어?"

썬, 그렇게 날 걱정하지 마!

날 신경 쓰지 말고, 좋아하는 튀김꼬치 토크를 더 하면 좋잖아!

"헤에~ 가리비라! 그거 맛있겠네! 응, 나도 주문할게! 이왕이면 코스모스 회장도 같이 주문하지 않겠습니까?"

"응? 으음, 그래. 최대한 다양한 종류의 튀김꼬치를 먹으면 요리에 도움이 될 테니까 좋겠지. 그래서 죠로는 왜 지각했어?"

…이건 그건가? 몇 번을 거듭해도 내 지각의 이유를 말하지 않으면 안 되는 세계선으로 들어온 건가? 그것이 세계의 선택인가?

아니! 포기하지 마! 어쩌면 기적적으로 팬지가 마지막 희망이 되어서….

"그, 그렇습니까. 그럼 팬지는…"

"그래서 죠로는 왜 지각했을까? 얼른 가르쳐 줘."

순식간에 스타트 지점으로 되돌아왔다….

제, 제길…. 어떻게든 얼버무리고 싶은데… 틀렸다.

이미 몇 차례에 이른 질문 무시 때문에, 자리의 분위기는 '억지로라도 내 지각의 이유를 듣는다' 모드에 돌입했고, 어떻게 발버둥을 쳐도 그것을 바꿀 수는 없다. 미래는 결정된 것이다.

어쩔 수 없지. 어떻게든 책에 관한 건 숨기면서 이야기를 하는 방향으로 가 보자.

"……이거야."

부스럭부스럭 가방을 뒤져서 내가 꺼낸 것은 역에서 무료로 배포하던 아르바이트 잡지.

마치 담배를 걸린 학생처럼 체념을 하면서 그걸 책상 위에 배치했다.

"이건… 아르바이트 잡지? 죠로는 돈이 필요해?"

얕보지 마, 팬지. 여기서 너는 내가 돈이 필요한 이유를 열거하고 진상에 도달하려고 하는 모양인데, 그렇겐 안 돼.

이런 일도 있지 않을까 싶어서 추궁당할 때의 변명을 다 준비했지!

"그래. 전에 돈을 좀 많이 써서 약간 궁해. 이대로 가다간 여름 방학 때 하고 싶은 걸 못 하게 돼. 그러니까 필요해."

"여름 방학에 하고 싶은 것? 그건 뭘까?"

"여행이야. 8월 초순부터 좀 멀리 떠날 예정이니까. 그걸 위해 필요해."

참고로 이 이야기는 방금 전에 말했듯이 꼭 거짓말도 아니다.

아직 확정은 아니지만, 나는 올해 8월에 어떤 조건이 채워졌을 경우 여행을 한다.

목적은 관광이나 식도락 같은 것이 아니다.

그럼 뭐냐 하면….

"죠로, 너 그건…. 흠! 알았어! 그럼 올해는 꼭 이겨 주지!"

지금 썬이 한 말로 눈치 빠른 사람들은 알았겠지?

그래! 바로 코시엔이다!

이제 곧… 약 한 달 뒤에 시작되는, 여름 코시엔행 티켓을 건 뜨거운 남자들의 배틀.

거기서 우리 학교가 승리했을 경우, 나는 응원을 위해 코시엔에 가려고 벼르고 있다!

그러니까 돈이 필요하다! 애초부터 여름 방학에 들어감과 동시에 당일치기 아르바이트를 대량으로 시작해서 돈을 모으고 코시엔에 가려고 했으니까, 그 예정이 좀 앞당겨졌을 뿐이야!

어때? 이거면 완벽하게 진실뿐이라서, 팬지의 추궁으로부터 도망칠 수 있어!

하지만 그 대가로 정면에 있는 코스모스의 눈이 아주 예리해졌지만, 이건 대체?

"즉, 죠로는 아르바이트를 찾기 위해 지각을 했다고? 별로 좋게 봐 줄 수 없네. 그거라면 방과 후에 해도 좋지 않았을까?"

우우…. 성실한 학생회장인 코스모스에게는 NG였나.

팬지에게만 주목하고 있어서, 이거 방심했군.

"그, 그건 그렇습니다만…."

"다만?"

"아뇨, 아무것도 아닙니다. 죄송합니다. 앞으로 주의하겠습니다…."

"그럼 됐어. 앞으로 주의하도록 해. 그, 그리고…."

응? 갑자기 코스모스가 우물거리기 시작했는데, 어디에 소녀 모드로 들어가는 스위치가 있었나?

"나는 학생회장으로서 학생의 동향을 알 필요가 있으니, 네 아르바이트 일정이나 여름 방학에 비어 있는 날 등도… 나, 나중에 말하도록 해!"

어이, 회장. 왜 은근슬쩍 권리를 남용하는데? 노트 준비도 다 하고 있잖아.

가르쳐 줘도 좋을 것 같지만, 또 브로콜리 사건 수첩처럼 폭주할 것 같아서 무섭다.

아무튼 지금은 얼버무리는 것으로 도망치자.

"알겠습니다. 일정이 정해지거든 말하겠습니다."

"으, 음! 그러도록 해! ……해냈다!"

코스모스, 마지막 그 말 들리니까. 전혀 목소리가 작지 않으니까.

"그래. 그럼 나도 도서위원으로서 죠로의 일정을 파악해 두는 편이 좋을 테니, 나중에 가르쳐 줄 수 있을까?"

"아니, 안 돼."

이쪽은 흔들림 없이 안 좋은 확신이 드니까 가르쳐 줄 이유가 없다.

"즉, 어느 날 갑자기 쳐들어가도 된다는 거네. 나를 신용해 줘서 기뻐."

네, 나왔습니다! 팬지의 포지티브 싱킹!

애초에 그랬다가 내가 없으면 어쩔 건데? 있어도 없는 척하겠지만!

"멋대로 왔다가 내가 없어도 난 모르니까."

"괜찮아. 미리 로리에 씨에게 연락할 거니까."

어이, 연락처가 이상하잖아.

"그러니까 죠로가 없을 경우에는 로리에 씨와 이야기를 하거나 집을 견학할 거야. 어때? 문제없지?"

어때? 문제밖에 없지? 이 애는 대체 뭔가요. 제발 좀 참아 줬으면 하는데요.

집 견학이라니, 너무 국소적인데요? 강제 이벤트를 일으키는 데에 너무 능해서 눈물이 난다.

"아하. 과연. …저기, 죠로."

"왜 그래, 츠바키?"

뭐가 과연인지 전혀 모르겠지만, 그것도 포함해서 설명해 주는 걸까?

"아르바이트를 찾는다면 우리 가게에서 일하지 않겠어?"

"어? 내가 츠바키네 가게에서?"

"응. 우리 가게, 오늘부터 오픈인데, 사람이 부족해. 그러니까 죠로가 일해 준다면 기쁘겠어. 아! 승부는 이미 끝났으니까, 물론 은혜 갚기랑은 관계없어! 말처럼 마구 부려 먹어 줄 테니까 안심해!"

그 발언에 안심의 요소는 전혀 없지만, 어떻게 하면 좋지?

"하지만 나는 요리 같은 걸 전혀 못 하니까 도움이 될지 의심스러운데?"

"그건 괜찮아! 주방은 나처럼 숙련된 튀김꼬처가 아니면 애초에 무리니까. 죠로에게는 홀을 맡기고 싶어!"

그런가. 숙련된 튀김꼬치 요리사는 '튀김꼬처'라고 하는 건가. 처음 알았다.

"아니면 죠로도 튀김꼬처가 되고 싶은 거야?"

"아니, 됐습니다."

"그, 그래? 조금 아쉽네. …그래서 어쩔까? 우리 가게에서 일해 볼래? 물론 단기라도 괜찮은데!"

츠바키는 책상 위로 올라올 기세로 상반신을 내 쪽에 들이댔다.

신기하네. 튀김꼬치는 칼로리가 높을 텐데 어떻게 이렇게 날씬한 체형을 유지할 수 있지? 뭐, 그건 그렇고.

"그럼 시급은 어느 정도?"

이것도 참 타산적인 이야기지만, 나는 급하게 거액의 돈이 필요하다. 그러니까 시급이 센 가게에서 일하고 싶다.

음식점… 패밀리 레스토랑이나 패스트푸드점은 시급이 낮다는 이미지가 있고.

애석하게도 마왕님 같은 근성*이 없는 나는 최소한 시급 천 엔

※마왕님 같은 근성 : 라이트노벨 『알바 뛰는 마왕님』의 주인공 마왕 마오는 작중에서 맥로 날드라는 패스트푸드점에서 아르바이트를 한다.

이상 되는 가게에서 시작하고 싶다.

"음. 1200엔일까."

"일하게 해 주세요!"

"정말… 우와아!"

세다! 시급 세! 고등학생이 시급 1200엔이라면 완전 VIP 대우 잖아!

재빨리 부탁했어! 무심코 츠바키의 어깨를 붙들고 힘주어 애원 했다.

"일할게! 내가 츠바키네 가게에서 일할게! 그러니까 부탁해! 나를 고용해 줘!"

"저, 저기, 죠로, 아주 기쁘지만, 얼굴이 가까워서… 부, 부끄 럽다고나 할까…."

"어! 미, 미안!"

어이쿠, 이런. 너무 흥분한 상태로 행동했군.

츠바키의 얼굴에 전력으로 콧김을 뿜고 있었다. …앞으로 조심 하자.

"처, 첫 경험 4일까…. 아, 그래서 언제부터 일할 거야?"

몸을 움찔움찔 흔들면서 부끄러워하는 츠바키.

그렇지. 아슬아슬하게 키스할 정도의 거리라면 부끄러… 잠깐 만.

너의 '첫 경험 3'은 내 꿈속이었던 것 같습니다만….

"······그렇지. 제일 빠르면 언젠데?"

신경이 쓰이긴 하지만, 더 신경 써야 할 일이 있었기에 그쪽을 우선했다.

결코 무서워서 못 물었던 게 아니니까, 그 부분을 착각하지 않도록.

"죠로가 일하고 싶다면 오늘이라도 괜찮을까."

"오늘부터 일할게!"

원래 오늘은 다섯 명이서 츠바키네 가게에 손님으로 갈 예정이었지만, 그중 한 명이 점원이 되어도 문제없겠지. 최대한 서둘러 많은 돈을 벌고 싶고.

"그럼 죠로는 방과 후에 도서실에 안 오는 거야?"

그쪽 문제가 있었나···.

분명히 항상 방과 후에는 도서실에 갔지만. 사정이 사정이니까.

"어, 어···. 그, 그러네. 목표 금액이 모일 때까지는 못 가···."

"···외롭겠네."

으윽! 평소에는 담담한 주제에 이럴 때만큼은 노골적으로 그러지 마라.

약속했던 '매일 도서실에 온다'는 것은 점심시간에 할 테니까, 그러면 되잖아!

"미안하지만, 나한테도 사정이 있어. 그러니까 방과 후에는 당분간 무리야."

진정해라. 여기서 허둥대거나 하면 팬지는 분명히 그 점을 파고 든다.

그러니까 최대한 당연하다는 듯이 말하는 게 최선이다.

"…알았어."

입으로는 그렇게 말하지만, 아직 납득하지 않았겠지.

"그리고 말이야… 팬지…."

"왜?"

"저기, 나중에 할 이야기가 있으니까, 다음 쉬는 시간에라도 시간 좀 내줄 수 있을까?"

"지금은 안 돼?"

담담한 목소리지만, 평소보다 미묘하게 낮은 목소리로군.

그만큼 괜히 죄악감이 치밀어서 뭐라고 형용할 수 없는 기분이 들었다.

"그래, 지금은 좀… 참아 줘."

"어쩔 수 없네. 그럼 지금은 그 목소리를 봐서 참아 줄게."

아무래도 지금은 팬지도 납득해 준 모양이고, 다음 이야기는 쉬는 시간에 전력을 다해 임하도록 하자. 하아…. 우울하다….

※

5교시 후, 쉬는 시간이 됨과 동시에 가방을 들고 교실 밖으로 나가자 복도에 서 있는 팬지.

어떻게 수업 종료 직후에 교실을 나선 나보다 먼저 복도에서 스탠바이하고 있지?

"미안. 기다렸어?"

"괜찮아. 나도 지금 왔어."

다행이다. 비교적 에스퍼 느낌이 아니다. 아마 조금 일찍 수업이 끝난 거겠지.

그건 그렇다 치고, 지금 대화가 데이트 장소에서 만나는 커플 같아서 조금 싫었다.

"그래. 그럼 조금 이동할까. 여기는 사람이 많으니까."

"알았어. 그리고 지금 대화는 다음 데이트 때도 해 보자."

"그건 승인 불가능해."

"어쩔 수 없네. 다음에 데이트를 해 줄 것 같으니 참아 줄게."

대사를 거부했더니, 어째서인지 데이트하는 걸로 결정되었다.

하지만 그렇군. 아무래도 점심시간보다는 다소 기운이 있는 모양이야.

팬지의 포지티브 싱킹이 이번만큼은 이상하게도 안심이 되어서, 그런 스스로를 때려 주고 싶어졌다.

"여기라면 아무도 없고 목소리가 들릴 리도 없겠지."

복도를 걸어서, 쉬는 시간이라면 도서실 이상으로 사람이 오지 않는 옥상 주변의 계단에 도달.

좋아, 이번에야말로 사정을 설명하자.

"어머, 이제부터 나한테 무슨 짓을 하려는 거지? 아주 두근거려."

평소라면 짜증나는 팬지의 밝은 목소리가 지금은 전혀 다르게 들렸다.

혹시 특기인 에스퍼 능력으로 알아차렸나 싶은데, 그것도 아닌 모양이다.

순수하게 뭔가 기대하는 모습이다.

하지만 지금부터 이야기하는 내용은…. 아니, 여기서 쫄지 마!

해야 할 일은 분명히 해. 일단은 확실히 머리를 숙이고.

"미안! 저기… 저번에 빌린 책 말인데, 내 부주의로 엉망이 되어 버렸어!"

"응?"

지금 팬지는 어떤 표정을 하고 있을까?

고개를 숙이고 있기에 그걸 확인할 순 없지만, 그걸 확인하고 싶은 나와 확인하고 싶지 않은 내가 공존했다.

"내가 빌려준 책을… 엉망으로 만들었어?"

잠시 뒤에 간신히 내 말을 이해했는지, 복창하여 묻는 팬지.

가슴이 꽈악 죄어든다는 게 바로 이런 거다.

"그, 그래. 어제 덤불에 떨어뜨린 걸 모르고…."

"얼마나 부주의하면 그렇게 되는데?"

이런…. 이건 아주 안 좋다….

그 두 사람의 이름은 가급적 꺼내고 싶지 않지만…. 뭐라고 대답하면 좋지?

"있지…. 어째서? 고개를 들고 내 눈을 보면서 제대로 대답해 봐."

조심조심 고개를 들자, 생각 이상으로 팬지가 내게 가까이 다가와 있었다.

그녀가 살짝 발돋움하면 키스할 수 있을 정도에서 떠도는 팬지의 부드러운 향기가 다른 의미로 나를 두근거리게 했지만, 지금은 그럴 때가 아니다.

"어, 어어…. 가방이 열린 상태로 날아갔는데, 그때 떨어졌어…."

"꽤나 혈기 왕성한 나날을 보내고 있네. 그건 몰랐어."

기막히다는 듯이 뒤로 물러나는 팬지. 이 녀석이 먼저 내게서 떨어지다니 처음일지도….

"그래서 내 책은 지금 어떻게 되었어?"

"저기, 이런 상태야."

가방에서 꺼낸 팬지의 책은 습기와 진흙을 먹어서 구겨지고 젖은 상태. 못 읽을 건 아니지만, 원래 모습과 동떨어진 상태라는 건 변함없다.

각오를 하고 말했다지만, 이렇게 실물을 본인에게 보여 주는 것은 역시 긴장된다.

"…심하네."

"그, 그러니까, 사죄하기 위해서 네게 똑같은 책을 사서 돌려 줄 때까지는 아르바이트를 해서 돈을 모을 테니까, 방과 후에 도서실에는 못 가…. 아, 썬 이야기도 거짓말은 아니거든? 하지만 그건 어디까지나 덤이고… 진짜 목적은 이쪽이야…."

"그래. 당신치고 꽤나 교묘히 날 속였잖아."

어쩐 일로 칭찬을 다 해 주는데, 전혀 칭찬하는 목소리가 아냐…. 무지 무서워….

"미, 미안해…. 모두가 있는 장소에서는 말하기 어려워서…."

"당신이라면 그렇겠지. 어쩔 수 없지…. 속인 것에 대해서는 특별히 용서해 줄게. 그리고 같은 책을 다시 살 필요도 없어."

응? 책을 다시 살 필요가 없다고? 왜 그런 거짓말을…. 이 녀석이 거짓말을 할 리가 없나.

그럼 정말로 그렇겠지. 하지만….

"그럴 순 없어. 아무리 그래도 가격이 가격이잖아."

"됐어. 정말로 아쉽긴 하지만… 어쩔 수 없지."

아, 이거 점심시간 때보다 더 힘을 잃은 모습인데.

이럴 때에 뭐라고 하면 좋을까?

아무리 생각해도 전적으로 내 잘못이고, 격려하는 것도 좀 아니다. 그렇다면….

"정말로 미안해! 저기, 내가 할 수 있는 일이라면 뭐든지 할게!"

팬지에게 이 말은 꽤나 위험하지만, 그래도 말해야 한다.

아아…. 무슨 요구를 받게 될까? 꽤나 화가 난 모양이니까, 상당히….

"그럼 아르바이트를 하지 말고 앞으로도 방과 후에 도서실에 와 줘."

어라? 예상과 전혀 다른 말이 들렸는데….

분명히 날 싫어하게 되었을 거라고 생각했는데, 그것도 아닌가?

"내가 당신을 싫어하게 될 일은 없어."

그런가. 그 말의 안도감보다도 그 에스퍼 능력에 대한 공포감이 훨씬 앞서는데?

하지만 그렇군. 사과 문제는 내 예상보다 훨씬 쉽게 풀렸다.

말하자면 대단한 아르바이트를 하지 않고, 지금까지처럼만 지내면 되는 거니까.

으음! 팬지도 좋은 구석이 있네! 그거라면 얌전히 그 호의에….

"아니, 나는 책을 새로 사서 너에게 주겠어."

기댈 수는 없는 노릇이지만.

그야 팬지가 무슨 말을 하고 싶은지는 이해한다.

저기… 이 녀석은 나를 좋아한다고 말했으니까, 같이 있고 싶다는 거겠지.

본인이 그렇게 말한 이상, 팬지는 그것을 더 기뻐할지도 모른다.

하지만 말이야, 그런 문제가 아니잖아.

"내가 필요 없다고 말했는데?"

"네가 필요 없다고 말했어도."

"…그래."

잠시 동안의 침묵 후에 팬지가 납득한 것처럼 말했다.

으음. 이 녀석의 침묵은 무슨 생각인지 읽을 수 없으니까 무섭단 말이야.

어쩌면 책을 새로 사서 돌려준 뒤에 사죄의 표시로 어울려 달라는 소리를 할지도 모르지.

…각오를 해 두자. 아니, 역시 안 돼. 그런 소리를 하면 도망쳐야지.

"그래서 그 낡은 책은 어쩔 거야? 가능하면 그것도 돌려줬으면 하는데."

윽. 역시 그렇게 나왔나….

사실 나는 책을 팬지에게 보여 주긴 했어도 넘겨주진 않았다. 물론 거기에는 이유가 있다. 내가 엉망으로 만들어 놓고 뻔뻔한 소리라는 건 알지만….

"이 책은 조금만 더 빌려줘."

"왜?"

"…아직 다 못 읽었으니까."

분명히 이 책은 엉망이 되었지만, 못 읽을 건 아니다.

그러니까 다 읽고서 감상을 전한다.

이 책을 읽지 않고 돌려주면, 그건 내가 팬지와의 약속을 깨는 게 된다.

팬지에게서 돌려 달라는 말이 없는 한, 다 읽을 때까지 돌려줄 생각은 없다.

"어머. 너무 멋대로라고 생각했는데, 조금은 마음씨 착한 구석도 있네."

이제까지 한심하게 여기는 느낌이던 팬지의 목소리가 살짝 밝아져서, 나도 조금 안심되었다. 점수 좀 따겠다고 한 말은 아니지만…. 여전히 이 녀석의 평가 기준은 영문을 모르겠다.

"딱히 그런 건 아냐. 그냥 내 고집이야."

"그럼 마음대로 해."

"그렇게 할게."

"이야기는 끝? 그럼 안녕, 고집쟁이 죠로."

"그래, 안녕."

빙글 내게서 등을 돌리고 걸어가는 팬지의 발걸음이 평소보다 힘이 없는 것처럼 보이는 것은 아마 기분 탓이 아니라… 내 탓이겠지.

제길! 이렇게 되었으니 일하고 일하고 열심히 일해서, 책을 산 뒤에는 여름 방학을 만전의 상태로 맞이할 수 있도록 돈을 모아

주지! 그러면 켕기는 것 없이 전부 원래대로 돌아올 테니까!

※

"죠로, 그럼 이따가 츠바키네 가게에서! 아르바이트, 힘내!"

방과 후, 어느 틈에 내가 아르바이트한다는 사실을 안 히마와리가 내게 격려의 말을 보내면서 테니스부 활동을 위해 달려갔다.

히마와리. 성원 고맙다. 물론 열심히 할 거니까 안심해.

내 의욕은 넘치고 넘친다고 해도 과언이 아냐.

전혀 경험해 보지 못한 직장이지만, 팬지에게 보고를 끝낸 뒤에 교실에서 츠바키에게 매뉴얼을 받았다. 못된 아이인 나는 그걸 수업 중에 전부 독파했고 시뮬레이션도 완벽.

아르바이트를 하는 동안 사용하는 은어도 나름 외웠다. 1번이 화장실. 2번이 쓰레기 버리기. 등등….

이제 실전만이 남았다! 후후훗. 실전에 강한 나의 힘을 이번에 야말로 보여 주도록 하지.

조금… 아니, 꽤나 긴장되지만.

"죠로는 지금까지 아르바이트 경험 있어?"

학교를 뒤로하고 가게로 가는 도중에 나란히 걷던 츠바키에게서 밝은 목소리가.

혹시 내 긴장을 풀어 주려는 걸까?

"아니, 한 번도 없어. 구태여 말하자면 할아버지네 정원 일하고 도서실의 책 정리를 거든 정도인데."

"그래. 그럼 고생 좀 할 테지만 열심히 해 봐."

"응. 맡겨 줘!"

의욕이 넘친다는 어필을 위해 썬과 같은 열혈 스마일을 반짝!

이러는데 의욕이 전해지지 않는 여자는 이 세상에 없겠지.

"음. 든든하다고 할까. 하지만 그 얼굴은 최악이니까 손님에게는 보여 주지 마."

어때, 잘 전해졌지? 두 번 다시 열혈 스마일은 하지 않는다.

드디어 '아니다' 정도를 넘어서 최악일 정도로까지 진화했나. 내 성장이 느껴지는군.

나는 대체 어떤 미소를 보여야 츠바키에게 받아들여질 수 있을까?

슬슬 레퍼토리에 한계가 보이기 시작했다.

"모르는 게 있거든 근처에 있는 사람에게 물어봐. 평범한 아르바이트생도 있지만, 이름표에 파란 동그라미 스티커가 붙은 사람은 본점에서 온 역전의 용사니까 분명 도와줄 거야."

그런가. 튀김꼬치 가게에도 여러 싸움이 있었군.

어떤 싸움이 있었는지는 궁금하니, 시간이 있을 때에라도 물어보자.

※

"헉…. 헉…."

"자! 튀김꼬치 모둠 나왔어! 6번 테이블로!"

"네, 넵!"

"키사라기! 요리 다 내갔으면 4번 테이블 뒷정리 부탁한다!"

"알겠습니다!"

이런…. 이거 꽤 힘든데.

체력적으로 힘든 것도 있지만, 그보다도 이 와자지껄한 분위기
가 힘들다.

가게에 도착했을 때부터 대성황이라서 '이거 좀 힘들겠네' 식
으로 한가한 감상을 품긴 했지만, 실제로 일해 보니 이렇게 차이
가 나나.

손님 목소리와 다른 점원들의 지시가 사방팔방에서 날아들어
서, 누가 말하는 건지 판단하기도 어려웠다.

"오래 기다리셨습니다! 튀김꼬치 모둠 나왔습니다!"

"응? 안 시켰는데?"

"네? 자, 잠시만 기다려 주세요!"

어라? 여기 6번 테이블이지? 아니, 9번이잖아! 헷갈려!

숫자의 모양을 정한 녀석에게 전력으로 클레임을 넣고 싶어졌

어.

"실례했습니다! 튀김꼬치 모둠 나왔습니다."

서둘러서 6번 테이블에 튀김꼬치 모둠을 제공.

대학생들이 맛있게 맥주를 마시는 바람에 나도 모르게 침이 넘어갔다.

맛있게 마시는구나~ 나도 어른이 되면 마시고 싶다.

"그래서 말이지, 미치코가 진짜로 그런 거라서 히야아 싶은 기분. …아, 거기 돼."

미치코가 누구지? 아니, 그런 걸 신경 쓸 때가 아냐.

"알겠습니다."

다음은 4번 테이블을 정리하러 가야지!

4는 불길한 숫자라고 들었지만, 아주 알아보기 쉬운 모양이라 다행이다. 행복.

아무튼 '1'과 '7'이라든가, '6'과 '9'는 헷갈리니까 좀 없어져 버려.

"아! 쵸로가 일하고 있어! 쵸로다, 쵸로!"

자리를 정리하고 걸레로 테이블을 쓱쓱 닦는데, 익숙한 목소리가 들렸다.

대단하네. 이렇게 많은 사람과 섞여 있어도 히마와리의 목소리는 또렷하게 들려.

"…어, 어서 오세요!"

힐끔 가게의 시계를 확인하자, 현재 시각은 18시 45분.

아직 일하기 시작한 지 30분밖에 안 지난 줄 알았는데, 그렇지도 않았던 모양이다.

학생회와 동아리 활동을 마친 팬지 일행 네 명이 들어왔다.

"아하하하! 죠로가 '어서 오세요'라고 했어! '어서 오세요'라고!"

이게…. 내가 열심히 일하고 있는데 느긋하게 웃고나 있고.

"히마와리, 죠로는 열심히 일하고 있으니까 방해하면 안 돼."

오오! 역시나 코스모스! 너무나도 따뜻한 한마디다.

"죠로, 그 제복 어울리잖아! 함께 힘내 보자!"

썬! 그래. 나는 아르바이트를, 썬은 야구를 열심히 해서, 장래에는 같이 코시엔에… 아니, 딱히 내 아르바이트는 코시엔과 관계없지.

응, 함께 힘내 보자.

"너무 무리하면 안 돼. 힘들어지거든 나한테 말해 줘."

팬지, 내가 힘들어지면 대체 뭘 할 생각인지 먼저 설명해 줘.

분명히 말하는데 꽤나 무섭다.

"예약하신 네 분이로군요. 그럼 이쪽으로 오세요."

제일 앞에 선 코스모스에게 싱긋 웃어 주고 알바생 어조로 말하며 안내를.

이럴 때는 성실하고 든든한 학생회장에게 말을 붙이는 게 제일이다.

"아아! 그렇지! …어흠! 그, 그럼 이 가게에서 으뜸으로 미는 메뉴인 '점원이 손을 잡고 자리까지 안내해 준다'를, 부, 부탁할 까! 일단은 나부터!"

"저희 가게에는 그런 메뉴가 없습니다."

의지할 상대를 잘못 골랐다. 썬에게 말하는 게 좋았을걸….

"코스모스 선배, 아니지요. 여기, 사랑의 스마일을 부탁해. 일 단은 나부터."

"저희 가게에는 그런 메뉴도 없습니다."

뭐지? 너희의 그 지극히 당연한 듯한 어조와 숙련된 손짓은? 그런 게 있을 리 없잖아.

일단 네 사람을 좌석으로 안내한 뒤 물을 놓고.

자, 그럼 다음은….

"어이! 거기 꼬맹이! 얼른 주문 받으러 와! 이쪽은 손님이라 고!"

왠지 꽤나 익사이팅한 아저씨가 부르네…. 가 볼까….

"그, 그럼 적당히 있다가 가. …네! 오래 기다리셨습니다!"

"느려 터졌잖아! 달걀말이, 생맥, 토마토, 가지콩…. 또 튀김 꼬치로는 돼지 셋, 송이버섯 하나, 메추리알 둘, 새송이버섯 하 나, 가리비 하나."

"네? 저, 저기… 죄송합니다. 다시 한번 말씀해 주실 수 있겠습니까?"

아니, 그렇게 단숨에 말하지 말아 줘. 튀김꼬치 부분은 앞부분밖에 기억 못 했다고.

"뭐? 머리가 나쁘군! 그럼 자알 들어라!"

"네, 넵!"

멱살을 잡혀서 아저씨의 입가로 끌려갔다.

우와! 이 사람, 술 냄새! 취했잖아….

"달걀말이! 생맥! 토마토! 가지콩! 감자 샐러드! 송이버섯! 돼지는 셋! 메추리알 둘! 고기경단! 가리비! 외웠냐?!"

"네, 넵!"

시끄러어어어! 하지만 이번에는 기억해서 메모했다.

처음에 말한 거랑 다소 다른 것 같지만 됐어. 후반을 믿자.

우와아, 머리가 징징 울리네.

"단번에 외우질 못하다니…. 바보잖아!"

그래요. 바보예요~ ♪*

"보통 점원이었으면 단번에 다 기억했어! 진짜로 바보잖아!"

그게 어쨌다고. 바보예요~ ♪

자, 이 이상 바보 취급 받으면 머리가 폭발해서 폭탄 머리가

※그래요~ : 2002년의 일본의 개그 콤비 연식글로브는 일본의 팝 그룹 globe의 노래 〈Love again〉을 변형한 노래와 랩을 이용한 개그를 했으며, '그래요, 바보예요', '그게 어쨌다고, 바보예요'를 유행어로 만들었다.

될 것 같으니, 얼른 주문표를 전달하자.

"주문입니다! 여기에 두고 가겠습니다!"

"알았어!"

자, 다음은…. 음, 팬지 일행의 자리에 주문을 받으러 가야지.

"오, 오래 기다리셨습니다. 주문은 정하셨습니까?"

"꿀꺽! 꿀꺽! 물이 맛있어! 아, 죠로가 힘든 얼굴 하고 있다! 힘들 때는 수분 보급이야!"

"하아…. 그렇습니까."

그런 소리를 해도 말이지, 난 물 마실 시간도 없었어.

"그러니까 이거 줄게! 자! 물!"

역시나 엔젤 bitch! 자기가 입을 댄 컵을 내 앞에 배치해 주다니!

어디지?! 여기인가?! 아니, 이건 단순한 물방울이다! 보였다! …여기가 틀림없어!

"감사합니다. 감사합니다."

"에헤헤, 천만의 말씀을! …어라? 왜 두 번이나 말해?"

이중의 감사가 있었기 때문입니다.

"그, 그래! 이런 수가 있다니…."

"…제법이네, 히마와리."

너희는 흉내 내지 않도록. 특히나 땋은 머리 안경은 절대로.

그 뒤에 모두에게 주문을 받고 주문표에 그걸 적는데, 히마와리가 메뉴 중에서 관심 가는 걸 발견했는지 번쩍 거수. 그럴 것 까진 없어.

"저기, 죠로! 나는 바닐라 아이스크림 튀김꼬치를 먹고 싶어! 맛있겠어!"

"알겠습니다."

"아하하하! 죠로가 '알겠습니다'라고 했어! 우와, 우와!"

히마와리에게 나의 경어는 개그 포인트인 모양이다. 아까부터 폭소하고 있다.

"그리고, 죠로! 이번 테니스 시합에 다들 응원 온대! 그러니까 죠로도 와! 나 열심히 할 테니까!"

"알겠습니다. 주문은 이상입니까?"

"이상입니다! 고마워, 죠로!"

히마와리는 정말이지 어느 때라도 흔들림 없군. 마이페이스라고 할까.

자, 이 녀석들의 주문을 전달하고 나면 다음에는 요리를 날라야지….

"어이, 꼬맹이! 내 튀김꼬치랑 달걀말이가 안 나왔잖아! 얼마나 기다리게 할 거야!"

시끄러운 아저씨네! 오래 기다리지도 않았잖아!

주문한 지 1분 만에 나오는 튀김꼬치 같은 게 있을 리….

"네! 오래 기다리셨습니다! 주문하신 음식 나왔습니다!"

빨라! 어떻게 만드는 거야?! 이게 말이 돼?!

그 뒤에 팬지 일행의 주문을 츠바키에게 전달하자, 역시 1분 정도 만에 츠바키는 튀김꼬치를 완성했고 나는 그걸 테이블로 날랐다.

숙련된 튀김꼬처는 대단하군.

※

22시. 아직 가게는 영업 중이지만, 나는 고등학생인 관계로 여기서 아르바이트 끝.

츠바키도 주방에서 나와서 함께 휴게실에 있었다.

"수고했어, 죠로."

"그래, 츠바키도 수고했어. 대단하던데. 그렇게 빨리 튀김꼬치가 나오다니."

교복으로 갈아입고 파이프 의자에 앉아서 대화.

바로 돌아가고 싶지만, 힘들어서 움직일 기력이 거의 남아 있지 않았다.

차를 꿀꺽꿀꺽 마시고 체력을 조금 회복한 뒤에 돌아갈 예정이다.

"흐흥. 그 정도야 식은 죽 먹기일까."

기쁜 듯이 눈썹이 솟구쳤다. 튀김꼬치에 대한 칭찬을 들으면 꽤 기쁜 모양이다.

"그러고 보니 죠로. 급료 말인데, 9만 2천 엔이 되면 바로 달라고 했지?"

"그래. 무리라면 어쩔 수 없지만, 가능하다면 그렇게 해 주면 고맙겠어."

사실 아르바이트 대금은 월별로 지급되는 모양이니까, 무리라면 엄마에게 맡긴 그 예금에서 좀 빌려 쓸 예정이지만, 그럴 필요가 없다면 그러고 싶다.

안 될 걸 각오하고 부탁해 봤는데… 가능할까?

"응, 괜찮으려나."

역시나 '나에게 꽤나 잘해 주는 여자' 랭킹 상위인 츠바키. 정말 진지하게 두 손을 모으고 감사의 기도를 하고 싶어졌다.

"하지만 왜? 죠로가 아르바이트 하는 건 코시엔에 갈 여행 비용 때문이잖아? 그럼 월급으로 줘도 되지 않을까."

"으, 으음…. 그도 그렇지만, 달리 사정이 있어서."

"그런가. 알았어."

이 녀석은 느닷없이 승부네 뭐네 하는 행동을 할 때도 있지만, 기본적으로는 분위기라고 할까, 남의 마음을 잘 파악해 주는군. 지금도 사정을 깊이 캐물으려 하지 않고.

"그럼 대신 가르쳐 줬으면 하는 게 있는데, 괜찮을까?"

"츠바키식으로 말하자면 '내용에 달렸을까'로군."

"아하하, 그거 전에 내가 한 말이네. 이상한 걸 기억하잖아."

츠바키의 말이라기보다도 내가 들은 내용이 인상적이었으니까 기억하는 거지만.

츠바키에게 그런 건 아무래도 좋으려나.

"그 내용 말인데, 어제 승부의 감상을 내게 가르쳐 주겠어?"

"어제 승부?"

"응. 히마와리가 죠로의 가방을 열심히 들려고 하고, 코스모스 선배가 도시락을 만들어 오고, 팬지가 죠로를 기쁘게 해 주려 연구를 한 것. 그건 어땠어?"

뭐, 이미 끝난 이야기고, 이 정도라면 솔직히 말해 줘도 좋겠지.

솔직히 말해도 좋을지 고민스러운 점이긴 하지만….

"분명히 말해서 최악이었어. 너도 그렇지만, 전원이 중요한 점에서 핀트가 어긋났어. 나를 기쁘게 해 줄 포인트를 용케도 피해 갔다고. 하지만…."

"하지만?"

"아주 기뻤고, 정말로 고마웠어. 정말로 그렇게 생각했어. … 그래서 죄악감이 장난 아니었어."

"…왜 죄악감을?"

"그야 그렇지. 보잘것없는 나를 위해 도서실의 모두가 애써 주는 건 최고로 행복하지만, 역시… 미안해."

세상의 주인공이라고 불리는 녀석들은 대개 고등학교 생활 도중에 능동적이든 수동적이든 어떠한 꿈이나 목표, 해야 할 일을 인식하고 행동한다.

그러니까 주인공으로 어울리는 거겠지.

하지만 나는 하는 일이라곤 하나도 없고, 그저 일상을 보내기만 할 뿐.

그러니까 배경에 어울리는 거겠지.

도서실에 있는, 해야 할 일이 있는 녀석들과 함께 있을 수 있다는 것 자체가 기적과 같다.

"죠로는 보잘것없지… 않은데."

츠바키는 좋은 녀석이군. 나 같은 배경을 위해 이런 말까지 해주다니.

뭐, 저 말대로 보잘것없는 건 아닐지도. …너무 엄청난 배경이니까.

"오늘도 죠로는 대단했어. 아르바이트 첫날이라고 생각할 수 없을 만큼 잘했어. 그러니까 자신감을 가져도 되지 않을까."

"아저씨는 성대하게 화냈는데?"

"그래도. …자, 이거 봐. 죠로의 첫 주문표야. 모처럼이니까 기념품으로 가져갈까 해."

"어, 어어…."

츠바키가 웃으며 보여 준 종이에 적힌 것은 긴장해서 엉망으로 적힌 내 글씨.

열심히 눈을 부릅뜨고 보면 '콜라'와 '튀김꼬치 모둠'이라고 적힌 걸 알 수 있다.

"글씨가 지저분하니까 더 잘 쓰도록 명심하는 게 좋지 않을까."

"…앞으로 노력하겠습니다."

"후후후. 죠로의 첫 경험 1이네."

지난번 5엔 동전도 그렇고, 츠바키는 물건을 소중히 한다고 할까, 기념으로 삼는 버릇이 있나.

딱히 상관은 없지만, 그렇게 기뻐해 준다니 창피하다.

으음…. 왠지 묘한 분위기고, 여기선 배경으로서 철수를 택하자.

그리고 집에 돌아가서 팬지에게 빌린 책을 읽을 수 있는 데까지 읽어 볼까.

그러면 조금은 녀석의 화제에 따라갈 수 있을 테고.

"그럼 츠바키. 내일 또 봐. 학교에서도 아르바이트에서도 잘 부탁해."

"응, 내일 또 봐."

마지막으로 츠바키에게 인사를 하고, 나는 따끈따끈한 튀김꼬치 가게를 뒤로했다.

내가 누구에게도 들키고 싶지 않은 것

제 **4** 장

"**키**사라기, 2번 테이블 손님의 주문 좀 받아 줘!"

"알겠습니다!"

츠바키네 가게에서 아르바이트를 시작하고 며칠이 지난 월요일.

시간은 점점 지나가서 책을 사기로 한 타임 리밋이 나흘 앞으로 다가왔다.

이렇게만 말하면 다소 위험하게 생각될지도 모르지만 안심하시라.

지금 페이스로 계속 일하면 딱 목표액에 도달할 수 있다는 계산이다.

즉, 지금의 내게 가장 중요한 것은 돈이 모이느냐 안 모이느냐가 아니라, 일을 잘 해낼 수 있느냐 아니냐인데…. 그것도 안심하시라.

지금부터 나―키사라기 아마츠유의 화려한 성장을 보여 드리지!

"실례하겠습니다. 주…."

"어어, 생그레이프후르츠 사와랑 진저 하이볼, 그리고 생맥 하나. 거기에 오이절임이랑 시저 샐러드. 튀김꼬치를 모둠 하나랑 가리비 둘, 양파 셋, 새송이버섯 하나, 메추리알 둘…. 두 사람은 또 뭐 시킬래?"

"어, 베이컨도 부탁해."

"거기에 파도 부탁."

어이어이. '주문은 정하셨습니까?'라고 내가 묻기 전에 다짜고짜 주문하지 말아 줘.

일단은 음료를 주문하고, 그 뒤에 먹을 걸 생각해 줘.

하지만 문제는 없다. 모두 다 확실히 메모해 놓았지.

"알겠습니다. 조금만 기다려 주세요."

어때? 첫날과 비교해서 굉장히 성장했지?

전표에는 '생그레', '진하이', '뷔모' 등 단축하여 적은 메뉴들.

이것이 매일 아르바이트에 열을 올리며 손님들의 주문을 재빨리 메모하고 싶다고 바란 결과로 손에 넣은 나의 능력, 'Short write(줄여 쓴다)'다. 영어로 쓰면 조금 멋져 보이니까 그렇게 했다.

그 뒤로는 매일 휴대전화로 블로그를 갱신하고 특정 미래를 예측할 수 있게 되면 완벽하겠는데.

"주문 들어왔습니다!"

"응! 알았어!"

"자! 생그레에 진하이, 그리고 생맥 나왔다! 부탁해!"

하지만 아직 역전의 용사에게는 못 당한다.

내가 주문을 듣고 주문표를 전달하는 시간 동안에 이미 음료 준비를 끝내 놓다니….

여전히 역전의 용사의 능력, 'Tightly listen(다 듣고 있다)'은

빠릿빠릿하군.

"알겠습니다!"

아무튼 처음에는 다소 불안했던 아르바이트였지만, 그것은 기우.

일은 힘들지만, 이렇게 순풍에 돛 단 듯한 나날을 보내고 있다.

"오래 기다리셨습니다. 음료 나왔습니다."

"네~ 아, 거기에 적당히 놔두면 우리가 알아서 할게요."

"감사합니다."

그 말에 따라서 테이블에 음료를 쿵. 쿵. 쿵. 자, 그럼 다음은….

"어이, 꼬맹이! 얼른 주문 받으러 와!"

켁…. 마야마 아저씨인가…. 가기 싫은데….

"네. 오래 기다리셨습니다. …주문하시겠습니까?"

"그렇게 말했잖아! 여전히 바보구나, 너!"

그렇죠? 난 여전히 바보라고요.

그러니까 앞으로는 다른 사람에게 주문해 주세요.

"그 얼굴은 뭐냐? 불만 있냐?"

아닙니다~ 불만 따위는 없습니다~

"천만의 말씀입니다."

마음속으로 푸념하면서, 웃는 얼굴로 부정.

이 마야마 아저씨는 오픈 첫날부터 매일같이 가게에 와서, 왠지 모르지만 나를 눈엣가시로 여기며 투덜대는, 아주 귀찮은 사람이다.

태도가 나쁘네, 말이 틀려먹었네, 눈이 죽었네…. 너무나도 많은 불평을 듣다 보니 이미 헤아리길 포기했다.

지금까지 먹은 빵의 개수를 기억하고 있진 않잖아*? 그런 거야.

"참나, 밥맛 떨어지는 얼굴이나 하고 있고…."

아저씨, 짜증난다. 초반, 중반, 종반, 틈이 없다고 생각해. 하지만 난 지지 않아.

어어… 말이다…. 장기 말이 되어서 약동하는 내 모습을 아저씨에게 보여 주자.

"그럼 주문 말인데, 달걀말이랑…."

아저씨의 기나긴 주문을 화려하게 받아 적고서 다시 주방으로.

주문표를 넘길 무렵에는 아까 대학생들이 주문한 요리와 아저씨의 생맥주가 준비되어 있었다.

그 뒤에 먹고 마시고 투덜거려서 만족한 아저씨가 얼른 와서 계산하라고 하기에 카운터로.

※『죠죠의 기묘한 모험』1부의 명대사 '너는 지금까지 먹은 빵의 개수를 기억하고 있나?!'의 패러디.

"합계, 4110엔 되겠습니다."

"어? 그렇게나 먹었어? 너 뭔가 시키지도…. 아니, 됐다. …자."

먹은 액수는 깔끔한데, 입에서 풍기는 술과 기름 냄새 섞인 늙은이 냄새는 아주 쉰내가 난다.

"여기 90엔 거스름과 영수증입니다."

"그래."

"감사합니다! 또 찾아 주세요!"

마음속으로는 '두 번 다시 오지 마'라는 의미 없는 푸념을 하면서, 바이바이 아저씨.

"오, 마야마 씨, 오늘은 벌써 돌아갔나."

내가 귀찮은 손님을 돌려보내고 안도의 숨을 내뱉는데, 아르바이트 리더인 카네모토 씨가 나타났다.

이 사람은 본점에서 옮겨 온 든든한 나이스 가이로, 현재 32세. 샐러리맨을 그만두고 성우를 목표로 한다는, 꽤나 행동적인 인생을 살고 있는 프리터다.

썬의 입장에서 그 이름을 보면 정말 튼튼할 것 같다.[*]

아마도 카프나 타이거스 팬이겠지.

"그럼 나는 요리와 음료를 테이블로 가져갈 테니까, 키사라기는 뒷정리 부탁해."

※썬의 입장에서~ : 카네모토 토모아키는 일본 프로야구 선수. 히로시마 카프─한신 타이거스에서 현역 생활을 하면서 연속 풀이닝 출장 세계 기록을 세웠다.

"알겠습니다."

카네모토 씨의 지시에 따라서 식기를 정리하고 테이블을 닦는데 새로운 손님이 등장.

딸랑딸랑 하는 경쾌한 소리에 민첩하게 반응하도록 갈고닦인 영업 스마일과 함께 입구로.

"어서 오세요! 몇 분이, 십… 아."

"우와, 츠바키가 열심히 일하고 있다기에 왔는데…. 왜 세균이 떠다니고 있어?"

이거, 이거, 소인을 세균 취급하시는 카리스마 그룹 여러분 아니십니까.

기분이 편치 않으신 모양이니, 몸의 방향을 바꿔서 나가 주시는 것은 어떨까요?

대단히 죄송합니다만, 저희 가게는 화장이 짙은 코요테 님의 내점을 사양하고 있습….

"너 여기서 아르바이트하는구나…. 그럼 얼른 안내해 주든가? 점원이지? 느려 터지긴."

이거야 원, A코는 항상 신경이 날카롭군. 큰일이야.

스트레스는 안 되지, 스트레스는. 그만큼 짙은 화장 때문에 안 그래도 피부 관리가 중요한데, 그러다가 때를 놓치지 않겠어? 피부가 상하지 않겠어?

다른 녀석들을 본받아서 나를 오물이라도 보는 눈으로 노려보는 것으로 끝내면 좋을 텐데.

"이쪽 자리입니다. 그럼 조금만 기다려 주세요."

"죠로의 경어, 진짜로 위화감 들어. 너무 심해서 웃음도 안 나오지 않아?"

A코의 잡담, 진짜로 혐오감 들어. 너무 심해서 웃음도 안 나오지 않아?

그리고 다른 녀석들. 아까부터 고개만 끄덕거리잖아? 조금은 발언을 하도록 해.

자, 안내는 끝냈고 찬물 제공과 주문은… 카네모토 씨에게 부탁하자. 나는 가기 싫다.

"죄송합니다, 카네모토 씨. 5번 테이블 손님에게 주문 좀 부탁드려도 되겠습니까?"

"응? 5번 테이블 손님? 키사라기가 가면… 아하, 저 교복… 너랑 같은 학교 애인가~!"

힐끗 객석을 엿보더니 씨익 하고 스마일.

역시나 32세 프리터. 내 마음을 이해해 준 모양이다.

"네. 좀 제가 가기 껄끄러운 상대라서. …괜찮을까요?"

"끝까지 말 안 해도 알아. 저중에 여자 친구 있지? OK. 맡겨 줘. 여자 친구에게 멋진 모습만 보여 주고 싶다는 마음은 같은 남자로서 이해해."

제일 중요한 부분을 곡해하면서 마음을 이해해 준 모양인데,

그래도 대신해 준다니까 좋은 걸로 치자.

내친김에 발언을 냉정하게 분석하면, 아르바이트 할 때의 나는 멋없다는 소리를 들은 것도 같지만, 그것도 좋은 걸로 치자. 자각 없는 악의에는 이미 충분히 내성이 붙었어.

"그럼 대신 이 요리를 9번 테이블 손님에게 가져다줄 수 있을까?"

"네."

몰래 역할을 체인지하고 샤샤삭 요리를 9번 테이블로.

그러면서 슬쩍 곁눈질로 확인하니, 카네모토 씨가 카리스마 그룹의 자리로 가 있었다.

"그러고 보니 우리 반 남자애들이 말하는 걸 들었는데, 요즘 고블린인가를 마구 해치우는 소설*이 유행한다나 봐~"

"진짜로? 아니, 고블린이 뭐야?"

"그거야, 그거! 모자를 눌러쓰고 다박수염 난 아저씨! 희극왕 소리 듣는 사람!"

그건 고블린이 아니라 채플린이라니까! '린'밖에 공통점이 없으니까.

그리고 너희들, 꼭 전격문고가 아니라도 좋으니 하다못해 KADOKAWA 계열의 이야기를 좀 해라.

※고블린인가를~ : 소프트뱅크 크리에이티브의 라이트노벨 브랜드 GA문고에서 발행되는 『고블린 슬레이어』.

참나…. 참고로 내가 좋아하는 캐릭터는 검의 처녀야. 가슴이 죽이지.

"오래 기다리셨습니다! 주문은 결정하셨습니까?"

"그게 뭐야~? 수염 난 아저씨를 쓰러뜨리는 게 유행하다니… 꺄하하! 재미있어!"

카네모토 씨, 완전 무시당하고 있네. 힘내 줘….

"오래 기다리셨습니다!! 주문은 결정하셨습니까?"

"시끄러! 이 사람 뭐야, 목소리 무진장 큰데! 아하하하하!"

"실례했습니다. 그럼 주문을 말씀해 주시겠습니까?"

대단하다. 흔들림 없는 미소야. 나라면 이 시점에서 화가 날 것 같은데. 속으로.

"네~ 그럼 주문할게요~"

오, A코가 주문 담당인 걸 보면 한때는 위태로웠던 그룹의 리더 지위를 아직 유지하고 있나. 제법이로군….

"튀김꼬치 모둠 둘. 그리고 마실 거는, 난 우롱차. 다들 뭘로 할래?"

리더가 주문을 마치자, 이어서 부하 코요테들도 멍멍 주문.

다른 녀석들은 모두 토마토 주스였다. 피에 굶주린 걸지도 모르겠다.

"그럼 잠시만 기다려… 어, 하나 깜박했군요. 어어… 너인가?"

왜 그래요, 카네모토 씨? 왜 갑자기 반말로 바꿔서 A코를 웃으며 바라보지?

반하기라도 했나? 뭐, A코는 화장을 지우면 전위적인 얼굴이
되는 모양이지만, 평소에는 그럭저럭 귀여우니까. 속는 기분은
모를 것도 아니다.

"나한테 할 말 있어?"

연상인 카네모토 씨가 상대라도 여전히 세게 나가는 모습은
대단하네. 야성미 전개잖아.

하지만 갑자기 빤히 쳐다봐서 부끄러운 건지, 새끼손가락으로
뺨을 긁적이고 있다.

…아니, 카네모토 씨는 무슨 말을 하려는 거지?

"네 남친인 키사라기, 열심히 일하고 있으니까."

"뭐? 뭐어어어어엇?!"

카네모토오오오오! 너는 대체 무슨 소릴 하는 거냐?!

"아, 아니야! 난, 죠로의 여친이 아냐!"

"하하핫! 부끄러워하지 않아도 괜찮아요. 아까 본인에게 확실
히 들었으니까!"

안 했어! 어디를 어떻게 왜곡하면 그렇게 되는데?!

"그 녀석…! 말도 안 되는 소릴!"

그거 참 우연이네, A코. '그 녀석'이 누구인지는 몰라도, 나도
완전히 똑같은 생각을 했거든.

좋아. 지금 당장 카네모토 씨를 패. 내가 허락하지.

폭력 히로인은 유행하지 않는다고 생각할지도 모르지만, 걱정할 것 없도다.

너는 히로인 반열에 들어가지 않으니까 마음대로 할 수 있어.

"미안. 나… 화장실 좀 다녀올게…. 속이 안 좋아…."

마음대로 할 수 있으니까, 그렇게까지 안 해도 되잖아!

"아니, 화장이 좀 짙은 것 같지만 귀여운 여친이잖아! 키사라기!"

카네모토 씨가 왠지 시원시원한 웃음과 함께 돌아왔다.

그 완벽하게 하얀 치아를 지금 당장 부숴 주고 싶다.

"어라? 키사라기의 여친이 없어졌네. …무슨 일 있나?"

안심하세요. 토하고 있습니다.

"…청소와 보충, 다녀오겠습니다…."

"눈치가 빠르네, 키사라기! 여친이 와서 힘이 났나?"

닥쳐, 성우 지망 프리터. 이상한 억양으로 나한테 말 걸지 마.

그 뒤, 카리스마 그룹 여러분은 상당한 시간 동안 가게에 있었고, 피크를 지나서 여력이 생긴 츠바키와 사이좋게 이야기하거나, 청소를 마친 나에게 '세균이 세균을 살균이라니, 그래도 돼?'라는 따뜻한 성원을 보내 주었다. 취급의 차이가 장난 아니라서 눈물이 뚝뚝 나왔다.

결코 오물을 먹는 것도 아니고 청소만 할 뿐인데 그런 말은 아니잖아. 하지만 코요테에게 도전할 용기가 없는 배경인 나는 못

들은 척만 했다.

후우…. 오늘 아르바이트는 정신적으로 평소보다 두 배나 더
힘들었다….

※

"다녀오겠습니다."

"다녀와~☆"

아침, 하트 무늬 에이프런을 장착한 엄마의 높은 목소리를 들
으며 학교로 가는 나.

"하아…. 학교, 가기 싫다…."

문이 닫히는 동시에 발걸음이 무거워지며 한마디.

교실에 들어간 순간, 분명히 카리스마 그룹이 공격해 오겠지.
싫다….

아니, 걔네들에 대해서는 신경 *끄자*. 그보다 먼저 걱정할 게
있다.

이 시간을 이용해 조금이라도 팬지의 책을 읽어 둬야겠지!

어디 보자, 어제는 분명히….

"안녕! 죠로!"

"아프잖아아아아아!"

내 섬세한 마음은 뒤에서 달려든 습격자 때문에 순식간에 산산

조각 났다.

이런 폭거에 나서는 녀석은 내가 알기로 한 명밖에 없다. 즉, 범인은….

"히마와리! 아침부터 내 등을 때리지 말라고 계속 말했잖아!"

"응! 계속 들었어! 그러니까 계속, 계속 말해!"

그건 다시 말해 나에게는 영원히 등짝을 얻어맞는 미래가 기다리고 있다는 소리인가?

하다못해 대학생이 되거든 그만둬 줬으면 싶은데.

"그보다 너는 뭐 하고 있어? 시합 전이니까 아침 연습 있지 않았어?"

"어! 그게, 어어… 축구부 애들이 연습하니까, 오늘은 없어!"

눈의 방향이 오른쪽으로 1초, 왼쪽으로 2초… 과연, 거짓말이군.

나는 소꿉친구라고. 네가 거짓말할 때에 하는 버릇을 모를 거라 생각하지 마라.

"왜 축구부가 일부러 테니스 코트에서 연습하는데?"

그런 기발한 거짓말을 치는 너한테는 'bitch계의 이브라히모비치*'라는 별명을 선물해 주지. 축구부에 빌려줬으니까.

"기, 기분 전환이야! 최근 나랑 같이 학교에 못 가서, 죠로가

※이브라히모비치 : 즐라탄 이브라히모비치. 스웨덴 국적의 축구 선수. 2000년대 중후반의 세계 정상급 스트라이커 중 한 명.

외로워하니까, 마침 잘됐어!"

과연. 일부러 정중하게 이유까지 말해 주는 무덤을 파다니.

말하자면 최근 테니스부 때문에 바빠서 나랑 같이 등교할 수 없어서 외로웠다.

기쁘긴 하지만, 칭찬할 만한 행동은 아니야….

"…나한테 신경 쓰지 말고, 지금은 테니스를 최우선으로 해."

"알고 있어!"

전혀 모르니까 빙 둘러서 말해 준 건데, 전혀 전해진 것 같지 않다.

의심 어린 시선을 보내도 방긋방긋 기분 좋게 웃어 댈 뿐이다.

"일요일 시합을 위해 몸은 잘 관리하고 있어! 열심히 할게!"

내 주의를 가볍게 흘려 넘기고 기분 좋은 듯이 두 손으로 팔을 덥석.

그대로 붕붕 좌우로 휘둘러 대는 게 아주 짜증난다.

"작년에는 졌으니까 올해는 이길 거야! 명예 반납이야!"

그러면 오명밖에 안 남잖아.

"알았으니까 날 흔들지 마."

"네에~! 에헤헤헤!"

팔을 흔드는 것을 딱 멈추고, 그대로 몸을 팔에 밀착한다!

이브라히모비치의 특기인 화려한 테크닉과 발군의 피지컬을 선보였다!

그 대단한 기술은 일등급. 순식간에 나를 매료시켜… 아니, 그 게 아니었지.

"히마와리, 놔. 너무 달라붙으면 주위에서 오해하잖아."

사실은 히마와리의 육체적 감촉을 만끽하고 싶지만, 이전의 승 부에서 나는 썬을 택했다.

그러니까 다른 녀석들과 다소 거리를 두기로 결정했고, 여기선 참자.

"안 돼! 죠로랑 사이좋게 지내는 게 내 아침이야!"

…일단 제대로 전달했다고 생각하는데, 전혀 전달되지 않은 모 양이다.

억지로라도 떨어지라고 하고 싶지만, 토라진 얼굴을 하면서 달 라붙는 힘이 40퍼센트 증가.

여기서 내가 억지로 떼어 놓더라도, 질리지 않고 또 달라붙겠지.

"…알았어. 하지만 너는 남자 친구 생기면 어쩔래? 그 녀석이 싫어할걸."

"아하하하! 괜찮아! 난 좋아하는 사람 없어!"

아, 그러십니까. 그렇게 확실히 말씀하시면 조금 서글프네요.

"있잖아! 죠로는 아르바이트, 어때? 가르쳐 줘!"

"그냥 보통이야. 최근에는 익숙해져서 좀 쓸 만해졌다고 생각 해."

속으로는 '꽤'라고 생각하면서도 말로는 '좀'이라고 한다.

큰소리 쳤다가 나중에 실수하지 않기 위한 예방책은 배경인 나의 특기다.

"대단하네! 그럼 돈 많이 모았겠다!"

"대충. 그만큼 집에 돌아가면 힘들어서 바로 자 버리니까, 공부가 큰일이지만."

"에엣! 죠로가 공부를 열심히 안 하면 내가 큰일이야!"

그건 네가 기말시험에서 나한테 공부를 배울 생각으로 가득하기 때문이겠지만.

가끔은 자기 힘으로 열심히 해 봐라. 뭐, 가르쳐 주긴 하겠지만….

"어라? 그 낡은 책, 뭐야?"

윽! 괜히 눈도 밝아! 얼른 집어넣을 걸 그랬다….

"대단한 거 아냐. 그냥 심심풀이로 읽는 것뿐."

오른손 엄지와 검지를 비비면서 냉정한 한마디.

이 정도로 동요하다가 히마와리에게 괜한 걸 들키는 우행 따윈 저지르지 않는다.

"우?"

어라? 왠지 납득하지 않은 기색입니다만….

"그렇다면 그렇게 낡은 책이 아니라 다른 책으로 하지? 팬지라면 더 재미있는 책을 빌려줄걸?"

이게 바로 팬지에게 빌린 책입니다!

"그 책, 읽기 힘들게 된 것도 있고….."

아냐! 내가 읽기 힘들게 만든 거야!

"괘, 괜찮아! 못 읽는 부분은 조만간 새 걸로 사서 읽을 거니까!"

"아! 그렇구나! 그러면 새 걸 사기 전에 팬지가 가지고 있는지….."

"거 시끄럽네! 내가 사기로 했으니까 됐어!"

"왜 소리치는데! 죠로 못됐어!"

얼버무리려고 했는데 정곡을 찔렸다. 히마와리가 노골적으로 퉁명스러워졌다.

이런…. 이 bitch는 의외로 원한을 품는 bitch다. 어떻게든 기분을 회복시켜야….

"그, 그래, 히마와리! 그보다 여름 방학에 어디 가고 싶은 데 있어?"

"여름 방학? 하지만 죠로, 코시엔에 갈 거잖아?"

일단 화제를 돌긴 했지만, 아직 멀었다. 기쁘게 만들지 못하면 분명 아웃이다.

"그, 그렇지만, 그 외에도 비어 있는 날이 있으니까 그날 어쩔까 하고! 난 썬의 코시엔 응원 말고는 돈 쓸 만한 일이 없으니까."

"어?"

어, 왜 그래? 왜 히마와리가 고개를 갸웃거리지? 내가 갸웃거리고 싶은데….

"…저기, 죠로. 내 생일 선물은?"

"아…."

이런…. 다른 의미로 실수했다…. 완전히 까먹고 있었어….

쪼들릴 대로 쪼들린 지금 사정상 히마와리의 생일 선물을 살 여유가 있을지 모르겠지만, 그게 대수냐.

"우우! 죠로, 잊어버렸던 거야?!"

"아, 아니… 이, 잊어버린 건 아냐! 다만, 조금 바빠서, 머리 한구석에 밀어 놔두었을 뿐이지…. 그거잖아? 리, 리스트밴드잖아?"

내가 더듬거리면서 변명해도 당연히 통하지 않는다. 히마와리가 아주 기분 상한 눈치다.

"너무해너무해너무해! 난 정말 기대했는데!"

"아, 알고 있어! 이번 일요일이 시합이니까 토요일에는 줄게! 그러면 되지? 응?"

사실은 꽤 절박한 상황이니까 사기 빠듯하지만, 그게 대수냐.

누군가에게 돈을 빌리면 어떻게든 되겠지만, 아빠에게서 '무슨 사정이 있어도 부모 이외에는 절대로 돈을 빌리지 마라. 특히나 친구에게서는 더더욱'이라는 가르침을 받은 내게는 방도가 없다.

으음…. 되든 안 되든 부모님에게 의논해 볼까~

"좋아! 그걸로 용서해 줄게!"

어라? 평소라면 한 번쯤 더 응석받이 모드가 있을 텐데, 오늘은 의외로 간단히 기분이 회복되었네. 신기한 일도 다 있군. 다행이다, 다행이야.

"좋아! 그러면 학교까지 dash야!"

"뭐? 나는 아르바이트 때문에 힘들거든? 오늘은 너 혼자서 가."

"안 돼! 내 생일 선물을 잊어버린 벌로, 같이 뛰어!"

가령 기억했다고 해도 분명 뛰게 했겠지만.

하지만 그런 소리를 하든 안 하든 손을 붙잡힌 시점에서 나에게 저항할 길은 없다.

"…알았어. 다만 너무 심하게 뛰진 마. 넘어져서 다치면 큰일이니까."

"괜찮아! 내가 죠로를 구할 테니까."

나를 구해서 어쩔 건데. 일단은 네 걱정을 하란 말이야.

"그럼 간다! 팍팍 간다! Let's dash!"

뭐, 이 녀석과 함께 가면 카리스마 그룹의 습격을 피할 수 있을 테니 좋은 일이라고 생각할까.

대가로 심상찮은 스태미나를 소비하겠지만….

※

점심시간. 히마와리와 썬은 각자의 동아리 활동에 갔기 때문에 오늘은 넷이서 도서실.

승부나 책 문제가 있어서 과자에 손을 뻗을 수 없다는 게 상당히 괴롭다.

그런 스스로의 욕망과 갈등하고 있는데, 코스모스가 꽤나 안절부절못하는 모습으로 나에게 시선을 보냈다.

"죠로! 오늘 학생회 사람들과 츠바키의 가게에 가자는 이야기가 나왔어!"

카리스마 그룹과는 달리 와도 피해가 없을 듯하니 괜찮겠지만, 왠지 그 기백이 대단하다.

거기에 대한 코멘트는 삼가도록 하지.

"하아…. 어어… 왜 또 갑자기요?"

"시, 실은 야마다 공이 키사라기 공이 어떻게 일하나 지극히 흥미를 가지셔서… 그럼 우리 학생회, 모두가 함께 키사라기 공의 깃발 밑에 모이자는 것이옵니다!"

참고로 야마다란 회계를 말한다.

대단히 중요하지도 않으니, 소개는 가볍게 끝내지.

야마다 씨, 배경 캐릭터. 이상.

"알겠습니다. 그럼 기다리겠습니다."

속내가 뻔히 보이지만, 그건 넘어갈 테니까. 신경 쓰지 않을 테니까.

"알겠소이다."

이렇게 되면 미리 자리를 확보해 두는 편이 좋을까?

하지만 내게 그런 권리는 없고, 점장인 츠바키의 허락이 필요하겠지.

나와 츠바키의 관계상 가능하다고 생각하지만, 학생회 멤버는 다해서 일곱 명이다. 그렇게 많은 자리를 예약해 두면 가게의 매상에 영향이 생길 것 같다.

"음, 그럼 자리를 확보해 둘까요. 코스모스 선배는 몇 시쯤 올 예정입니까?"

어머나, 착해라. 내가 아무 말 안 해도 츠바키가 움직여 주었다.

"우와아! 고마워! 그렇지… 학생회가 18시까지니까, 조금 여유를 가지고 한 시간 뒤인 19시에 가도록 할게!"

"알겠습니다. 죠로도 전에 왔을 때보다 일을 잘하게 되었으니까 기대해 주세요."

어머나, 엄해라. 내가 아무 말 안 해도 츠바키가 압박을 가해 주었다.

"우리 아르바이트 리더도 '처음에는 어떻게 될지 불안했는데, 지금은 안심할 수 있다'라고 보증해 주었지요."

그 아르바이트 리더 때문에 학교생활에 지옥이 보증되었는데.

224

"대단하잖아, 죠로! 야마다도 분명 기뻐할 거야!"

진짜냐. 야마다의 기쁨이 내게 쏟아지는 건가. …책임이 중대하군.

"그래! 팬지도 함께…."

"아뇨, 됐습니다. 전 오늘 방과 후에는 예정이 있어서."

하이 텐션인 코스모스에게 담담히 로우 텐션으로 대답하는 팬지.

무심코 코스모스의 얼굴이 웃는 채로 굳어질 만큼 차가운 목소리가 도서실에 침투했다.

"그, 그래? …알았어."

팬지의 이 분위기 말인데, 딱히 코스모스에게 원인이 있는 건 아니다.

원인은 전부 나다.

최근…이라고 할까, 내가 아르바이트를 시작한 이후로 팬지의 기분은 별로 좋지 않다.

아무래도 이 녀석은 방과 후에 내가 도서실에 안 오는 게 상당히 마음에 들지 않는 모양인지 계속 토라져 있었다.

평소와 비교해서 말수도 현저하게 적고, 말을 걸면 지금처럼 차갑게 반응하는 정도.

히마와리나 썬이 밝게 말을 걸어도 효과가 없었다. 어떤 의미로 무적 상태다.

자, 단숨에 공기가 무거워진 이 상황… 이를 어쩐담.

"팬지, 그렇게 토라지지 말아 줘. 죠로는 지금 아주 열심히 일하고 있어. 그건 아주 좋은 일이라고 생각하는데?"

"그래, 나도 그렇게 생각해. 하지만… 조금 복잡해."

츠바키가 분위기를 읽었으면서도 끈기 있게 말을 붙였으나 역시나 냉담.

발언으로 보면, 내가 아르바이트하는 것을 100퍼센트 반대하는 것은 아닌 모양이다.

"게, 게다가 죠로는 목표 금액을 정하고, 그게 다 모이면 아르바이트를 줄인다고 했으니까…. 얼마 안 남지 않았을까!"

식은땀을 주르륵 흘리면서 츠바키가 재도전. '아르바이트를 줄인다'라는 발언이 마음에 걸렸는지, 그 즈음에서 팬지의 몸이 꿈틀 흔들렸다.

"그래. 그래서 돈이 다 모일 때까지 얼마 정도 남았어?"

"이번 주 중에 모일 예정. 그러니까 조금만 더 있으면 죠로는 너에게 돌아와 줄 거야."

이상하네? 내가 돌아가는 곳이 어느 틈에 팬지로 설정되었지.

돈이 모여서 책을 다시 사면 아르바이트 횟수를 줄일 예정이었지만, 그러지 않는 편이 좋을까?

"…알았어."

이 자리에서의 답답함은 풀린 모양이지만, 이걸로 봐선 납득한 건 아니군.

결국 그 이후로 팬지는 자기가 먼저 말을 꺼내는 일 없이 계속
땋은 머리만 만지작거렸다.

※

방과 후, 카리스마 그룹의 날카로운 시선에 떨며 재빨리 가방
을 싸고 학교를 탈출.

오늘 하루는 썬과 히마와리에게 달라붙어서 추궁을 피할 수
있었지만, 그렇다고 남자 친구라는 거짓 발언 문제가 해결된 건
아니다. 교실에서 내가 먹는 눈총은 장난 아니었다.

하지만 그런 문제는 뒤로 미루고, 오늘은 눈앞의 아르바이트에
집중하자.

지금의 나는 튀김꼬치집의 톱니바퀴.

마음을 비우고 손님을 안내하고 주문을 받고 요리를 나르고 테
이블을 청소한다.

그렇다고 해도 지금은 톱니바퀴도 쉬는 시간.

피크 전의 다소 한가한 시간이라서, 홀도 주방도 교대하면서
휴식.

물론 안쪽의 사무실에서 쉬는 게 아니라, 언제든지 나갈 수 있
도록 손님에게 보이지 않는 정도의 위치에서 쉴 뿐이지만.

"키사라기, 왠지 오늘은 어제보다 기운이 넘치잖아? 혹시 여자 친구가 격려해 주었나? 젊어서 좋군!"

내 옆에서 성우 지망이라 깊이 있는, 마음에 스미는 목소리가 울렸다.

멋대로 상상해서 멋대로 떠들어 대지만, 그게 다 무어냐.

"카네모토 씨는 나이도 안 먹는 것 같네요."

"글쎄~? 이미 서른두 살이고, 세간의 눈으로 보면 젊다고 하기는 어렵지 않을까? 게다가 키사라기가 보기에는 아저씨라고 할 수 있겠지? 내가 고등학생일 때 너는 아직 아빠 안에 있었으니까."

엄마 배 속이라고 해 주겠어? 왜 그쪽인데? 무지 싫다.

"좋구만, 고등학교 2학년! 나도 돌아갈 수 있다면 돌아가고 싶어! 후회가 너무 많아! 졸업하고 얼마 뒤에 그렇게 생각했지~ 그때 그랬으면 지금의 나는 없었다, 라고!"

지금부터 고등학생으로 돌아가면 큰일일걸. 입학식 후의 모의고사에서 전 과목 보충 수업이 결정되고, 성인일 때의 버릇으로 학교에 담배를 가져가고…. 다시 시작하는 것도 쉬운 건 아냐.

"카네모토 씨는 고등학생으로 돌아가면 그대로 성우를 지망할 겁니까?"

"으음, 글쎄? 어쩌면 다른 일을 할지도 모르겠군. 이만큼 젊으면 뭐든지 할 수 있다! 라면서. 그리고 또 후회하는 거지!"

어이, 성우 지망. 샐러리맨을 그만두면서까지 하는 주제에 네 꿈은 별것도 아니잖아.

"후회하고 싶지 않거든 처음부터 성우를 지망하는 게 좋지 않습니까⋯?"

"하하하! 그건 아냐, 키사라기. 성우를 지망하면 지망하는 대로 나는 후회할걸!"

그건 또 뭔데! 영문을 모르겠다.

"하고 싶은 일을 하는 거니까, 후회는 안 하지 않겠습니까?"

"그렇지 않다니까! 고등학교 생활은 3년뿐이잖아? 할 수 있는 일이래 봐야 뻔하지. 저걸 하면 이걸 못 하지. 취사선택의 연속이야. 예를 들자면 말인데, 동아리 활동을 열심히 하면 귀가부가 돼서 매일 느긋하게 보낼 수 없어지잖아?"

동아리 활동이라는 말을 듣고 문득 썬이나 히마와리의 얼굴이 뇌리를 스쳤다.

그 두 사람은 귀가부가 되어서 매일 느긋하게 보내고 싶다고 생각하지 않을 것 같은데⋯.

"동아리 활동을 하는 사람은 거기에 빠져 있으니까 후회를 안 하지 않겠습니까?"

"그건 아냐, 키사라기. 후회(後悔)란 단어를 보면 '나중(後)'에 '뉘우친다(悔)'라고 되어 있지. 지금은 동아리 활동에 열심이니까 모르는 것뿐이지, 졸업한 뒤에는 생각하게 돼. '아, 동아리 활동만이 아니라 모두와 놀거나 더 공부하면 좋았다'라고. 뭐, 말하자면 아무리 발버둥 쳐도 대개의 사람은 후회하는 법이야. 아하하하하!"

취사선택으로 버린 것을 후회한단 말인가. 조금은 납득.

"그런데… 그런 소리를 하는 걸 보면 키사라기는 귀가부겠군?"

"그렇지요."

정확하게 말하자면 귀가부라기보다는 준도서위원 같은 입장이지만.

"그렇다면 동아리 활동을 하는 사람이나 뭔가를 위해 노력하는 사람을 부럽게 여기는?"

으음…. 바로 그거긴 한데, 카네모토 씨에게 지적당하니 뭔가 석연치 않다.

"뭐… 네."

"좋잖아, 귀가부! 어떤 의미로 제일 자유로운 입장이야! 하고 싶은 일을 방해 없이 시작할 수 있는 최고의 환경이잖아!"

그 하고 싶은 일을 찾을 수 없으면 의미가 없는데.

"그렇게 얼굴 구기지 마. 귀여운 여친도 있고, 즐거운 청춘을 보내고 있잖아!"

그 녀석은 여친이 아냐. 엽기적인 클래스메이트지.

"그 애, 여친 아닙니다. 애초에 전 여친이 없고요."

"어? 그랬어? 이런! 그거 미안한 짓을 했군. 미안해!"

오? 어째서인지 내 말을 바로 믿어 주는 게 오랜만이라서 조금 기쁘다.

"즉, 그 애는 키사라기가 좋아하는 애라는 건가!"

"그것도 아니니까요!"

왜 전부 그쪽 방향으로 흘러가는데? 뭐든지 연애 방면으로 연결하지 말아 줘.

"어라? 그래? 하지만 주위에 아무도 없는 것도 아니잖아? 내가 고등학생일 때 유행한 노래에도, 자신에게 가장 소중한 사람은 바로 곁에 있다고 했고. 있지? 키사라기의 바로 곁에 네 소중한 사람이."

소중한 사람이…. 응, 한 명 떠올랐다. 누구라고는 하지 않겠지만.

"그리고 너를 소중히 여기는 사람을 내가 한 명 발견했지!"

"누굽니까?"

여기서 '그건 나야!'라고 말하면 주먹을 꽂을지도 모르는데 괜찮을까?

"츠바키야! 그 애, 너를 아르바이트로 고용하려고 다른 아르바이트 고용을 취소했거든. 그건 꽤 중요하게 여긴다는 증거겠지?"

"어? 그랬습니까?"

나는 츠바키에게 사람이 부족하니까 고용하고 싶다는 식으로 들었는데?

"어라, 못 들었나. …으음~ 이거 비밀로 해 줘."

"네…."

"사실 우리 가게… 나는 본점에서 왔지만, 신규 아르바이트 희망자는 꽤 많았어. 시급도 좋고. 하지만 츠바키가 '내 친구 중에 꼭 돈이 필요한 사람이 있으니까'라면서 그 귀중한 자리를 비워주었지. 사실은 고용하려고 했던 사람을 탈락시키면서까지."

진짜냐…. 또 고마움 절반, 죄악감 절반이다.

고용해 준 것은 기쁘지만, 나 때문에 떨어진 사람과 츠바키에게 너무 미안하다….

어쩌면 그 사람이 나보다 낫고, 가게에 공헌했을지도 모르는데….

"그러니까 그 정도의 매력이 네게 있다는 소리야! 자신을 가져!"

매력이 아니라 운이 좋았을 뿐이야….

우연히 츠바키의 튀김꼬치 가게에서 음식을 사고, 그 자리에서 떠오른 바를 적당히 말한 것이 좋은 결과로 나왔을 뿐.

지금 환경도 그렇다. 나는 정말로 운이 좋다.

썬, 히마와리, 코스모스, 츠바키, 팬지.

한 명은 정체를 모르니까 묘한 입장이지만, 다른 녀석들은 모두 빛나고 있다.

그런 녀석들 사이에 섞여서 같이 있는 것을 쓸데없이 자랑하는, 속이 텅 빈 배경이 나다.

많은 호의를 받는 주제에, 거기에 안주해서 편하게 퍼져 있을 뿐이지, 뭔가 돌려주려고도 하지 않는 녀석. 아주 기쁘긴 한데… 왜 다들 그렇게 날 신경 써 주지?

"오, 새 손님이 왔군! 슬슬 휴식은 끝내고 가 볼까!"

"…그럴까요."

하아…. 왠지 우울해졌는데, 마음을 좀 다잡자.

지금은 아르바이트에 집중하고, 안 좋은 생각은 차단이다.

"어서 오세…. 아, 코스모스 회장."

"여어, 죠로."

음, 차단하려고 한 순간 귀찮은 손님이 왔군….

"…예약하신 아키노 님이군요. 자, 이쪽으로 오세요."

"으, 으흠! 다들, 저 자리야! 자, 가자!"

코스모스의 티 없는 미소를 보니, 한순간이지만 이 녀석을 귀찮게 여긴 스스로를 때려 주고 싶어졌다. 코스모스는 아무런 잘못도 없는데…. 나는 정말 최악이다.

"그럼 점원, **평소 메뉴**대로 부탁해도 될까?"

응. 얘는 왜 단골인 척 손을 스윽 내 앞으로 내밀지?

"저희 가게에는 그런 메뉴가 없습니다. 이전에도 말씀드렸습니다만?"

"아우! 어어, 저기… 그럼 혹시 목이 마르거든 꼭 나한테 냉수를 주문해 줘! 언제라도… 심야라도 냉수 준비는 완벽하니까!"

나는 주문을 받는 쪽이야. 하는 쪽이 아니니까.

그리고 이 가게는 그런 시간까지 안 하니까. 심야까지 있으면 안 되니까.

뭐, 됐어. 얼른 안내하자.

"알겠습니다. 그럼 이쪽으로 오세요."

"와아! 이걸로 나도… 아, 그랬지. 어때, 야마다? 내 말대로 죠로는 일 잘하고 있지?"

"……(끄덕)."

야마다가 내 일하는 모습에 납득한 모양인지 고개를 한차례 끄덕였다.

여전히 과묵한 사람이다.

"어이, 꼬맹이! 달걀말이랑 생맥 추가! 얼른 움직여~!"

윽. 마야마 아저씨도 왔나….

아니, 이미 만취했잖아? 얼마나 마신 거야?

"알겠습니다! 잠깐만 기다려 주세요!"

카네모토 씨도 다른 사람도 달리 일을 하고 있으니, 여기선 내 차례로군.

코스모스 일행이 자리에 앉는 것을 확인하고, 나는 아저씨에게로 달려갔다.

　코스모스 일행이 온 것을 시작으로 붐비는 가게.

　그렇다고 해도 코스모스가 귀여우니까 그걸 노리며 손님이 온 것은 결코 아니다.

　애초부터 츠바키네 가게가 제일 바빠지는 시간대는 19시부터 21시다.

　"후우. 점점 바빠지는군."

　"그렇네요. 이미 19시를 넘었고요."

　가족 단위나 샐러리맨 등, 찾아오는 손님의 층은 다양하지만, 아무튼 이때가 제일 바쁘다.

　그러니까 우리처럼 홀에서 뛰는 이들도 이제부터는 휴식 없이 전력으로 일한다.

　"어서 오세요! 어라?"

　"안녕하세요, 죠로! 열심히 일하는 모습을 취재한다는 명목으로 당신을 만나러 왔습니다!"

　"어, 어어…."

　포니테일을 살랑살랑 흔들며 빙그레 미소 짓는 것은 신문부의 아스나로.

　신문부 활동이 끝나고 온 거겠지. 여자 혼자서 튀김꼬치 가게에 오는 것도 그렇고, 나를 향한 발언도 그렇고, 여전히 근성이 있다…지만 유감스러운 소식이다.

"한 분이십니까. 지금은 남는 자리가 없으니, 잠시 기다리셔야 합니다만….""

"그렇습니까? 그거 유감이군요….""

어두운 표정으로 고개를 숙이자, 포니테일도 함께 추욱. 강아지 꼬리 같다.

"…아! 저기가 비어 있지 않습니까!"

"응?"

갑자기 표정이 밝아지며 아스나로가 가리킨 곳을 보니, 분명히 거기에는 1인분의 자리가 비어 있다…지만, 저기로 돌격할 생각이야?

아니, 거기는… 코스모스와 학생회 일원이 있는 자리인데? …아, 이미 갔다.

"안녕하세요! 코스모스 회장, 학생회 여러분!"

"어라? …아, 아스나로?!"

갑작스러운 아스나로의 등장에 코스모스가 흠칫.

그도 그렇겠지. 얼마 전에 코스모스와 아스나로는 처절한 배틀을 벌였다.

나도 거기에 얽혔기에 아스나로를 조금 거북하게 여겼지만, 코스모스는 그 이상이겠지.

"어어…. 무슨 일이지? 이런 곳에서?"

"후후훗. 실은 어느 자리고 다 차서 곤란하던 참이라서, 저를 여기에 앉혀 주셨으면 합니다!"

코스모스 일행, 학생회 멤버는 다 해서 일곱 명. 반면 그 자리는 여덟 명까지 앉을 수 있다.

그러니까 그 남은 한 자리에 자기가 앉겠다고 하는 것이 아스나로의 생각이겠지.

그것뿐이라면 좋은데….

"아아, 괘, 괜찮아. 다들, 신문부의 하네타치 히나… 아스나로야."

"처음 뵙겠습니다! 하네타치 히나입니다! 아시는 분도 계시리라 생각합니다만, 모르시는 분도 계시겠다 싶어서 자기소개를 하겠습니다!"

코스모스의 허락도 받았기에 기쁘게 마지막 의자에 아스나로가 착석.

소박한 미소를 보이면서 학생회 멤버들에게 자기소개를 했다.

"그, 그럼… 잠시만 기다려 주세요."

아무튼 아스나로 몫의 물과 주문은 카네모토 씨에게, 아니, 그만두자.

그 사람은 무슨 소리를 할지 모르는 데다가 전과도 있다.

카리스마 그룹의 비극을 또 한 번 맞이하지 않기 위해서라도 여기선 내가 하는 편이 낫다.

"여기 물입니다. 주문은 결정하셨습니까?"

최대한 영업 스마일을 명심하면서 아스나로에게 물을 내려놓았다.

메뉴를 보면서 방긋방긋. 포니테일을 흔드는 게 즐거운 기색이다.

"글쎄요. 음료는 사과 주스, 튀김꼬치는 점원이 추천하는 걸로!"

나왔다! 내가 손님에게 가장 듣고 싶지 않은 시리즈 중 당당히 1위인 주문!

아직 아르바이트를 시작한 지 1주일 정도밖에 안 되었으니, 그렇게 요리를 잘 아는 것도 아닌데….

"추천…입니까. 저기… 개수는 몇 개나?"

"일단은 다섯 개로 하겠습니다!"

"알겠습니다. 그럼 돼지고기, 소고기, 가리비, 가지, 메추리알은 어떨까요?"

내 추천이라고 할까, 썬이 미는 것과 츠바키가 미는 것, 그리고 자주 주문이 들어온다는 인상의 메뉴일 뿐이지만.

"OK입니다! 부탁하겠습니다!"

휴우. 이상한 소리를 들을까 두근두근했지만, 그렇지도 않았다.

아무튼 주문은 받았으니 얼른 주방으로….

"꼬맹이! 생맥 추가다!"

벌써 다 마셨냐! 마시는 게 너무 빠르잖아!

"주문 들어왔습니다! 여기에 두고 가겠습니다!"

"알았어! 사과 주스는 이미 준비했으니까 가져가!"

주문을 전달하고, 이미 준비된 사과 주스를 두 손에 들고 코스모스의 자리로.

내친김에 분위기를 보니, 신문부에서의 버릇 때문인지 아스나로는 빨간 펜과 메모지를 손에 들고 인터뷰라도 하듯이 학생회 멤버들과 이야기하고 있었다.

"오래 기다리셨습니다. 여기 사과 주스 나왔습니다."

"고맙습니다. …아, 그렇지. 죠로, 지금 재미있는 이야기를 들었습니다!"

그거, 나한테도 재미있는 이야기야? 안 좋은 거 아냐?

"하아…. 무슨 이야기입니까?"

"자, 잠깐, 아스나로!"

흠. 빙그레 웃는 아스나로와 허둥대는 코스모스라…. 아주 안 좋은 예감이 드는군.

"지금 여기 있는 야마다에게 이야기를 들었습니다만, 아무래도 코스모스 회장은 최근 야마다에게 '죠로는 일 잘하고 있을까'라고 매일같이 이야기하는 모양입니다!"

응. 그거 말이지, 점심시간에 코스모스에게 이야기를 들은 시점에서 어렴풋이 알아차렸어.

"아, 아니! 그건 결코 아니외다! 저, 저기, 다소 어폐가 있었을지도 모릅니다만, 야마다 공도 분명히 키사라기 공을 걱정하고 있었소이다! 소생에게 거짓은 없습니다!"

봐, 또 솔직한 사무라이가 되어 주었어.

"그렇지 않소이까, 야마다 공?!"

"……(끄덕끄덕)."

끄덕임의 배리에이션이 풍부한 야마다는 역시나 말이 없다. 쿨한 사람이다.

"코스모스 회장은 최근 죠로에게 관심을 보이고 있군요. 그것도 노골적으로~"

"아, 아우우…. 그, 그런 일은… 없…어…."

아스나로, 지난번에 실컷 당한 보복이라도 하는 거냐?

그거라면 어떤 의미에선 성공이군. 코스모스가 얼굴을 붉히며 움츠러들었고.

"내 생맥은 아직이냐! 얼른 가져와!"

우엑! 마야마 아저씨의 맥주, 아직 아무도 안 가져갔나!

그렇다면 서둘러야겠다.

"그럼 실례하겠습니다."

"네! 일, 수고하세요, 죠로!"

"히, 힘내…."

커다란 목소리로 응원하는 아스나로와 움츠러드는 코스모스.

나이는 코스모스가 위인데, 입장은 이전과 완전히 역전된 모양이다.

"여차!"

주방에서 나온 생맥주를 들고 조금 서둘러서 마야마 씨에게로.

아르바이트에도 제법 익숙해졌다. 몸에 익힌 화려한 스텝으로 전달해 주지.

자. 홉. 스텝.

"오래 기다리셨습니다. 여기 생⋯."

"늦잖아! 너⋯ 우, 우왁!"

"우, 우오!"

다이빙?! 설마 했던 accident가 발생!

내가 맥주를 가져간 동시에 마야마 아저씨가 의자 방향을 이쪽으로 바꾸는 바람에 그게 내 다리에 직격했다. 즉, 어떻게 되었느냐 하면⋯.

"이, 이 꼬맹이가! 손님에게 맥주를 쏟다니⋯. 교육을 어떻게 받은 거냐!"

내가 과거를 통틀어 최대급의 실수를 저지른 것이다⋯.

"죄, 죄송합니다!"

내 멱살을 붙잡고 잔뜩 노려보는 마야마 씨.

엄청 술 냄새가 나는데, 그걸 신경 쓸 겨를이 없다.

이런. 이건 완전히 내 태만이다.

더 신중하게 맥주를 전달했으면 의자에 부딪치는 거리까지 접근하지 않았다. 그런데 아르바이트에 익숙해졌다면서 풀어졌으니까 이런 일이….

"웃기지 마! 이런 짓을 해 놓고! 전부터 마음에 안 드는 꼬맹이라고 생각했지만, 넌 정말 최악이다!"

아저씨의 노성이 가게 안에 울리며 다른 손님들의 시선이 집중되었다.

물론 코스모스나 아스나로도 내 쪽을 보았다.

아는 사람들 앞에서 노성을 듣는 것은 힘들다…. 구경거리가 된 기분이다….

"손님, 무슨 일이십니까?"

그런 소동을 들었는지, 카네모토 씨가 다급히 우리에게로.

동시에 나와 아저씨 사이에 비집고 들어와 준 덕분에 멱살을 잡은 손이 놓였다.

"보면 모르겠냐! 이 꼬맹이가 나한테 맥주를 뒤집어 씌웠다!"

"…네? 키사라기가? …정말 죄송합니다! 옷의 세탁비는 드리겠습니다!"

"하앙?! 웃기지 마! 세탁비로 끝날 이야기냐?!"

카네모토 씨가 깊이 고개를 숙이며 그렇게 말했지만, 아저씨는 납득하지 않고 오히려 한층 성을 냈다.

나도 함께 고개를 숙였지만, 전혀 효과가 없었다.

"음식 값도 공짜로 해! 이쪽은 정신적 고통을 받았다고!"

"대단히 죄송합니다만… 저희 가게에서 드릴 수 있는 것은 세탁비까지입니다."

카네모토 씨의 말은 이전에 읽은 매뉴얼에서도 나온 것이었다.

이쪽의 과실로 손님의 의복을 더럽혔을 경우, 세탁비까지는 지불한다.

음식 대금은 반드시 받을 것. 절대로 그걸 양보해선 안 된다고. 하지만….

"우, 우, …웃기지 마!"

역시나 틀렸다. 그 룰을 아는 것은 우리 점원들뿐이고, 아저씨는 납득하지 않는다.

오히려 화가 더 났는지 카네모토 씨를 핏발 선 눈으로 노려보면서 입가를 실룩였다.

"어이…. 너는 왜 그리 태평하게 있냐?"

이런…. 아저씨가 또 내 쪽을 표적으로 삼았다….

도망치고 싶다. …내가 잘못한 것은 알지만, 그래도 지금 당장 이 자리에서 도망치고 싶다.

"너처럼 못난 꼬맹이가 일을 대충 하는 바람에 이렇게 되었잖

아. 이 형씨도 너 때문에 나한테 사과하고 있다고? 뭐 할 말 없냐?"

매도나 설교에는 익숙하다고 생각했지만, 이 아저씨가 말하는 '너 때문'이라는 말이 상상 이상으로 가슴에 꽂혔다. 그래…. 일이 이렇게 된 건 나 때문이다….

"죄, 죄송합니다…."

"할 줄 아는 건 사과밖에 없냐? 정말로 한심하긴. 어차피 할 일도 없으니까, 마음 편히 아르바이트나 해서 돈이나 모을까 생각했겠지? 네가 손님인 내게 보여 주는 얼굴에 그렇게 적혀 있다. 일에 대한 마음이 없는 데다가 시키는 일도 제대로 못 하지. …그런 너 때문에 내 옷은 이렇게 됐고, 이 형씨가 사과하는 거란 말이다."

"……."

엄청 열 받지만… 제일 열 받는 건 아무런 대답도 할 수 없는 나 자신이었다.

카네모토 씨가 사과하게 만든 것은 물론, 내 마음속은 이런 주정뱅이 아저씨도 알 수 있을 만큼 진부하고 하찮은 것이라는 걸 통감하게 된다….

"전부터 네 낯짝을 보면 열 받았어. 알겠냐? 나는 지금까지 필사적으로 공부하고 사회에 시달렸다. 그런데 너는 아무 생각도 없는 얼굴로 아르바이트나 하고 있어. 향상심이란 게 전혀 없는 주제에 위에 있는 사람에게 보호나 받는다니, 그거 참 편한 신세 아니냐?"

남의 호의에 기대어 편하게 지내는 녀석. 그것을 나만이 아니라 남이 입증했다.

그렇게 생각할 수밖에 없는 말이다….

"조금은 장래 생각도 못 하는 거냐? 꿈도 없냐?"

큭! …그래! 맞는 말이야!

꿈이 있는 녀석은 좋겠네. 프로야구 선수, 의사, 튀김꼬치 가게, 테니스로 결과를 내놓는다.

정말로 그런 녀석들은 빛이 난다. 이루고 못 이루고를 떠나서, 노력하는 모습은 응원하고 싶어지는 법이다. 동경하게 된다. 하지만… 아무리 동경해도 나에게는 아무것도 없다.

나도 꿈을 원한다. 뭔가에 열심히 매달리고 싶다.

하지만 그 '뭔가'가 보이지 않는다.

애초에 꿈이란 건 어떻게 발견하는 거지? 자기가 좋아하는 것을 꿈이라고 하더라도, 꿈으로 삼을 만큼 좋아하는 것도 없다. 잘하는 것도 없다. 그러니까… 아무것도 없어….

"…정말 죄송합니다…."

이를 악물고 그저 사과할 뿐인 나. 달리 아무것도 없으니까. 아무것도 할 수 없으니까.

최고로 배경다운 순간이다. 나로서는 이 사태를 수습할 수 없으니까, 주인공이 도우러 와 주는 것을 살짝 기대하면서 한심하게도 친구들 앞에서 계속 고개를 숙인다.

살짝 시선을 옮겨 보니 코스모스와 아스나로가 걱정스럽게 나를 보고 있었다.

그 눈에 비친 감정은 연민. 한심한 녀석에게 보내는, 나에게 어울리는 시선이다.

"그러니까 사과만 할 게 아니라…."

"손님, 정말 죄송합니다만 다른 손님께도 폐가 되니까 그 정도로 해 주세요."

고개를 숙인 내 뒤에서 들려온 것은 츠바키의 씩씩한 목소리.

아무래도 소동을 듣고 주방에서 일부러 달려온 모양이다.

"세탁비라면 확실히 드리겠습니다. 폐를 끼쳐서 정말 죄송합니다."

"…칫. 알았어. 다음에 청구할 테니까!"

역시 츠바키는 대단하네…. 나처럼 한심하게 사과하는 게 아니라, 힘 있는 목소리로 확실히 사과해 아저씨를 납득시켰다.

"오늘은 이만 돌아가겠어! 계산!"

"알겠습니다. 그럼 이쪽으로."

물론, 아저씨와 함께 계산대로 간 것은 카네모토 씨.

나는 계속 눈총만 받으며 고개를 숙이고 있을 뿐이었다.

"죠로, 너는 식기를 정리하고, 젖은 바닥을 닦아 줄 수 있을까?"

"…알았어. 미안해…."

"완벽한 인간은 없어. 성공과 실패를 거듭하면서 성장하면 돼."

츠바키, 폐만 끼쳐서 정말 미안…. 이런 나를 격려해 줘서 고마워….

다만 오늘 하루는 다시 일어서기 힘들 것 같아….

그 뒤에 나는 누구와도 눈을 마주치는 일 없이 묵묵히 대걸레로 바닥을 닦았고, 그게 끝난 뒤에는 안쪽으로 들어갔다.

※

어깨를 축 늘어뜨리고 밤길을 터벅터벅 걷는 나.

그 뒤에 츠바키가 '오늘은 이만 돌아가도 돼. 화내는 건 아냐. 그 상태로 일을 하다가 또 실수를 저지르면 더 큰일이니까. 내일부터 또 힘내자'라는 격려를 해 주고 나를 돌려보냈다.

"난 정말로 뭘 하는 걸까…."

지금까지 나는 수많은 문제에 휘말렸다.

그것들은 모두 이러니저러니 하면서 잘 해결했고, 마지막에는 많은 미녀와 어울리게 되었다.

그걸로 나는 우쭐해졌다. 이것은 노력한 나에게 내려진 포상이라고.

그래서 방심했다. 이번에도 어떻게든 될 거라고 얕보았다.

정말로 대단한 배경 캐릭터구나. 지금까지의 일을 다시 한번 떠올려 보라고.

스스로의 힘으로 무엇 하나 해결하지 못했잖아! 그저 해결해 주는 누군가의 곁에 있었을 뿐이야.

그런 주제에 자기가 해낸 것처럼 행세하고, 우쭐대고, 벌렁 엎어졌다.

혼자서 했다간 이런 꼴이잖아? 완전히 끝장이야….

가게에 많은 폐를 끼치고, 아르바이트생으로 고용해 준 츠바키의 얼굴에도 먹칠을 했다.

자기 행동 때문에 혼자 손해를 보는 거라면 괜찮지만, 남에게까지 폐를 끼치다니….

"다녀왔습니다~…."

평소에 아르바이트를 마치면 가게 음식을 먹고 오는데, 오늘은 일찍 퇴근했기에 그러지 않았다.

엄마에게 집에 간다는 메일을 보냈고 대답도 있었으니까 괜찮지만, 왠지 서글픈 기분.

"어서 와~ 어머, 아마츠유, 기운이 없네. 왜 그래?"

현관문을 열고 우울함이 가득한 목소리로 귀가를 알리자, 엄마가 하트 무늬 에이프런 차림으로 나를 맞아 주었다. 푹 가라앉은 내 분위기를 알아차리다니 역시나 엄마라고 할 수 있겠지.

"오늘은 집에서 저녁 먹는다고 그랬고…. 일하면서 무슨 일 있었니~?"

"아무것도 아냐. 신경 쓰지 마."

"그래? 하지만 괜찮아! 분명히 금방 기운 날 거야!"

뭐? 엄마는 왜 또 그렇게 기분이 좋지?

"분명 방에 가면 깜짝 놀랄 테니까!"

방에 가면 깜짝?

지금의 나라면 책상 위에 살색 책이 잘 정리되어 있더라도 놀라지 않을 자신이 있어.

…뭐, 됐어. 아무튼 얼른 방으로 가자.

무거운 발걸음으로 계단을 올라서 내 방의 문을 찰칵.

어디, 얼른 옷을 갈아….

"가, 갑자기 들어오는 건… 비겁해…."

"……."

방문을 열자 나타난 것은 익숙한 목소리와 익숙하지 않은 미모의 여자.

나도 옷을 갈아입을 생각이었지만, 아무래도 선객이 있었던 모양이다.

하반신에는 스커트를 입고 있지만 상반신은 그렇지 않아서, 교복은 침대 위에 놓여 있고 살짝 풀어진 무명천만이 그 몸을 가리고 있었다.

내 등장으로 다급히 가슴을 가리는 바람에, 무명천이 그 풍만한 흉부를 압박하고 일부가 오히려 더 부풀어서 그 크기를 주장한다는 폭거를 저지르고 있었다.

얼굴은 평소보다 훨씬 홍조를 띠었고, 기품과 광택이 깃든 흑진주 같은 눈동자로 나를 노려보고 있었다. 반짝이며 약동하는 흑발과 치밀하게 짠 실크를 방불케 하는 피부가 겸비한 매력에 눈이 못 박히고, 무심코 그 자리에서 침을 꿀꺽…이라고 뜨겁게 말할 때냐!

어느 틈에 어휘가 무진장 풍부해졌어! 하려면 할 수 있잖아, 나도! 책의 효과가 나왔다.

"시, 실례했습니다!"

까, 깜짝 놀랐다! 정말로 놀랐어! 왜 팬지가 내 방에 있지!

게다가 엄마 말처럼 기운이 났다! 어디라고는 말하지 않겠지만!

"어, 엄마, 이게 어떻게 된 거야?!"

나의 어디가 기운이 없어진 뒤에 단숨에 계단을 뛰어 내려가서 일단 엄마에게 클레임.

"우후후~ 실은 오늘 말이지. 스미레코랑 놀았어~ 그래서 집에 데려왔지! 그랬더니 아마츠유한테서 오늘은 일찍 귀가한다는 연락이 왔잖아? 그래서 아마츠유를 깜짝 놀라게 해 주려고 스미레코를 아마츠유의 방에 숨겨 뒀지!"

그러고 보니 팬지는 오늘 방과 후에 예정이 있다고 그랬지….

그건 우리 엄마랑 만나는 거였고, 그런 이유로 방에 있었나.

하지만 팬지가 옷을 갈아입던 것은 아무리 엄마라도 예상하지 못했겠지.

좋아, 말하지 말자. 들키면 분명 야단맞을 테고.

오늘은 충분히 야단을 맞았으니까, 이 이상은 싫다.

"저녁 식사 때까지는 아직 시간이 있으니까, 스미레코랑 이야기하고 와☆"

"…알았어."

엄마와의 대화가 대충 정리돼서 다시 내 방으로.

문에 귀를 대도 딱히 소리가 들려오지 않았기에 신중하게 열고 들여다보자,

"우오!"

무심코 뒤로 자빠질 뻔했다.

아니, 내 방에 있는 팬지, 땋은 머리에 안경이 아니잖아.

방금 전의 여운이 아직 남아 있는지 얼굴이 빨간 상태.

머리카락을 괜히 만지작거리면서 나와 눈을 마주치려고 하지 않는다.

동작 하나하나는 평소와 같은데, 마치 전혀 다른 것처럼 보여서 심장이 뛰었다.

이런 여자와 방에 단둘이 있는데 나는 괜찮을 수 있을까?

"보통은 방에 들어오기 전에 노크를 하는 법이거든?"

살짝 날카로운 시선으로 나를 바라보기에 또 심박 수가 상승. 하지만 여기서 흐트러지면 안 된다.

"…그래. 나도 내 방이 아니라면 들어갈 때에 그러고 있어."

진정하라고 스스로에게 세 번쯤 호소한 뒤에 입실.

내 방 분위기가 이렇게 화려했나? 완전히 다른 누군가의 방에 있는 기분이다.

그저 팬지가 있는 것만으로 이렇게 풍경이 변하는 건가….

"…저질."

일일이 귀여운 발언을 하지 말아 줘. '저질'이라니, 너무 비겁한 말이야.

평소처럼 '발정기를 맞은 수퇘지' 같은 독설을 해 주면…. 왠지 M 같아서 싫군.

그냥 좋은 걸로 치자. 네에~ 저질스러운 죠로입니다.

아무튼 팬지가 진짜 모습으로 내 방에 있다. 그 바람에 흥분은 거세졌지만, 약간 의문도 있었다. 일단은 그걸 정리한 뒤에 흥분하도록 하자.

"왜 너는 그 차림으로 있는 거야?"

"당신의 방에서 보여 준다고 전에 약속했잖아? 그걸 지켰을 뿐이야."

그러고 보니 그런 약속을 했지. 그 빚은 썬과 히마와리에게 중간고사 준비를 도와주는 것으로 갚았을 텐데…. 그것 참 성실한 녀석일세.

"…일단 확인하겠는데, 괜한 짓은 안 했겠지?"

"그래. 전부 다 원래 있던 자리에 돌려놨으니까, 오히려 깨끗해지지 않았을까? 감사해도 좋아."

아무래도 괜한 짓을 실컷 한 모양이다…. 감사의 여지가 티끌만큼도 없다.

자, 의문은 해결되었지만, 한 가지 문제가 있다. 그것은 내가 어디에 앉느냐 하는 것이다.

사실 난 아직 문 앞에 서 있는 채거든.

팬지는 침대에 앉아 있으니까 그 옆으로 할까. 정면에 방석을 놓고 앉아서 마주 볼까. 의자에 앉을까…. 의자로군. 최대한 거리를 두지 않으면 내가 위험하다.

영차영차! 어이! 두근거리지 마! 이거 괜한 플래그….

"죠로, 오늘 아르바이트는 어땠어?"

가 설 일도 없을 것 같다. 끓어오르던 가슴속이 순식간에 냉각되었다.

이 녀석은 어떻게 항상 내가 제일 원치 않는 질문을 던져 대지?

분명히 말하는데 그건 지금의 내게 최악의 질문이야.

"…별로. 그냥 평소랑 같아."

"그래. 그럼 손님에게 호통 들은 것도 평소대로야?"

칫. 코스모스한테서 연락이 있었나. 괜한 짓이나 하고….

"그래. 아저씨는 불평을 하고, 아무런 대꾸도 할 수 없어 계속 고개를 숙이면서 평소대로 있었다. 뭐 불만 있어?"

"불만투성이야. 그런 아르바이트라면 억지로 계속하지 않아도 되잖아."

"뭐? 웃기지 마. 당연히 계속해야지."

"나는 당신과 함께 있는 시간이 줄어들어서 아주 쓸쓸해."

이 녀석 뭐야? 난 안 그래도 기분이 최악이란 말이야.

코스모스에게 이야기를 들었다면 조금은 격려해 주자는 생각도 없어?

"게다가 이유도 최악이야."

"내, 내가 뭘 위해 일하는지… 너는 알잖아?"

"그래, 알아. 내 책을 다시 사 주기 위해서 고생하고 있어."

"알고 있으면서 왜 그런 소리를 하는 건데?"

자기 감정을 들이대기만 하고! 그러니까 나는 네가 싫다고!

귀엽다고 뭐든지 용서해 줄 거라 생각하지 마….

"……."

"왜 그래? 갑자기 말이 없고…."

그때 팬지가 내게서 눈을 돌렸다.

언제나, 무슨 일이 있어도 내 눈을 바라보며 말하는 팬지가,

눈을 돌렸다.

"당신은 사과하기 위해 내 책을 다시 사 준다고 말했어."

"그래, 그게 왜?"

내 눈을 보지 않고 고개 숙인 채로 말을 잇는 팬지. 꽤나 긴장했는지, 말을 한 차례 멈추고 크게 숨을 들이마셨다. 하지만 그래도 말하기로 결의했겠지.

두 손으로 스커트를 꼭 붙잡고, 아름다운 수정 같은 눈으로, 또 한 번 내 눈을 똑바로 바라보았다.

뭐지? 이 녀석, 무슨 소리를 하려는 거지?

"하지만 사실은 아냐. 당신은… 당신은 그저 **자기 입장을 지키기** 위해서 내 책을 다시 사 주려는 거야."

"……!"

예상하지 못했던 팬지의 말이 가슴에 깊이 꽂혔다.

정확해! 내가 누구에게도 들키고 싶지 않았던 사실을 팬지는 알고 있다!

"어, 어떻게, 네가 그걸…."

"모를 리가 없잖아. 최근의 당신은 특히나 현저했어."

떨리는 손을 막고 싶은 건지, 더 세게 스커트를 움켜쥐고 팬지는 그렇게 말했다.

"당신은 모두와 자신을 비교하며 크게 열등하다고 생각했어. 그러니까 조금이라도 빚을 지고 싶지 않았지? 빌린 책조차도 제대로 간수하지 않는 사람이라고 여겨지고 싶지 않았지?"

"으, 윽!"

"썬은 프로야구 선수를 목표로 야구를, 코스모스 선배는 의사를 목표로 공부를, 히마와리는 테니스를 열심히 하고, 츠바키는 집안의 튀김꼬치 가게의 지점을 필사적으로 꾸리고 있어. 그런 모두와 자신을 비교하며 열등감에 시달린 당신은 그걸 조금이라도 줄이기 위해 고집을 부렸어."

그렇다. 외견도 능력도, 그리고 생각조차도… 모든 면에서 나는 도서실의 멤버들에게 압도적으로 뒤진다. 그러니까 빚을 만들고 싶지 않았다.

동정적인 감정을 받는 게 싫다는 나의 자존심을 지키기 위해, 나는 움직였다.

"나의 '필요 없다'는 말에 안주했다간, 그건 큰 빚이 되어 버린다고. 그렇게 되면 자기가 더 비참해진다고 생각한 당신은 조금이라도 스스로가 모두와 대등하게 있기 위해, 최소한의 교환 행위로 내 책을 다시 사 주려고 했어."

전부 다 정답이라서 그저 아연해질 수밖에 없었다.

나는… 대체 얼마나 꼴사나워져야 하지? 왜 거기까지 들킨 거지?

"그러니까 당신의 이번 행동은 착한 마음에서 나온 게 아냐."

팬지의 입가가 살짝 흔들렸다. 평소와 마찬가지로 담담한 목소리지만, 평소의 그것과는 명백히 달랐다.

이 녀석은 이 녀석대로 뭔가 생각하고 각오하여 나에게 말하는 것이다.

"선의의 껍질을 뒤집어쓴 자기만족. …내가 세상에서 가장 싫어하는 감정이야."

"우, 웃기지 마! 설령 그렇다고 해도, 너한테 군소리 들을 이유는 없어!"

분명히 이 녀석의 말은 옳다. 솔직히 말해서 처음부터 끝까지 그렇다.

하지만 그게 뭐? 나는 배경이란 말이야. 그렇게 생각하는 게 당연하잖아!

공부도 못한다. 운동도 못한다. 특기도 없다. 꿈도 없다.

아무것도 없는 내가 이 녀석들과 함께 있으려면 괜한 빚을 지면 안 된다고!

"죠로. 당신은 그러지 않아도 충분히 매력적이고 멋진 사람이야. 그러니까 스스로를 비하하지 마. 더 스스로를 믿어."

그만해…. 당장이라도 울 것 같은 얼굴로 나를 보지 마….

"어떻게 믿으란 말이야! 나한테 뭐가 있어? 아무것도 없잖아!"

"내가 **있어.**"

"그, 그런 거, 원하지 않아. 애초에 네가 나를 좋아하게 된 이유도 영문을 모르겠어! 고작 친구를 위해 움직이는 녀석을 보고 반한다니, 그런 녀석은 이 세상에 무더기로 있을걸? 나보다 훨씬 우수한 녀석이!"

"그래도 나는 당신밖에 택하지 않아."

자꾸만 짜증이 난다. 이해할 수 없는 호의 따윈 단순한 부담일 뿐이다.

너 같은 미인이 이해 안 되는 이유로 반해 버렸으니 스스로를 믿으라니, 당연히 무리다.

이 녀석도, 학생회장인 그 녀석도, 신문부의 그 녀석도… 어떻게 나를 좋아할 수 있지?!

내가 제일 싫어하는 건 나 자신이라고! 스스로를 지킬 생각만 하고, 눈앞의 미끼에 뛰어들어서 앞을 전혀 보지 않는다. 아무것도 없는 빈껍데기에 속이 텅 빈 한심한 배경 캐릭터. 그런 녀석에게 왜….

게다가 나는 어떻게 하면 이 녀석이 기뻐할지, 어떻게 하면 화낼지, 전혀 몰라!

혹시… 혹시나의 이야기지만, 내가 이 녀석의 마음을 받아들여서 행복해졌다고 해도, 그 뒤에… 이 녀석의 마음이 변해서 나를 좋아하지 않게 되면 어떻게 되지?

기다리는 것은 절망뿐이다.

인간의 감정은 휙휙 변한다. 그것은 팬지도 절대로 예외가 아니다.

나는… 그런 일을 겪고 싶지 않아!

"죠로, 괜찮아. 나는 당신 편. …무슨 일이 있어도 절대로 당신 편이야. 그러니까 부탁이야…. 지금의 당신이 생각하는 것을… 나에게 당신의 진짜 마음을 부딪쳐 봐."

…말해! 말해 버려! 그러면 팬지가 나를 도와준다. 그러니까….

"팬지…. …너, 오늘은 이만 돌아가."

오른손 엄지와 검지를 세게 비비면서 나는 그렇게 말했다.

안 돼! 여기서 팬지에게 내 진짜 마음을 어떻게 부딪칠 수 있지!

이렇게 비참하고 한심한 생각을, 이 녀석에게만큼은 알리고 싶지 않다.

그래서 나는 거짓말을 했다. 본심과는 정반대의 발언을 난폭하게 내뱉고….

…최악의 수다.

"그게… 지금 당신이 생각하는 거야? 진짜 마음이야?"

왜 너는 이런 소리를 듣고도 포기하지 않지?

왜 그런 얼굴로 내 곁에 다가오려고 하지?

"그래! 그러니까 얼른 가 버려!"

떨리는 입으로 간신히 그 말을 토해 내자, 드디어 팬지의 움직임이 멎었다.

"…알았어."

당장이라도 깨질 것처럼 여린 목소리로 그렇게 말하더니 팬지가 내게 등을 돌리고 멀어졌다.

타박타박, 작은 발소리만이 방에 울리고 문 앞까지 도달하더니,

"책, 억지로 읽지 않아도 돼."

"웃기지 마. 그건 이번 일하고 상관없는 약속이잖아."

엉망으로 너덜너덜해졌든 어쨌든, 읽는다고 말하고 빌렸다.

그럼 오기로라도 다 읽어 주지. 돌려 달라고 하지 않는다면 다 읽을 때까지 절대로 안 돌려준다.

"이 모습이라면 솔직한 당신과 즐겁게 이야기할 수 있을 줄 알았어. 하지만 아니었던 모양이네. …왜 이렇게 되었을까….."

무슨 당연한 소리를 하고 있어. 어떤 모습이든지 팬지는 팬지잖아.

모습이 변한다고 속이 변하는 것도 아냐. 어느 쪽이든지 사실은…… 제길!

역시 나는 이 녀석이 싫다. 그리고 그 이상으로… 나 자신이 정말로 싫다.

"이만 갈게."

문을 연 채로 밖으로 나가는 팬지의 모습을 지켜보자, 타박타박 계단을 내려가는 소리가 들렸다.

팬지가 내 방에서 없어져서 마음을 놓는 나와 쓸쓸해하는 내

가 있다고 자각하니, 왠지 이것저것 복잡하게 뒤얽힌 기분이 들었다.

"로리에 씨, 죄송한데 오늘은 이만 돌아가도록 하겠습니다."

"에엥~! 난 스미레코랑 같이 밥 먹고 싶은데~! 그리고 타키의 드라마도···."

"죄송합니다. 오늘은···."

"···괜찮아? 아마츠유랑 무슨 일 있었어?"

활짝 열린 문으로 들려오는 엄마와 팬지의 목소리.

내가 모습을 보이지 않는 것이나 팬지의 분위기에서 엄마 나름대로 상황을 파악한 모양이다.

"그래! 그럼 어쩔 수 없지! 아, 옷 갈아입지 않아도 돼?"

"···그랬지요. 잠깐 방을 빌릴 수 있을까요?"

"괜찮아~! 그럼 옷 다 갈아입거든 로리에랑 같이 역까지 가자! 아마츠유~ 팬지를 데려다주고 올게~☆"

"네! 다녀오세요!"

최대한 배에 힘을 줘서 그렇게 말하고 나는 곧바로 침대로 향했다.

응? 침대 위에 뭔가 낯선 것이···.

"···팬지가 두고 갔나?"

침대에 아무렇게나 놓여 있던 그것은 토끼 귀 머리띠와 당근 모양의 볼펜.

이건 내 컬렉션 중 하나인 『토끼 메이드와 즐겁게 그림 그리기』잖아.

대화 도중 타이밍을 잡아서 이걸 하려고 했겠지.

즉… 그 녀석 나름대로 날 격려해 주려고 했다. …그건 또 뭔데?

"…그럼 먼저 말이나 하든가."

말을 해도 돌아오는 것은 침묵뿐.

그 바람에 나와 팬지가 처음으로 진짜로 싸웠다는 걸 통감하게 되어서, 한층 기분이 안 좋아졌다.

…내일부터 어떻게 하면 좋지?

나를 좋아하는 건
너 뿐이냐

나의 꼬잔한 새 룰

제 5 장

어러모로 비참했던 어제로부터 하루가 지난 다음 날 아침. 마지못해 학교에 온 나는 교실에서 조용히 어제 일을 돌이켜 보았다.

팬지랑… 으으, 그래…. 싸웠지.

…아아아아아아아아아아!! 어쩌지?! 저질렀다! 저질렀어…!

나는 대체 무슨 짓을 해 버린 거냐고!

아무리 듣기가 싫은 사실을 들켰다고 해도 그건 아니잖아!

진짜로 구더기에 쓰레기에 벌레 같다…. 이미 숨 쉬는 것 자체가 주제넘다.

팬지, 화났겠지…. 그렇지…. 완전히 내 화풀이였으니까….

그렇다면 화해를 해야겠는데…. 전혀 방법이 떠오르질 않아….

아, 아니, 반성은 하고 있어! 무진장 반성하고 있어!

하지만 그냥 사과하고 끝내고 넘어갈 문제가 아니잖아, 이건.

아, 아무튼! 지금은 마침 히마와리도 썬도 아침 연습을 하느라 교실에 없으니, 지금부터 집중해서 괜찮은 사죄 내용을….

"그런데 어제 TV 봤어? 타키 진짜로 멋지지 않았어?"

"봤어, 봤어! 엄청 멋졌어!"

어, 그 드라마, 엄마도 봤지!

진짜 에미가 귀엽고 생생해서…가 아니라!

나는 침대에서 끙끙대느라 그 드라마를 안 봤고, 지금은 집중해서 생각할 시간이잖아!

카리스마 그룹의 대화에 마음속으로 참가하고 있을 때가 아니잖아!

애초에 **이쪽**은 아직 6월이니까, 좀 이상하잖아!*

"아…. 미안. 난 안 봤어…."

"어? 그, 그래?"

나이스, A코. 리더인 네가 그 드라마를 안 본 바람에 카리스마 그룹 모두가 조용해졌어. 그대로 무거운 분위기를 유지해 줘, 부탁해.

"응. 난 어제 편의점에서 계속 잡지 읽느라고 집에 꽤 늦게 들어갔어."

그랬나. 어느 편의점을 빈번하게 이용하는지 꼭 가르쳐 주지 않겠어?

절대로 안 가도록 할 테니까.

"어? 집에 안 간 거야? 부모님이 뭐라고 안 해?"

"괜찮아, 괜찮아. 우리 부모님, 날 싫어하고, 얼굴도 거의 안 마주치니까."

"그래? 전에 놀러갔을 때 어머니는 꽤 잘해 주셨잖아!"

"엄마는 그렇지~ 하지만 다른 쪽이 최악이야! 나한테 쫄았는지 맨날 엄청 늦게 돌아오는데, 일부러 늦게 오는 게 뻔하다니

※6월이니까~ : 일본 드라마 〈후회 없이 사랑해〉는 2016년 7월~9월에 방영되었으며, 타케이 에미, 타키자와 히데아키가 주연을 맡았다.

까! 정말이지 한심해. 난 한심한 게 제일 싫어~"

"이해돼~! 그거 정말 싫어~"

"그렇지~? 엄청 한심하고, 너무 토 나오고, 진짜 냄새 나고, 완전 짜증나고…. 걱정도 안 해 주고…."

A코, 그렇게까지 말하지 않아도 되잖아. 아무리 그래도 너무 가없다.

"아니, 죠로. 너 아까부터 뭘 쳐다보는 거야?"

윽! 그러고 보니 팬지와의 화해 방법은 전혀 생각하지 않고 대화를 엿듣는 데에 몰두하고 있었다….

"아! 아, 아니, 아무것도 아냐!"

"재수 없어! 엄청엄청 한심하고, 너무너무 토 나오고, 진짜진짜 냄새 나고, 완전완전 짜증나…."

아무래도 나는 두 배 환산으로 안 좋은 입장에 있는 모양이다.

여러 의미로 내가 절망적인 상황에 있다는 게 팍팍 느껴진다.

"아! 죠로, 안녕! 오늘도 같이 놀자!"

나이스 타이밍이다, 히마와리. 하마터면 육식 동물들에게 공격받을 뻔했는데 진짜 고마워.

다만 작전은 전혀 생각하지 않았군….

아니, 아직 포기하기는 일러! 분명 이 뒤에 수업 파트가….

※

······점심시간.

그렇지요! 없는 거지요!

당연하다는 듯이 '※' 마크를 지나친 지금은 점심시간이고, 내가 있는 장소는 도서실이다.

그리고 충분히 깨달았으리라고 생각하는데, 사죄 내용은 전혀 떠오르지 않았다.

아예 도망가 버릴까 하는 생각도 했지만, 그건 절대로 안 된다.

이제까지 점심시간에는 빼놓지 않고 도서실에 왔던 내가 갑자기 도서실에 오지 않게 되면?

틀림없이 무슨 일이 있었다는 걸 모두에게 들키고 만다. 그러면 어떻게 될까?

마음씨 착하고 든든한 히로인, 히어로인 모두가 우리 사이를 개선시키기 위해 애쓸지도 모른다.

안 그래도 빚을 지기 싫은 내게 그 마음은 너무 무겁다.

게다가 싸웠다고는 해도 팬지와의 약속은 있고, 저기… 여기서 도서실에 가지 않게 되면 더 이상 관계를 회복할 수 없게 될 것 같고….

"죠로. 어제 일이라면 너무 신경 쓰지 않아도 돼."

"그, 그래! 나도 어제는 놀랐지만, 그렇게 신경 쓸 만한 일은 아니었어! 아, 물론 개선하지 않아도 된다는 의미는 아냐. 다만 너무 그렇게 침울해질 것도…."

점심 식사를 마치고 팬지가 모두의 홍차와 과자를 준비했을 때, 츠바키와 코스모스가 내게 격려의 말을 던졌다.

일단 평소의 나와 다름없는 태도를 취했다고 생각하는데, 아직 걱정스러운 모습이었던 모양이군.

"고맙습니다. 츠바키, 코스모스 회장. 하지만 이제 괜찮습니다."

그렇게 말하면서도 나는 현재 아주 멋진 악순환에 빠져 있었다.

걱정해서 격려해 주는 것은 고맙다. 하지만 그건 동시에 나의 비참함을 드러내기도 한다.

그런 괜한 생각에 사로잡혀서 모두의 마음을 솔직히 받아들이지 못하고, 삐딱하게 피해망상을 부풀린다. 속수무책인 상태인 것이다.

그리고 마지막으로 그런 스스로에게 혐오감을 품으면서 더더욱 안 좋은 감정이 쌓인다.

머릿속은 엉망진창이라 진짜 뭐가 뭔지 모르겠다.

불행 중 다행이라면 나의 갈고닦은 겉모습 스킬과 이전부터 팬지가 퉁명스러웠던 점 때문에, 우리가 대화하지 않는 원인이 싸움 때문이라고 여겨지지 않은 정도겠지.

"있잖아! 죠로는 이번 금요일에 아르바이트?"

겉모습은 평소대로, 속은 풀 죽어 있는데, 히마와리가 평소처럼 웃으면서 책상을 빙 돌아 내 옆으로 다가왔다. 딱히 일부러 옆에 오지 않더라도 앉은 채로 말하면 되잖아.

"응, 그래. 다음 날인 토요일이라면 휴일이지만."

"정말?! 그럼 토요일에 나랑 같이 테니스 연습하자!"

뭐가 '그럼'일까. 누가 해설을 좀 해 줬으면 하는데, 무리일까. 히마와리 이론은 이해 불능의 패턴이 훨씬 많다.

"무리야. 네 운동 신경을 따라갈 수 있을 리가 없잖아. 내가 죽는다고."

"우우! 그렇지 않아! 죠로라면 괜찮아!"

"싫어."

게다가 가령 괜찮다고 해도 토요일에는 애초에 일이 있다.

금요일에 나는 목표 금액을 달성하기 때문이다.

그러니까 일단 츠바키에게 아르바이트 대금을 받아서 토요일에 책을 사러 갈 예정이었다.

……음? 혹시 여러분은 '금요일까지밖에 맡아 두지 않으니까, 그날 찾으러 가지 않아도 되나?'라고 의문스럽게 생각했어?

음. 그렇기는 한데…. 사실 그게 복잡하다.

원래는 금요일에 그 서점이 문을 닫는 21시까지 달려가서 책을 살 예정이었다.

하지만 어제의 그 짜증나는 실수 때문에 일찍 퇴근한 나는 목표 금액에 도달하기 위해서는 금요일도 22시까지 일해야만 하게 되었다.

그렇게 되면 아무리 애써도 서점이 닫기 전까지 갈 수가 없다. 그러니까 토요일로 했다.

뭐, 문제는 없겠지. 분명히 맡아 두기로 한 날까지는 갈 수 없지만, 금요일까지 맡아 둔다고 했으면 그날에는 절대로 안 팔린다는 소리다.

그러니까 토요일 아침 일찍 가게로 달려가서 책을 산다. 사실은 존재하지 않았던, 토요일 개점 직전까지의 여유 시간을 이용한 지능적 수법이다. 내가 말하기도 그렇지만, 제법 날카로운 생각이라고 봐.

"같이 연습하자! 난 죠로랑 같이 하는 게 좋아!"

음. 여전히 Never give up 고집쟁이로군.

그럼 어쩔 수 없지. 토요일의 **또 하나의 일**을 슬쩍 말해서 납득시키자.

"그렇게까지 말한다면 생각해 볼 수도 있는데…. 괜찮겠어? 나는 토요일에 네가 갖고 싶어 하는 걸 사러 갈 예정이었는데?"

"아! 그렇지!"

그래, 바로 그거야. 히마와리. 토요일에는 네 생일 선물도 사러 갈 거야.

열심히, 여러 방면으로 노력해서 돈을 마련했다고.

"고마워, 죠로! 좋아해!"

"그래. 기대해 줘. 네가 좋아할 만한 걸로 골라 올 테니까."

"와아! 나 너무 기뻐!"

후우. 간신히 히마와리를 납득시킬 수 있었고, 덤으로 기분도 회복시켰다.

"에헤헤! 기대되네! 두근거려! 두근두근!"

그보다, 히마와리의 천진난만한 얼굴을 보면 신기하게도 기분이 밝아진다.

본인은 의식하고 하는 게 아니겠지만, 그렇기 때문이겠지.

이럴 때에는 통감하게 된다. …정말로 이 녀석과 소꿉친구라서 다행이라고.

"그러고 보니 죠로. 그 엉망인 책, 다 읽었어?"

이럴 때에는 통감하게 된다. …정말로 이 녀석과 소꿉친구인게 싫어! 진짜로 싫어!

"어, 어어… 아직, 이야. 응, 아직…."

"알았다! 새 걸 못 찾아서 못 사니까 다 못 읽었구나! 못 읽는 부분이 있었던 거지! 그래서 기운이 없는 거지? 죠로, 바보구나!"

아무것도 모르는 주제에 친절하게도 지뢰를 팍팍 밟아 주는구나! 제발 좀 참아 주라!

"아, 아냐! 따, 딱히 그런 건…."

"하지만 괜찮아! 내가 힘낼 테니까! 히마와리 파워, 충전~이야!"

그러냐. 충전은 안 해도 되니까, 지금 당장 그 짜증나는 입 좀 닫아 주라.

진짜로 조용히 좀 해. 저~~엉말로 조용히 좀 해!

"아, 그래. 히마와리. 이번 시합, 열심히 응원할 테니까, 기대하고 있어!"

"썬, 정말로?! 와아! 나 기뻐!"

아아…. 이 타이밍에 멋지게 히마와리에게 말을 걸어 주다니, 정말로 든든한 친구, 구, 나…. 혹시 팬지랑 내 사이가 험악한 걸 썬한테 들켰나?

도서실을 나서서 교실로 돌아오는 도중, 썬이 내 어깨에 툭 하고 손을 올렸다.

"어이, 죠로. 나랑 같이 화장실 좀 안 갈래?"

…뜨끔. 이건 역시 다 알아차리신 것이 아닐까?

"어, 어어… 알겠어."

"좋았어! 그럼 히마와리랑 츠바키는 먼저 교실로 가 줘!"

"그래~! 두 사람 다 지각하면 안 돼!"

"응, 알았어."

썬의 말에 먼저 교실로 돌아가는 히마와리와 츠바키.

남겨진 나는 마치 연행되는 기분으로 썬과 함께 화장실에 들어

갔다.

"음, 마침 잘됐군! 아무도 없어!"

누가 좀 있었으면 했는데, 각 칸마다 다 문이 열려 있군….

"그, 그러네…."

"그럼… 어차!"

시원스러운 발걸음으로 변기가 아니라 세면대로 향한 썬은 가볍게 점프해 거기에 착석. 즉, 처음부터 화장실에서 일을 볼 생각은 없었던 모양이다.

"차가워! 여기 젖었잖아!"

중간까지의 모션은 멋졌는데, 마지막에서 다 날려 먹었다.

엉덩이를 팡팡 때리며 물기를 털어 버리는 모습은 왠지 재미있다.

"세면대니까 당연하잖아."

"하하하! 그렇지! 그런데, 죠로…."

싱글싱글 웃으면서 날 가만히 바라보는 그 시선에 심장이 벌렁벌렁.

…틀림없어. 썬은 알아차렸다. 나와 팬지 사이에 뭔가 있다는 걸.

어쩌지? 자기가 힘을 빌려줘서 화해를 시켜 주겠다는 말이라도 하려는 걸까?

"난 아무것도 안 할 테니까."

"…어?"

"미안하지만 난 야구부 때문에 바빠. 지금 내가 제일 우선해야 할 일은 야구야! 아! 그건 항상 그런가! 하하하하하하! 뭐, 아무튼… 그렇게 됐으니까 스스로 힘내 봐!"

"어, 어어…. 알았어…."

순간 실망했던 스스로를 깨닫고 또 안 좋은 감정에 빠졌다. 남에게 의지하기 싫다고 생각하면서도 조금이라도 편한 길이 보이면 거기로 달려가려는 것은 나의 정말 나쁜 버릇이다.

"다만 내 나름대로 충고를 딱 하나 해 주지."

"충고?"

"작년에 우리 야구부가 도전했던 지역대회 결승전, 기억해?"

어엇?! 이 타이밍에 특이점이 오나?! …아니, 설마 그건 아니지.

"뭐…. 나름 기억하지. 아무리 그래도 전부까지는 자신이 없지만….

"그럼 내 첫 번째 타석은?"

썬의 첫 번째 타석이라면… 아, 2회 초의 그거 말인가!

"그거라면 확실해! 초구가 빠지는 볼이었는데 홈런을 때린 것 말이지?

작년 지역대회 결승전. 우리 학교가 상대에게서 빼앗은 점수는 1점.

그것을 뽑아 낸 것은 4번 타자인 썬이다. 결과적으로는 졌지만, 선취점을 따 낸 그때 1루 쪽 관객석에 있던 우리는 최고로 흥분했었다.

"헤헤헤! 제대로 기억해 주다니 기쁜데! 다만 그때⋯ 나는 초구를 반드시 풀스윙하기로 결심하고 대충 전력을 다해 휘둘렀을 뿐이야."

"어? 그, 그래?"

"응! 사실은 엄청 긴장해서 말이지! 어떻게 긴장을 풀 수 없을까 생각하다가 최대한의 힘으로 배트를 휘둘렀지. 그랬더니 우연히 맞아서 홈런이 된 거였어!"

썬도 긴장을 하는구나⋯. 아니, 그도 그런가.

"그러니까 죠로. ⋯볼이라도 배트를 휘두르면 홈런이 될 때가 있어. 스트라이크 존이 아니라고 그냥 보내기만 하다간 찬스를 놓칠걸?"

"어어⋯."

"그러니까 나는 항상 전력을 다해! 나에게 중요한 것이 있으면 그걸 지키고 싶으니까, 부끄러움이나 소문 같은 건 신경 쓰지 않고 헛스윙을 각오하고 해 보는 것도 나쁘지 않아! 뭐, 이미 있는 말이지만, 시합은 끝날 때까지 끝난 게 아니니까! 하하하!"

"어, 어어⋯."

"뭐, 그것뿐이야! 교실로 돌아가자! 얼른 안 가면 수업에 늦겠어!"

평소처럼 뜨거운 미소로 내 등을 팡 두드리더니, 썬은 꽤나 기
분 좋은 발걸음으로 화장실을 뒤로했다. 그래서 나도 그 뒤를 따
라 화장실을 나서서 교실로 향했다.

※

방과 후, 오늘도 츠바키와 함께 학교를 뒤로하고 열심히 아르
바이트에 임하는 나.

오늘을 포함해 앞으로 사흘이면 책을 살 수 있다.

그렇게 해서 책을 돌려주고, 어떻게든 팬지와 화해를….

"어서 오세요! 아, 마야마 씨! 지난번에는 죄송했습니다."

"그래."

으윽! 내가 열심히 테이블을 닦고 있는데, 상당히 껄끄러운 손
님이 왔다.

뭐, 어떤 의미로 운이 좋은 걸지도 모르지만.

우연히 카네모토 씨가 입구 근처에 있었던 덕분에 내가 응대
하지 않아도 되었고.

"그럼 이쪽으로 오시죠."

저쪽은 아직 날 알아차리지 못했다. 그럼 일단 안쪽으로 후퇴.

마침 손님에게서 주문도 없고, 피크 시간도 아니다.

다른 홀 담당과 교섭해서 아저씨가 돌아갈 때까지 틀어박혀 있자.

그러니까 잽싸게 후퇴. 하지만 슬쩍 얼굴을 내밀어서 상황을 확인할까.

"주문은 어떤 걸로 하시겠습니까?"

"음, 글쎄. …달걀말이랑…. 아니, 잠깐만, 이게 먼저로군."

마야마 아저씨는 품에서 종이 한 장을 느릿느릿 꺼냈다.

나도 시력은 좋지만 아무래도 거리가 있다 보니 잘 보이지 않았다. 뭐라고 적혀 있지?

"이건… 아! 지난번의 세탁비로군요!"

카네모토 씨, 해설 고마워요. 즉, 저건 내가 성대하게 저질렀던 그것의 영수증인가.

"그래. 얼른 돈 가져와. 그걸 받은 뒤에 주문할 테니까."

"알겠습니다! 그럼 잠시만 기다려 주세요!"

갈고닦인 미소와 잘 울리는 목소리로 답하고 일단 이쪽으로 오는 카네모토 씨.

그대로 주방으로 가더니,

"츠바키, 마야마 씨에게서 세탁비 영수증을 받았어!"

"어, 정말로? 얼마였어?"

"2800엔이야!"

우욱! 상상 이상으로 센 액수다. 저건 내 급료에서 빼는 편이 좋겠지.

책을 산 뒤에도 아르바이트를 그만둘 순 없고, 그때 급료에서 빼 달라고 하자.

"응, 알았어. 그럼 저기 봉투에 돈을 넣어서 가져다드리겠어?"

"OK! 그럼 사무실에서 돈을 넣어 올게!"

세탁비라고 적힌 갈색 봉투를 한 손에 들고 사무실로 향하는 카네모토 씨.

다행이다. 이제 카네모토 씨가 아저씨에게 돈을 주면 이 이야기는 끝이다.

그러면 조금은….

—스트라이크 존이 아니라고 그냥 보내기만 하다간 찬스를 놓칠걸?

문득 아까 점심시간에 썬이 한 말이 머릿속을 스쳤다.

스트라이크 존…. 말하자면 내가 할 수 있다고 생각하는 범위로만 행동을 하면 새로운 가능성… 사실은 내가 더 해낼 수 있는 일을 알지 못하게 된다는 의미겠지.

그러니까 때로는 볼을… 내가 할 수 없을지도 모르는 일에 도전하는 것이 중요하다고, 썬은 내게 말하고 싶었던 것이다.

그렇다면….

"아, 츠바키."

"왜 그래?"

"저기, 그게⋯. 마야마 씨의 세탁비 말인데, 내가 가져다드려도 될까?"

"어?"

내 발언이 예상 밖이었을까, 츠바키가 눈을 동그랗게 떴다.

솔직히 마야마 아저씨는 싫다. 엮이지 않을 수 있다면 앞으로 절대 엮이고 싶지 않다.

하지만 이번 일은 내가 잘못했다. 그러니까 여기서 카네모토 씨에게 맡기면 안 된다.

옷을 더럽혀서 불쾌하게 만든 범인인 내가 분명히 줘야 한다.

도망쳐서 편한 길로만 가는 게 아니라, 제대로 맞서는 편이 좋다.

"⋯안 될까?"

"하지만 죠로는⋯."

"괜찮지 않을까, 츠바키. 나는 찬성이야."

어딘가 조심스러운 기색의 츠바키와 달리 어느 틈에 사무실에서 돈을 담아 온 듯한 카네모토 씨가 뒤에서 나타나서 내 어깨를 툭 두드렸다.

"키사라기의 실수로 이번 사태를 불렀으니, 본인이 가야겠지."

"꽤나 인정사정없는 말이네요⋯."

"그야 그렇지. 너 때문에 나는 괜히 필요도 없이 고개를 숙였잖아?"

"정정하겠습니다. 무진장 인정사정없는 말이네요."

"그래? 자, 여기. 세탁비다."

말과는 달리 부드러운 미소와 함께 나를 바라보는 카네모토 씨가 내게 갈색 봉투를 건넸다.

왠지 그게 기쁘게 느껴졌다.

"응, 알았어. 그럼 죠로, 마야마 씨에게 돈을 가져다드려. 힘내."

"응! 맡겨 줘!"

츠바키의 허가, 그리고 성원을 받아서, 자, 출진!

팬지와의 전초전이라고 생각해. 그 녀석과 비교하면 아저씨는 별것도 아냐.

"여기 세탁비입니다. 폐를 끼쳐서 대단히 죄송했습니다."

"……엉? …너냐."

내가 나타난 것에 의아한 얼굴을 하는 아저씨에게 갈색 봉투를.

하지만 일단 세탁비가 우선인지, 딱히 별말도 없이 휙 받아 주었다.

"그래, 확실히 받았다."

"거듭해서, 정말로 죄송했습니다!"

내 사죄는 무시하고 봉투 안을 확인한 뒤에 지갑을 열고 돈을 거기에 넣었다.

갈색 봉투를 구깃구깃하게 뭉쳐서 테이블 위에 휙 버리는 아저씨.

일부러 츠바키가 준비한 건데….

아니, 따지고 보면 내가 잘못했다. 여기서 화내는 것도 잘못된 짓이다.

"그래서 너는 어떻게 할 거지?"

"네?"

나, 나? 내가 뭐 어쩌라는 소리지?

"어이, 설마 아무것도 없냐? 그 형씨가 아니라 네가 온 걸 보면 뭔가 의미가 있겠지?"

심술궂은 웃음을 지으며 나를 놀리는 아저씨.

처음부터 내가 아무 생각도 없었던 것을 기대했다는 게 분명한 미소였다.

"저기, 제가 잘못을 저질렀기에, 사죄와 세탁비를…."

"역시 너는 바보구나. 돈을 주고 제대로 사과를 하면 끝이라는, 그런 물러 터진 생각을 하고 있었겠지?"

"그, 그건…."

"너는 그저 당연한 일을 했을 뿐이야."

아저씨의 말이 상상 이상으로 아프다….

옷을 더럽혔으니까 그 세탁비를 낸다. 사죄를 한다.

그것은 당연히 해야 할 일… 내가 하는 것은 교과서에 따른 행동이다.

"가게가 보이는 성의를 자기 성의인 것처럼 행세하는 짓은 그만둬. 이건 가게 돈이지? 나는 너더러 성의를 보이라는 소리다."

순간 팬지의 얼굴이 뇌리에 스치고 내 가슴이 죄어들었다.

아저씨와 팬지는 공통점이 전혀 없다. 완전히 남이다.

하지만 내가 녀석에게 하려는 행동은 지금과 비슷한 상황이다.

옷을 더럽혔으니까 세탁비를 주고 사과한다.

책을 엉망으로 만들어 버렸으니까 새로 사 주고 사과한다.

물건과 가격이 다를 뿐이지, 하려는 행동은 완전히 똑같다.

이런 아저씨도 납득시키지 못하는 내가 팬지에게 용서를 받을 수 있을까?

그 녀석은 내게 또 다른 뭔가를 요구하지 않을까?

내 행동이 잘못돼서 팬지와의 사이가 괜히 틀어졌으니까….

그런 공포에 사로잡혀서 머릿속이 새하얗게 되었다.

"참나…. 너는 정말로 날 짜증나게 만드는구나."

"죄, 죄송합니다…."

아저씨의 말이 맞다. 나도 나 자신에게 한없이 짜증이 났다.

"남에게 그런 짓을 해 놓고서 아직도 마음 편히 아르바이트라니. …기가 막히는군. 뭐, 향상심도 없이 아르바이트나 하는 너라면 어쩔 수 없나."

무슨 짓을 해도 실수 연발. 게다가 남에게까지 폐를 끼치는, 정말 최악인… 잠깐만.

나는 그런 말까지 듣고 묵묵히 고개만 숙이고 있을 상황인가?

아니야…. 그렇게 입 다물고만 있으니까 하나도 변하지 않는 거잖아?

"……부, 분명히, 그동안 저는 향상심도 없이 아르바이트를 했습니다."

"아앙?"

그야, 이유는 꼴사납기 그지없지. 하찮은 허영을 부리기 위해서 나는 아르바이트를 시작했다.

하지만 조금만 생각하면 알 만하잖아. 왜 내가 그렇게 허영을 부리고 싶어 했지?

썬이 했던 말을 다시 한번 잘 떠올려 봐!

―그러니까 나는 항상 전력을 다해! 나에게 중요한 것이 있으면 그걸 지키고 싶으니까, 부끄러움이나 소문 같은 건 신경 쓰지 않고 헛스윙을 각오하고 해 보는 것도 나쁘지 않아! 뭐, 이미 있는 말이지만, 시합은 끝날 때까지 끝난 게 아니니까! 하하하!

그래, 그거야…. 있잖아. 나한테도 하고 싶은 일이 있었어!

솔직히 말하기 꽤 창피하고, 상당히 뜬구름 잡는 발언이라고 생각한다.

하지만… 지금만큼은 부끄러움도 체면도 신경 쓰지 말고, 헛스윙을 각오하고 하는 거야!

"하, 하지만… 앞으로는 다릅니다!"

"이놈, 무슨 소리야? …어떻게 다른데?"

"지금까지의 제가 아니라 지금의 저를 봐 주세요!"

"하앙?! 지금의 너라고?"

내 말의 의미를 알 수 없었는지, 아저씨의 눈썹이 성대하게 일그러졌다.

솔직히 말하자면 이걸로 아저씨가 납득할지는 알 수 없다.

하지만 그래도 여기서 아무 말도 안 하면 안 된다.

계속 스스로를 비하했다. 하지만 그렇다고 나 자신을 잃어버릴 때가 아냐.

내 자신을 똑똑히 바라봐. 분명히 나는 배경이야. 한심한 녀석이지.

하지만 양보할 수 없는 건 있잖아? 내 안에 절대적으로 존재하는 룰이 있잖아?

설령 아무리 실패하더라도, 아무리 한심한 결과가 되더라도….

"네. 그렇습니다. 저는 지금부터 노력하겠습니다."

하기로 마음먹었으면 한다. 그것이 나의 모토다.

"저는 마야마 씨가 만족할 만한 대답을 아직 갖고 있지 않습니다. 말씀처럼 세탁비를 드리고 사죄하면 그걸로 해결되리라고 생각했습니다.”

항상 안전권에서 나가지 않고 몸을 움츠린 채, 최대한 상처 입지 않도록 행동했다.

하지만 그게 아니다. 그렇게 생각해서 계속 도망쳤으니까, 이런 상황이 되었다.

지금 변해야 할 것은 내 상황이 아니다. 변해야 할 것은 나다. 내가… 변하는 거다.

이제 곧 Game set이 아니다. 여기부터가… 시합 개시다!

“그러니 지금부터 저는 답을 찾겠습니다! 지금부터 저는 열심히 아르바이트를 하겠습니다! 돈을 받기 위해 일하는 게 아니라, 저를 고용해 준 가게를 위해… 마야마 씨나 와 주신 다른 손님들을 위해, 열심히, 성심성의껏 일해서!”

내가 아저씨의 눈을 똑바로 보며 말했기 때문일까, 아저씨가 살짝 움츠러들었다.

“서… 성심성의껏 일하는 거야, 다, 당연하잖아! 게다가… 네, 네가 할 수 있겠냐?! 꿈도 목표도 없는 네가….”

“분명히 제게는 꿈도 목표도 없습니다. 하지만… 지키고 싶은 게 있습니다.”

아저씨의 말을 가로막으며 나는 그렇게 말했다.

이런 상황이 되기까지 깨닫지 못했다. 하지만 내게도 딱 하나 있었다.

그걸 깨달은 것은… 팬지 덕분이다. 그 녀석이 내게 가르쳐 주었다.

그날… 츠바키가 전학 온 날 방과 후, 팬지가 했던 말.

정말이지 그대로구나…. 처음부터 계속 무의식중에 나는 그걸 위해 행동했다.

내 안에 존재하는 '모두와의 소중한 인연'. 나는 그것을… 지키고 싶다.

"전… 학교에 친한 친구들이 있습니다. 모두 저 같은 것과는 달리 꿈이나 목표를 가지고 노력하는 녀석들로, 정말로 대단한 녀석들입니다. 그러니까 그런 녀석들을 저는 돕고 싶습니다. 지키고 싶습니다. 그것은 제게 꿈이나 목표와 같든가, 그 이상으로 중요한 것입니다!"

"너, 너 같은 녀석이 그런 걸 할 수 있을 리 없잖아!"

솔직히 인정하자. 도서실에 있는 녀석들은 **전원** 내게 둘도 없는 존재다.

이런 나를 좋아해 주고, 함께 있어 준다. 그런 녀석들에게 내가 돌려줄 수 있는 것은 얼마 없다.

그러니까 거기에 죄악감을 품는 게 아니라….

"분명히 제 힘이야 뻔합니다. 녀석들에게 필요 없는 존재일지도 모릅니다. 하지만 혹시 녀석들이 곤경에 처했을 때, 아주 조금이라도 도움이 될 수 있다면 저는 전력을 다해 힘이 될 겁니다. 보잘것없는 제가 돌려줄 수 있는 것은 전부 돌려줄 겁니다. 높이 뛸 수 있는 녀석이 있다면 저는 발판이 될 겁니다. 힘이 될 수 있다면, 곁에 있을 수 있다면, 지킬 수 있다면… 그것이 지금 제가 하고 싶은 일입니다!"

"흥! 발판이라…. 그래서 그 노력이 헛수고로 끝난다면 어쩔 거지? 너희 꼬맹이는 금방 싸우고…."

"화해하겠습니다. 소중한 녀석과 싸우고 끝나는 관계는 절대 로 싫습니다. 그러니 괜한 고집을 피우지 않고, 아무리 말하기 힘들지라도 자신의 진짜 마음을 확실히 전하고 화해하겠습니다. 아무리 실패하더라도 끝까지 포기하지 않고 하겠습니다!"

어라? 혹시 나는 다른 손님이나 아르바이트생이 있는 가운데 꽤나 창피한 소리를 한 거 아닌가? …진정해. 지금은 흥분한 마음으로 넘어가는 거야.

중요한 것은 주위 사람들이 아니라 마야마 아저씨다. 확실히 전해지면 좋겠는데….

"흥! 위세 좋은 소리만 해 대고! 세상이 그렇게 잘 돌아갈 리 없잖아! 세상사란 것은 많이 힘들다고! 알겠냐?! 세상이 그렇게 마음대로… 윽! …기분 상했다! 오늘은 이만 돌아가지!"

으윽! 내 나름대로 답을 전해 보았는데, 불에 기름을 부었나….

하지만 그래도 상관없다. 내가 해야 할 말이라고 생각한 바를 똑똑히 전했다.

하아…. 하지만 역시 조금 분하네.

아저씨, 엄청 화내며 돌아가려고… 어라?

어째서인지 멈춰 서서 이쪽을 잔뜩 노려보고 있잖아?

"그, 그리고! 전부터 생각했는데, 이 가게의 달걀말이는 맛이 없어! 내 딸이 만든 게 훨씬 맛있으니까! 그럼 난 간다! 이 꼬맹아!"

어어…. 왜 마지막에 가게의 요리에 토를 달지? 나한테 불평할 말이 다 떨어졌나?

그래도 저건 좀 큰일인데. 꽤나 화가 났어.

저런 걸 봐선 더 이상 안 올지도 모르겠어….

가능하면 앞으로 열심히 노력하는 날 봐 주었으면 했는데… 무리겠군….

얌전히 포기하고, 그래도 내가 한 말을 지키기 위해서 열심히 아르바이트 하자.

그럼 얼른….

"으윽!"

뭐야? 갑자기 카네모토 씨가 뒤에서 나타나서 내 머리를 세게 누르는데?!

그리고 자기도 깍듯하게 고개를 숙이잖아.

"여러분, 식사하시는데 시끄럽게 해서 대단히 죄송합니다! 자, 키사라기도!"

"아, 죄, 죄송합니다!"

그랬다. 이렇게 시끄럽게 굴었으니까 일단은 사죄해야지. …
납득.

그리고 5초 정도 고개를 숙인 뒤에 카네모토 씨가 내 머리에서
손을 떼더니,

"난 키사라기가 잘해 내리라고 생각했으니까."

온기 담긴 부드러운 목소리와 함께 내 등을 탕탕 두들겼다.

"가, 감사합니다!"

"응! 그 마음이야! 그럼 앞으로도 열심히 일하자!"

"네!"

카네모토 씨의 목소리가 왠지 찡하며 가슴에 퍼지고, 기분 좋
게 머리에 울렸다.

※

"죠로, 수고했어."

"응, 츠바키도 수고했어."

22시, 오늘 아르바이트를 무사히 마친 나는 가볍게 츠바키에
게 대답을 하면서 차를 꿀꺽꿀꺽.

휴우…. 이제부터 일을 더 잘할 수 있도록 힘내야지. 열심히
하자. 말을 했으면 실행해야지.

"잘됐네. 마야마 씨에게 확실히 전해서."

"…어? 아, 아니… 뭐… 응, 다행이지. 전해졌는지는 잘 모르겠지만."

"분명 전해졌어. 평소보다 조금은 얌전했으니까."

정말로 '조금'이지. 결국 마지막에는 영문 모를 푸념을 하면서 돌아갔고.

아니, 츠바키 녀석, 나와 아저씨의 대화를 듣고 있었나…. 그럼….

"후후후, 죠로는 모두를 지키기 위해 노력하는구나."

역시나! 내 부끄러운 대사도 다 들었구나!

이렇게 될 줄 알았으면 츠바키가 주방에서 나올 수 없는 피크 시간대에 이야기하면 좋았을걸….

아니, 아무래도 그건 아니지. 바쁜 와중에 아저씨와 뜨거운 대화라니, 그건 진짜로 민폐다.

"어, 어어…. 땡큐."

얼굴을 맞대고 칭찬을 듣는 것은 거북하군.

아아…. 왠지 목이 바짝 마르네. 차라도 좀 마시자.

"오늘은 멋졌어. 그런 식이면 팬지랑도 분명 화해할 수 있으려나."

"푸학! 콜록콜록!"

"아, 멋없어졌다. 말하자마자."

"콜록…. 너, 너어… 알고…."

"당연하잖아. 죠로, 오늘은 팬지에게 아주 미안한 기색이었고. 한눈에 알 수 있었다고나 할까."

제길. 썬만이 아니라 설마 츠바키에게도 들켰다니….

그렇다면 다른 두 사람도… 아니, 코스모스는 모르겠지만, 히마와리는 아니지 않을까.

아무리 그래도 그 생각 없는 녀석이 그렇게 예리할 것 같진 않다. 오히려 예리했다간 무섭다.

"힘을 빌려주는 쪽이 좋을까 생각했지만, 내 봉사가 필요 없다고 말했으니까. 좀 참고 있었어. 게다가 이건 두 사람의 문제고."

"그래…. 미안. 신경 쓰게 해서."

테이블 위에 컵을 내려놓고 꾸벅 사죄.

이거 책을 손에 넣자마자 얼른 팬지와의 관계를 개선해야만 하겠군….

"음. 신경 쓰지 않아도 돼. 오히려 싸웠으면 그렇게 팬지에게도 솔직하게 사과하면 좋지 않을까?"

"으윽! 아, 알고 있어! 뭐, 조만간… 제대로 사과할게."

"죠로는 팬지에게 너무 빼딱하다니까. 내가 보기엔 더 멋진 여자라고 생각하는데?"

응. 너한테는 그럴 거야. 그 여자, 나한테만 너무 심하게 구니까.

바꿀 수 없는 존재라도 싫어하는 건 싫어하는 거니까.

그거야, 그거. 햄버거에서의 피클 같은 거? 신맛을 살짝 넣어 주는 존재.

"너는 아직 모를 뿐이지, 그 녀석은 꽤나 성가신 여자야. 금방 토라지지, 감정에 따라 행동하지, 나한테 독설을 해 대지…. 아무튼 여러모로 귀찮아."

"그런가. 죠로는 팬지에 대해 잘 아네."

이거 내가 무슨 소리를 해도 팬지에 대해 포지티브한 감정을 품은 걸로 판단하는 흐름이지? 우리나라 말은 어렵네. 같은 말이라도 사람에 따라서 전달 방식이 너무 달라.

이런…. 이대로 여기에 있다가 츠바키의 손으로 강제 팬지 루트로 돌입하게 될지도 몰라. 그것만큼은 사양이다. 그럼 이미 답은 하나밖에 없다.

"…난 슬슬 가 볼게."

물론 도망뿐.

방금 전에는 더 이상 도망치지 않기로 결심했지만, 응…. 그건 그거지. 손바닥 빙글 뒤집기.

꽤 싫어하는 것에서는 도망치지 않지만, 절대로 싫은 것에서는 도망친다. 이것이 새로운 룰.

그런 거야. 역시 임기응변의 판단은 중요하다고 생각해.

"응, 수고했어. 내일부터 또 같이 열심히 일하자."

그런 내 심경을 이해하는 걸까, 장난질에 성공한 아이처럼 킥킥 웃으면서 츠바키는 그렇게 말했다.

아, 아무튼, 일단은 금요일까지 착실하게 아르바이트를 하는 거다!

그렇게 해서 책을 사고 팬지와 화해하자.

사실은 지금 당장이라도 해야겠지만…. 그건 이런 거야.

마왕에게 도전하려면 착실하게 장비를 갖춘 뒤에 해야 하니까.

전력으로 임하기 위해서는 착실히 준비하는 게 중요하다고 생각해.

나를 좋아하는 건
너뿐이냐

나에게 있어서 최악의 결말

제 6 장

시간은 정말로 조금 지나서 금요일 방과 후. 아직 한참 아르바이트하고 있는 나.

여전히 팬지와는 험악한 상태로 머쓱한 학교생활을 보내고 있는 나지만, 간신히 그날들과 작별할 때가 다가오고 있다.

바로 오늘 아르바이트가 끝나면 드디어 첫 급료!

츠바키네 가게는 원래 이런 어중간한 시기가 아니라 한 달을 마감하고 그다음 달 5일에 급료를 지불하게 되어 있지만, 나는 떼를 써서 특별 대접. 아시다시피 내게 잘해 주는 츠바키에게 부탁한 결과로 목표 금액인 9만 2천 엔에 도달한 시점에서 나는 일단 급료를 받을 수 있다!

그 급료를 한 손에 들고 내일은 아침 일찍 서점으로 돌격해 팬지의 책을 산다!

그리고 모레 있을 히마와리의 시합에 응원을 다녀오는 팬지에게 엉망이 된 책과 새 책을 모두 반납한다! 빌린 것도 끝까지 다 읽었으니 준비는 완벽!

후하하하… 하아…. 어어… 실패하면 어쩌지… 아, 안 돼! 안 된다고!

나의 특기인 악순환에 빠질 상황이 아냐. 지금은 아르바이트에 집중이다.

자, 마침 손님도 왔으니, 지금은 일에 전념하자.

"어서 오세… 아."

"여어, 꼬맹이."

와아! 나의 소원이 이루어져서 또 이 아저씨가 와 주었네!

이걸로 내가 열심히 일하는 모습을 보여… 아니, 아무리 그래도 너무 이르지 않나~

어제는 안 왔잖아…. 내가 조금 더 레벨 업한 뒤로 하지….

"…자리 있나?"

어라? 나도 곤혹스러운 얼굴이었다고 생각하지만, 마야마 아저씨도 다소 머쓱한 얼굴을 하고 있네.

나를 만나고 싶지 않거든 안 오면 될 텐데…라는 말을 할 순 없으니,

"네, 넵! 이쪽으로 오시죠."

"…음. ……생맥하고 달걀말이… 그리고 튀김꼬치 모둠."

착석과 동시에 메뉴도 보지 않고 주문. 어디의 사이비 단골 같은 학생회장과 달리 진짜로 단골이라는 느낌이 풍기는군. 실제로도 단골이고….

"알겠습니다. 그럼 잠시만 기다려 주세요."

예의 바르게 인사를 하고 메모를 한 손에 들고 주방으로. 아마 가면 이미 맥주 준비가….

"거기에 맥주 있으니까 가져가도록 해!"

그렇지요~ 일처리가 완벽하지요~ 완전히 내가 가져가는 흐름이지요~

하아…. 갈까….

"오래 기다리셨습니다. 맥주 먼저 나왔습니다."

"그래."

휴우…. 마실 것도 잘 내놨고, 이번에야말로 미션 컴플릿이겠지.

이 이상 엮이면 위험할 것 같으니, 여기선 청소라는 대의명분을 얻어서 어딘가로….

"죠로, 달걀말이랑 튀김꼬치 모둠 나왔어!"

츠바키, 왜 내가 돌아오는 타이밍에 딱 맞춰서 아저씨의 메뉴를 준비하는 거니?

그거야? 나랑 아저씨의 토크 신을 보고 싶은 거냐? 그런 식으로 썩은 거야?

"얼른 가져가 줘! 이제 곧 피크 시간이야!"

…알았어. 가져가면 되잖아! 제길!

"여기 달걀말이와 튀김꼬치 모둠 나왔습니다."

"좋아. 왔나. 그럼… 잠깐 여기 앉아 봐라."

어어, 왜 나한테 착석을 요구하지? 혹시 혼자 밥 먹는 게 외로우니까 같이 먹고 싶은 거야? 튀김꼬치를 후후 불어서 서로 먹여 주는 걸 노리는 거야?

그거 진짜로 완전히 썩은 건데?

"어어…. 알겠습니다."

뭐, 여기서 지시를 따르지 않으면 또 일이 귀찮아질 것 같으니 얌전히 앉자.

게다가 근처에 카네모토 씨가 있으니까 여차…하지 않더라도 옆에 와 주었다.

이렇게 든든한 사람이라니. 역시나 아르바이트 리더. 헬프 미.

"아, 마야마 씨. 어제는 저희 점원이 말이 많았던 것 같아서 죄송합니다."

"어어, 형씨인가. 신경 안 써도 돼. 지금부터 그것에 대해 이 녀석에게 실컷 말할 테니까."

"알겠습니다! 아, 하지만 업무에 지장이 올 수 있으니까 적당히 부탁드려요."

어이, 아르바이트 리더. 자식, 왜 웃으면서 가는데.

이런 건 기본적으로 NG잖아. 적당히가 아니라 그냥 안 된다고 말해 줘.

"……."

이상하네? 왜 아저씨는 말이 없지?

자기 입으로 '그것에 대해 실컷 말할 테니까'라고 하면서 나를 앉혔잖아.

아, 게다가 그대로 달걀말이를 먹기 시작했어.

"…지금까지 미안했다."

"네?"

어라? 달걀말이를 삼키더니 뭔가 믿기지 않는 한마디를 날렸습니다만?

이 사람, 이런 말도 하는…. 아하, 가짜인가! 진짜 아저씨를 내게 돌려…주지 않아도 되고, 애초에 내 것도 아니고. 좋아, 당신은 틀림없는 진짜다.

"최근 마음대로 안 되는 일이 많아서 말이지. 그래서 속이 부글거리던 판이라서… 조금, 화풀이를 했다…. 저기… 달걀말이 이야기도, 우리 딸애가 만든 게 세상에서 제일 맛있어서 말이지. 그거랑 억지로 비교하며 불평을 했다. 점장 아가씨한테도 대신 좀 사과해 줘."

사과해 준 것은 기쁘다. 그리고 나도 남에게 뭐라고 할 수 있는 입장이 아니다.

하지만 이것만큼은 말하도록 하지.

전혀 '조금'이 아니었습니다! 꽤 심했으니까요! 꽤나!

"네가 말했던 '소중한 녀석과의 인연'을 지킨다는 생각…. 보통은 창피해서 정면에서 할 수 없는 말이지. 그걸 그렇게 얼굴을 맞대고 할 수 있다니, 젊은 나이에 대단하구나. 나처럼 나이를 먹어도 그걸 못 하는 녀석도 있으니까."

"그거, 라면…?"

"어, 어어…. 마음대로 안 되는 일이란 게 말이지…. 으음, 그게… 딸하고 좀."

새끼손가락으로 뺨을 긁적이면서 어딘가 부끄러운 듯이 말을 흐렸다.

그 직후에 곧바로 푹욱 가라앉는 모습이더니, 다시 달걀말이를 우물우물 먹기 시작했다.

"나의 '인연'을 지키는 일은… 한동안 무리일 것 같으니까. 너는 이렇게 되지 마라…."

혹시 마야마 아저씨는 딸하고 싸우기라도 했나?

으음. 뭔가 충고를 할 수 있으면 좋겠는데…. 전혀 떠오르질 않는다.

좋아. 여기선 가볍게 응원의 말을 보내는 것으로 할까.

"저기, 마야마 아저씨도 힘내 주…"

"키사라기~ 언제까지 손님하고 이야기하고 있을 거야~?"

"우왓! 카, 카네모토 씨."

"응, 그래~ 이제 피크 타임이라서 아주 바쁜데, 알고 있어?"

아니, 당신이 방치했잖아! 왜 내가 나쁜 짓을 한 게 되었는데?!

우와! 뭐지, 이 미소?! 엄청 무서워!

기분 탓인지 목소리에도 가시가 있는 것 같고….

"죄, 죄송합니다! 그, 그럼 마야마 씨, 이만!"

"그래. 열심히 해라."

아저씨에게 응원의 말을 해 주려고 했다가 왠지 응원의 말을 들은 나는 그 뒤에 정신없이 아르바이트에 힘썼다.

기분 탓인지 카네모토 씨의 지시가 평소보다 혹독했는데, 아마 기분 탓…은 아니겠지.

※

"다, 다녀왔습니다아아…."

"어서 와~ 아마츠유! 아르바이트, 고생 많았어!"

힘들다…. 진짜로 힘들다…. 카네모토 씨의 지시, 가시가 너무 많았어.

평소의 세 배는 일한 것 같다. 하마터면 빨개지고 뿔이 날 뻔했다.[*]

하지만 그런 고생의 보람도 있었는지, 드디어 해냈다! 아르바이트 대금을 확실히 손에 넣었다!

가방 안에 든 갈색 봉투를 힐끗 보니, 거기에는 '죠로의 선불 급료'라는 츠바키의 귀여운 글씨가 적혀 있고, 왠지 반짝반짝 빛나는 것 같았다.

이걸로 내일은….

※평소의 세 배는~ : 일본 애니메이션 〈기동전사 건담〉에 등장하는 인물 샤아 아즈나블의 전용 모빌슈트는 다른 모빌슈트보다 세 배 빠르다고 묘사되며, 개인 컬러로 기체를 붉게 칠하고 지휘관기라서 뿔이 달려 있다.

"그러고 보니 아마츠유. 아까 아오이가 와서, 아마츠유가 있냐고 물었는데? 무슨 일 있었어?"

"어? 히마와리가? 아니, 딱히 별일 없는데…. 아, 혹시 생일 선물을 재촉하려는 걸지도. 녀석, 이달이 생일이니까."

"아! 그랬구나! 참고로 스미레코의 생일은 12월 31일이야~☆"

엄마, 그 정보는 필요 없어. 그런 연말에 그 녀석을 축하해 주는 일은 절대로 없으니까.

"그럼 아마츠유. 지금부터 목욕을 할래? 식사를 할래? 아니면… A・RA・SHI?"

응, 일단 세 번째로 말한 라이브 DVD 직행 코스는 아냐.

"음, 그렇군. 밥은 가게에서 먹었고, 목욕은 내일 아침에 할 테니까…."

"어머! 그럼 하나밖에 없잖아~!"

"그래. 방에서 잘래. 힘도 들고."

"그래~ 알았엉~☆"

엄마의 허스키한 목소리를 들으면서 계단을 쿵쿵.

교복을 벗어 실내복으로 갈아입고 침대에… 아, 안 되지.

내일은 아침 일찍 서점에 가야 하니까 알람을 맞추고… 이건 뭐지?

메일이 23건이라니, 누구야?! …히마와리잖아!

녀석은 대체 나한테 생일 선물을 얼마나 재촉하려는 거야?

하지만 좀 미안한 짓을 했네.

아르바이트가 끝나고 바로 스마트폰을 확인했으면 좋았겠지만, 어디의 아르바이트 리더의 가시 돋친 지시 때문에 완전히 지쳐서 전혀 안 봤다.

이게 모두 다른 내용의 메일이었으면 그 녀석의 대단한 어휘력에 쫄았겠지만…. 응, 그런 일은 없었어. 미묘하게 다르지만, 기본적으로 전부 똑같은 내용이다.

「죠로, 아르바이트 끝났어? 오늘은 이만 잘 거야?」

그럼 대답은 하나면 되지.

「그래. 엄청 지쳤으니까, 오늘은 이만 잘래.」

이거면 됐지…. 아니, 벌써 답신이 왔나! 고작 30초 만에 대답하다니 빠르잖아….

「알았어! 아르바이트 수고했어! 잘 자!」

여전히 씩씩한 녀석이군. 히마와리도 연습으로 지쳤을 텐데….

「그래. 잘 자. 내일도 연습, 열심히 해.」

그럼 이번에야말로 내일을 대비해서 얼른… 어라?

잘 보니 딱 한 통은 다른 사람에게서 온 메일이었다. 그것도 모르는 메일 주소다.

어이, 나는 아르바이트로 지쳐서 자려고 하니까 이상한 이벤트는 좀 삼가 줘.

이상한 스팸 메일이면 무시하겠지만, 만일을 위해….

「폐점 시간까지 오지 않아서 그 책은 다른 손님에게 팔았다.」

그 메일을 본 순간, 눈앞이 캄캄해져서 나는 스마트폰을 툭 바닥에 떨어뜨렸다.

※

"왜 이렇게 됐지?!"

아침에 자신의 상황에 투덜대면서 전력으로 서점으로 향하는 나.

어제는 결국 한숨도 못 잤다.

그 책이 나 이외의 누군가에게 팔렸다는 사실이 너무 쇼크라서 잠을 이룰 수가 없었다.

그러니까 그 상황을 이용해 첫차를 탔다.

너무 이른 시간이니까 아직 서점도 열지 않았으리라 생각하지만, 그래도 가지 않을 수 없었다.

어쩌면… 만에 하나의 가능성이지만, 그 메일은 나를 독촉하기 위한 거짓말이고, 사실은 팔리지 않았을지도 모른다는 약간의 가능성에 매달려서….

"안 돼! 아직 닫혀 있어!"

당연하지만, 서점에 도착해도 셔터는 아직 닫힌 상태.

뿐만 아니라 주위 가게도 편의점 말고는 전부 닫혀 있었다.

"아! 왜 닫은 건데!"

그렇게 말한 뒤에 내가 부조리하기 짝이 없는 소리를 했다는 걸 자각하고 입을 다물었다.

…틀렸어. 그 책이 없으면 안 된다고!

그건 내가 팬지와 화해하기 위해 꼭 필요한데… 제길!

그 뒤로 시간이 조금 지나자 약간의 행운이 찾아왔다.

개점 30분 전에 서점 셔터가 열린 것이다.

그럼 민폐인 줄 알더라도 이대로 돌격해 주지!

"죄, 죄송합니다!"

"어어. 너…인가."

황급히 가게에 들어온 나를 보고 어딘가 나른한 얼굴을 한 아저씨.

아니, 표정만으로 판단하기엔 일러! 일단은 쇼케이스를….

"아… 아아…."

없다. …정말로 없다. 2주 전에는 있었던 그 책이… 팬지에게 새로 사 주려고 했던 그 책이 없어졌다….

"어쩌면 오늘 아침에 올지도 모른다고 생각은 했는데, 사러 온 다른 손님이 험악하게 굴어서… 넘겨줬어…."

아저씨의 말이 뒤에서 들렸지만, 거기에 반응할 여유는 없었다. 나는 그 자리에 주저앉아 멍해질 수밖에 없었다.

…왜지? 왜 이렇게 된 거야?

거의 다 됐잖아? 원래는 팬지의 책을 사서 내일 화해할 예정이었다.

그런데, 그게… 전부 다 불가능해졌다….

"괜찮아? 저기… 미안하다."

내 어깨를 두드리는 아저씨의 손의 감촉에 간신히 의식을 되찾았다.

힐끗 그쪽을 보니 미안하다는 눈으로 나를 보고 있었다.

"죄, 죄송합니다. 제가 잘못한 건데…."

"아니, 어제 안 왔던 건 무슨 사정이 있었던 거겠지? 나도 잘못한 거지…."

아니다. 잘못한 건 나다. 아저씨는 잘못이 없다.

내가 기한까지 사러 왔으면 끝나는 이야기였다.

매번 생각하지만, 난 정말로 마무리가 틀렸다.

"저기… 그 책을 파는 서점을 또 알고 계십니까?"

"몰라. 그건 꽤나 희소가치가 있는 책이니까. 일단 어젯밤에 내가 아는 서점들에 연락을 해서, 발견되면 네게 우선적으로 판매하도록 부탁했는데…."

"일부러 죄송합니다."

약속을 깬 건 난데, 그렇게까지 해 주다니….

그럼 나도 여기서 한탄할 때가 아니지. 그런다고 변하는 건 하나도 없다.

그 책은 이미 누군가가 사서 여기에 없다.

즉, 여기서 내가 취해야 할 행동의 후보는 두 가지.

하나, 책을 산 인물을 찾아내 양보받는다.

둘, 다른 서점을 돌아다녀서 같은 책을 찾는다.

어느 쪽을 택해야 할지는 생각할 것도 없다….

"혹시 찾거든 연락을 좀 주시겠습니까? 전 다른 가게를 돌아보러 갈 테니까요."

"그, 그래…. 알았어…. 힘내라!"

마지막으로 내게 성원을 보내 준 아저씨에게 인사를 하고 가게를 나섰다.

"응? 메일…. 어, 히마와리…인가."

순간 서점 아저씨의 메일인가 싶었는데, 히마와리라서 힘이 쭉 빠졌다.

어쨌든… 확인할까.

「있잖아! 죠로, 어디에 있어? 나, 죠로 만나고 싶어!」

그렇게 말해 주는 건 고맙지만, 애석하게도 히마와리랑 만날 만한 상황이 아니다.

「미안. 조금 급한 일이 있어서 못 만날 것 같아. 테니스부 활동, 열심히 해.」

재빨리 히마와리에게 메일을 보내고 나는 뛰었다.

제길! 왜 나는 실패만 하는 거지! 겨우 상황이 개선되었다고 생각했는데….

※

저녁 해를 배경으로 멍하니 길을 걷는 내 표정이 말하는 것은 하나…. 절망뿐이다.

…끝났다. 최악의 결말이다.

그 뒤로 몇 번이나 전철을 갈아타면서 시내를 돌았지만, 내가 찾는 책은 발견할 수 없었다.

어느 서점에도 없었다. 다시 말해 지금까지 나의 노력은 물거품.

문득 가방 안에 든 갈색 봉투를 보았다.

2주 동안 계속 아르바이트를 해서 번 돈. 츠바키에게 억지를 부려서 선불로 받은 돈.

어제 이걸 받았을 때는 정말로 기뻤다. 내 노력이 형태로 돌아 왔다고 처음으로 실감했고, 반짝반짝 빛나는 것처럼 보였다. 하지만 지금 그 빛은 사라지고 우중충하게 보였다.

…왜 이렇게 된 거지?

소용돌이치는 것은 분노와 스스로에 대한 짜증뿐.

더 일찍… 확실히 책을 손에 넣을 수 있도록 행동해야 했다.

나는 항상 그렇다. 중요한 때에 방심하고 실패한다.

이번에도 어제 중으로 아저씨에게 전화를 해서 책을 확보해 달라고 부탁하든가, 몇 시까지 가지러 간다고 전했으면 이렇게 되지 않았을지도 모른다.

내 열의를 더 보여 주었으면 아저씨도 어쩌면….

문득 카네모토 씨에게 들었던 말이 떠올랐다. '나중에' '뉘우치니까' 후회.

바로 그렇다. 나는 지금 이제껏 내 행동에 대한 뉘우침에 계속 시달리고 있다.

나중에 돌이킬 수 있는 실패라면 그래도 다행이다. 하지만 이건 이미 돌이킬 수가 없다….

팬지에게 뭐라고 말하면 좋을까….

"…어라?"

골목길을 돌아 들어가자, 우리 집 앞에 누군가가 있는 게 보였다.

흔들흔들하고 흐릿해서 누군지 잘 알 수 없지만…. 음? 웬지 이쪽으로 다가오는데.

"죠로, 겨우 왔네! 늦어!"

"어? 히, 히마와리?"

"그래! 나 히마와리야!"

정면에서 들려오는 밝은 목소리는 내 소꿉친구의 것.

탁한 눈인 나와는 정반대로 깨끗한 눈으로 생긋거리며 나를 바라보았다.

"진짜! 엄청 찾아다녔단 말이야!"

툴툴대며 화내는 모습을 가장하고 있지만, 기분이 좋은 모양이다.

기쁜 듯이 고개를 좌우로 흔들었다.

아니, 히마와리의 얼굴을 보니 떠올랐다. 내가 또 한 가지 실패했다는 사실을.

팬지의 책을 찾느라 열중해서, 이 녀석의 생일 선물을 못 샀군….

"나를… 찾았어?"

아니, 나는 바빠서 못 만난다고 메일을 보냈잖아.

"그래! 케이키 아줌마한테 물어봤더니 죠로가 나갔다고 그래서 한참 찾았어. 그래도 못 찾아서 집 앞에서 기다린 거야! 나 머리 좋지?"

어이, 잠깐만 있어 봐. 너는 오늘 시합 전의 마지막 연습일 아냐?

거기에 안 가고 계속 나를 찾고, 마지막에는 집 앞에서 기다렸다고?

"너는 왜 나를…."

"에헤헤헤!"

그 질문을 기다렸습니다! 라고 말하는 듯한 미소를 내게 보이며 히마와리는 가방을 부스럭부스럭 뒤졌다.

그리고 뭔가를 손에 쥐더니,

"짜잔! 이거, 죠로한테 줄게!"

그 순간 내 사고는 모두 멈춰 버리고 완전히 굳었다.

"어라? 왜 그래, 죠로?"

내 경악한 얼굴에 의문이 있는 걸까, 놀라서 고개를 갸웃거리는 히마와리.

하지만 거기에 반응할 수가 없었다.

5초 동안의 사고 정지 후, 또다시 회전하기 시작한 내 머릿속에는 또 다른 의문이 소용돌이쳤다.

왜 이 녀석이 **이걸** 가지고 있지?

왜 이 녀석은 내가 **이걸** 필요로 한다고 생각했지?

왜 이 녀석은 이런 짓을 했지?

생각하면 생각할수록 깊어지는 의문 속에서 딱 하나 깨달은 게 있었다.

히마와리였다.

나보다 먼저 **그곳**에 가서 **이걸** 손에 넣었던 것은.

아주 험악한 얼굴로 아저씨를 몰아세워서 **이걸** 손에 넣었던 것은.

지금 이 녀석의 작은 두 손이 움켜쥔 것은 한 권의 책. 그래….

팬지의 책을 샀던 것은 히마와리였다.

"죠로, 그렇게 멍하니 있으면 재미없어! 자, 얼른, 얼른!"

방긋방긋 웃으면서 나에게 책을 들이미는 히마와리.

힘없는 손으로 멍하니 내가 그걸 받자, 한층 미소가 깊어졌다.

"해냈다! 힘들었거든! 서점을 열심히, 열심히 돌아다녀서, 겨우 찾았어! 아저씨가 착한 사람이라서, 열심히 부탁했더니 팔아 줬어!"

자랑스럽게 자신의 무용담을 말하는 히마와리.

분명히 이 녀석의 험악한 얼굴이라면 굉장했겠지. 아저씨가 판 것도 이해가 된다.

…잠깐만. 이 녀석은 지금 '열심히, 열심히 서점을 돌아다녔다' 고 말했다.

그렇다면 다시 말해 찾아다닌 것은 어제뿐만이 아니라는 소리?

"어이, 히마와리. 지금 열심히 찾았다고 했지…. 언제부터 찾 았어?"

"어?! 어어, 그게… 어제부터…."

시선이 오른쪽으로 1초, 왼쪽으로 2초…. 이 녀석, 역시 어제 하루 동안만 찾은 게 아니군.

그 전부터 테니스부 연습을 빼먹으면서 이 책을 찾은 거다.

"왜 그렇게까지 했어?"

"하지만 죠로가 이 책을 갖고 싶어 했잖아! 그래서!"

내 노기 어린 말투에 다소 당황했는지, 히마와리도 반쯤 역정 내는 어조로 말했다.

모른다…. 이 녀석은 모르는 거다….

팬지의 책이 엉망이 된 계기가, 자기가 가방을 던졌기 때문이란 것을….

그런데도 이 녀석은 나를 위해 책을 찾아 주었다….

중요한 시합이 있는데 연습을 쉬어 가면서….

손에 넣은 후 바로 건네주려고 어젯밤에도 우리 집을 찾아오고, 오늘도 계속 나를 찾았다.

"이거, 비쌌을 거 아냐? 그런 돈…."

"괜찮아! 나 저금 많이 했어!"

아아…. 안 좋은 일은 함께 온다고 하는데…. 역시 그렇군.

10만 엔이나 하는 책. 그걸 히마와리가 샀다. 고등학생에게는 꽤 큰 액수다.

그게 사실 히마와리가 어디에 쓰려고 했던 돈인지 알 수 있었다.

낡은 테니스 라켓을 새로 사기 위해 이 녀석이 열심히 모았던 돈.

그걸 희생해서 히마와리는 이 책을 샀다….

"후···. 후···."

"어? 왜 그래, 죠로?"

머리에 대량의 열기가 돌았다. 몸이 이상할 정도로 떨렸다.

지금까지 계속 참아 왔던 감정이 단숨에 폭발하는 전조를 나도 느꼈다.

하지만 느껴도 막을 수가 없었다. ······이제 한계다.

"웃기지 말란 말이야! 히마와리!!"

"···어? 왜?"

이웃에게 민폐가 되는 것도 생각하지 않고 전력으로 고함을 지르는 내게 히마와리가 곤혹스러운 얼굴을 했다.

이 녀석은··· 이 녀석은, 대체 무슨 짓을 한 거야!

책이 손에 들어오지 않는 것이 최악의 결말이라고 생각했다. 하지만 그게 아니었다.

그보다 훨씬··· 비교도 되지 않을 정도로··· 최악의 결말이었다.

히마와리가 나를 위해 며칠이나 연습을 쉬었다.

히마와리가 테니스 라켓을 살 돈을 희생해서, 나를 위해 책을 샀다.

나 때문에··· 히마와리는 지금까지의 노력을 버리려고 했다···.

"너, 너는 무슨 짓을 한 거야! 나 같은 건 놔두고 지금은 테니스를 우선하라고 했잖아?! 너 연습 빼먹었지?! 라켓 살 돈을 쓴 거지?!"

"하, 하지만… 죠로가 힘들어했잖아! 그러니까 난….”

"하지만이고 뭐고! 내가 힘들어했다고? 그런 걸 어떻게 아는데?! 네가 그런 걸 어떻게 안다고!”

내가 그렇게 말하자, 히마와리의 눈이 순식간에 동그래지더니 다음 순간 날카로워졌다.

"우우우! 아, 알아!!”

울상을 하며 나를 노려보고 소리치는 바람에 나도 모르게 한 발 뒤로 물러났다.

왜 이 녀석은 이렇게 고집을 부리는 거지?

"나도 알아! 난 분명히 알아! 죠로랑 나는 소꿉친구야! …그러니까 알아! 죠로, 거짓말 할 때 하는 버릇이 있어! 전에 그 책에 대해 물었더니 '대단한 거 아냐'라면서 나한테 거짓말 했어! 그러니까 대단한 거라는 걸 알았어!”

"내, 내가 거짓말을 할 때의 버릇이라고…?”

그 말에 나도 무심결에 납득했다.

나는 히마와리가 거짓말을 할 때의 버릇을 안다. 즉, 그건 반대의 경우도 가능하다.

4월까지 거짓된 모습을 하고 있던 나지만, 그건 어디까지나 연기였을 뿐.

거짓말을 할 때의 버릇은 따로 존재하겠지. 그걸 이 녀석은… 알고 있었다.

"내가 제일이야! 썬보다도, 팬지보다도, 코스모스 선배보다도, 츠바키보다도, 훨씬, 훨씬… 훨~씬! 죠로랑 같이 있었던 건 나! 내가 제일이야! 죠로, 최근 기운 없었어! 도서실에서도 풀 죽어 있고, 책 이야기가 나오면 더 풀 죽었어! 그래서 알았어! 죠로는 그 책이 필요하구나 하고! 새 책을 갖고 싶구나 라고! 그러니까 내가 사기로 했어!"

이 녀석… 거기까지 알고….

"지금까지 내가 폐를 끼쳤던 죠로를, 마음씨 착한 죠로를, 소중한 죠로를 돕는 건 나야! 그런데 왜?! 왜 죠로는 기뻐하지 않아? 왜 나한테 화를 내는 거야!"

순간 물러날 뻔했다가 가까스로 버티고 한 발 앞으로 나섰다.

"다… 당연하잖아! 내가 말했잖아! 나는 네가 열심히 테니스를 하길 바랐어! 테니스에 집중했으면 했어! 그런데 왜 나를 우선한 거야?! 나 같은 건 우선하지 않아도 되는데!"

"테니스도 소중하지만, 죠로도 마찬가지로 소중해! 그러니까…."

"나는… 나보다도, 네가 중요하다고!"

"…어?"

"열심히! 계속해서 매일 노력했잖아?! 즐거운 일을, 좋아하는 것을, 열심히 해 왔잖아? 그걸 왜 날려 버리려는 거야!"

중학교 1학년, 견학할 때 흥미를 품은 것을 시작으로 열심히 매진했던 테니스.

처음에는 마음대로 안 된 적도 많아서, 히마와리는 곧잘 내게 푸념을 늘어놓았다.

그래도 서서히 실력이 늘고 주전 자리를 따냈을 때, 자랑스럽게 히마와리는 말했다.

분할 때는 울고, 기쁠 때는 웃고, 정말로 테니스를 좋아한다는 게 전해져 왔다.

그것이 부러웠다. 열중할 수 있는 것이 있고, 숨김없이 거기에 도전하는 이 녀석을 동경했다.

그리고 그 최고의 무대가 바로 코앞인데….

"왜! 왜 나를 우선한 거야?! 나는 네 소꿉친구잖아? 네가 얼마나 테니스를 좋아하는지는 다 안다고! 그런데 왜 나를…. 그런 짓을 한다고 기뻐할 리가 없잖아!"

"아, 아…."

"나는 네가 노력하는 모습을 보는 걸 좋아했어! 네가 기쁘게 웃는 걸 보는 게 좋았어! 응석받이에 말도 안 되는 소리나 하고… 하지만 열심히 노력하고! 그런 너를 지켜보고 싶어! 그런데 왜 나 같은 걸 위해… 소중한 것을… 버리는 거야….."

"거짓말! …이 아냐? 죠로, 정말로 그렇게 생각하네….."

내 얼굴이 아닌 어딘가를 보며 히마와리가 멍하니 말했다.

문득 냉정해진 머리로 '아뿔싸' 싶었다.

내가 무슨 짓을 한 거지? 화내기 전에 해야 할 말이 있지 않았던가.

그런데 그걸 뒤로 미루고 히마와리에게 고함이나 지르다니….

"미… 미…."

이런. 히마와리는 필사적으로 참고 있지만, 눈에는 눈물이 고였다.

지금 당장이라도 사과….

"미안해애애애애애!!"

내가 해야 할 말을, 눈물을 펑펑 흘리면서 히마와리가 외쳤다.

아냐…. 아냐, 히마와리…. 내가 잘못한 거야….

"미안해…. 미안해… 죠로…."

두 손으로 눈을 비비며 눈물을 닦지만, 거기에는 아무런 의미도 없다. 계속해서 흘러내리는 눈물을 감추고 싶었을까, 단순히 자기 마음을 전하고 싶었을까. 어느 쪽인지는 모르지만 내 등에 손을 두르고 가슴에 얼굴을 묻었다.

"미안…. 나도 말이 심했어…. 정말로 미안해…."

머리를 붕붕 흔들어서 내 말을 동작으로 부정하는 히마와리.

"아냐… 죠로는 나쁘지 않아…. 내가 나빴어. 미안해…. 미안. 또 폐 끼쳐서… 우아아아앙!"

기뻤다…. 정말로 기뻤다.

물론 화는 났다. 하지만 히마와리가 나를 위해 그렇게까지 해준 것이 솔직히 기뻤다.

"난 걸핏하면 죠로한테 폐나 끼치고…. 항상 도움만 받고…. 그러니까 이번에는 안 그러려고…. 하지만… 미안해~ 죠로…."

"……그렇지…… 않아…."

"으응?"

"히마와리가 책을 사 준 건 기뻤어. 그야 화도 났지. 하지만… 아주 기뻤어. 히마와리랑 소꿉친구라서 다행이라고 생각했어."

"…흑! 흑! …진짜?"

눈물로 엉망이 된 얼굴을 내게 보이며 살짝 두려움이 섞인 시선을 보내 왔다.

왠지 그 얼굴을 보기가 창피해서 그만 고개를 돌렸다.

"정말이야. 너는 내가 거짓말 할 때의 버릇을 알잖아?"

"……정말이다~"

나한테 무슨 버릇이 있는지는 모르겠지만, 히마와리는 내가 거짓말을 하는 건지 아닌지 아는 모양인지, 기쁜 기색으로 내 가슴에 자기 이마를 콩 하고 부딪쳤다.

왠지 그 모습이 귀여워서 머리를 쓰다듬어 주었더니 등에 두른 팔에 더 힘이 들어갔다.

"에헤헤~ 다행이다~"

정말로 이 녀석은 알기 쉬워.

소꿉친구니까 아는 면도 물론 있지만, 원래 성격탓인 것도 있겠지.

아직 눈물은 멎지 않은 모양이지만, 분명 그건 슬퍼서가 아니다.

"도와줘서 고마워, 히마와리."

"뭘 또~ 천만의 말씀!"

눈물로 엉망이 된 히마와리의 목소리는 이러니저러니 해도 내 가슴에 울렸다.

나는 정말로 어디에나 있는 평범한…

제 7 장

일요일. 나는 당초 약속대로 히마와리의 시합을 응원하러 왔다.

물론 나 혼자만 온 게 아니다.

썬, 코스모스, 츠바키, 그리고 팬지도, 모두가 히마와리를 응원하러 왔다.

"아! 다들!"

테니스복을 입은 히마와리가 우리의 존재를 알아차린 듯 기쁜 얼굴로 이쪽으로 다가왔다.

"히마와리, 지지 마!"

"응! 고마워! 썬!"

"너무 긴장하지 말고. 평소와 같은 마음가짐이 좋아."

"네! 코스모스 선배! 열심히 할게요!"

일단은 썬과 코스모스가 히마와리에게 격려의 말을 보냈다.

이어서 츠바키가 히마와리의 두 손목을 가만히 보며,

"히마와리, 그거 잘 어울리네."

"응, 고마워, 츠바키! 이 리스트밴드, 소중히 아낄래!"

두 손목에 한 붉은 리스트밴드를 츠바키에게 자랑하는 히마와리.

그건 토요일 밤에 츠바키가 히마와리를 찾아가서 조금 이른 생일 선물이라며 건네준 것이다. 왜 그런 걸 준비했는지 츠바키에게 확인했더니, '최소한의 사죄랄까. 내 실수로 너희에게 폐를 끼쳤으니까'라며 다소 장난스러운 얼굴과 함께 대답이 돌아왔다.

그 말을 듣고 등골이 조금 서늘했지만, 참뜻은 아직 확인하지 않았다.

"히마와리. 오늘 시합이 끝나거든 맛있는 과자를 준비했으니까 기대해 줘."

"정말?! 와아! 기대할게!"

팬지는 생일 선물이 아닌 모양이지만, 시합 후를 대비해 과자를 준비한 모양이다. 항상 가지고 다니는 두루주머니에서 해바라기 모양의 쿠키를 보여 주었다.

조금 먹고 싶다는 마음이 들었지만, 저건 히마와리를 위한 쿠키다.

애초에 쿠키를 조르기 전에 팬지와 해야만 할 일이 있고….

"저기, 죠로!"

"응, 왜?"

나를 제외한 네 사람과의 대화가 끝났을 때, 히마와리가 내 앞으로 와서.

하얀 이를 반짝반짝 빛내면서 꽤나 속 시원한 미소와 함께 내 손을 잡았다.

"있잖아, 하나 가르쳐 줬으면 하는 게 있어!"

"나한테? 뭔데?"

"…죠로는 지금 좋아하는 사람 없어?"

그 질문은 저번 화무전에서 히마와리와 춤추던 도중에 들은 질문과 같은 내용이었다.

그때는 무대 위라서 단둘이었지만, 지금은 다르다. 모두가 있다.

기분 탓일지도 모르지만, 약 두 명에게서 살짝 긴장한 시선이 날아오는 듯한데….

하지만 그렇더라도 내 대답은 변하지 않는다.

"…없어."

뭐, 조금 신경 쓰이는 녀석이라면 없는 것도 아니지만, 그래도 명확하게 좋아한다고 말할 수 있을 정도의 감정은 품지 않았다. 살짝 머릿속을 스친 만큼 대답이 늦었지만….

"그래!"

히마와리가 씨익 웃고 내 손을 잡는 힘이 꾸욱 강해졌다.

그래, 그래. 이것도 저번과 같은 패….

"그럼 나랑 똑같지 않네!"

어라? 이건 저번하고 다른 대사인 것 같은데….

응? 이 녀석은 왜 내 옆으로 뚜벅뚜벅 이동하는 거지?

"에헤헤! 그럼 정직하게 가르쳐 줬으니까 상을 줄게!"

"어? 상이라니… "에잇!" …뭐야?!"

"앗!"

"!"

나와 코스모스가 놀란 소리를 내고, 팬지의 몸이 살짝 흔들렸다.

썬과 츠바키도 히마와리의 행동에 놀란 모양이지만, 애석하군. 내가 누구보다도 제일 놀랐다고 자부할 수 있다.

그도 그럴 것이. 히마와리는 내 옆으로 다가오더니 그대로 어깨를 눌러서 자기 쪽으로 내 얼굴을 끌어당기고 뺨에… 뭐, 그걸 했으니까.

내 얼굴도 뒤지지 않겠지만, 히마와리의 얼굴도 굉장하다. 새빨갛다.

그런 자기 표정을 숨기고 싶었을까, 얼굴 앞에 라켓을 내밀었다.

반짝반짝한… 새 테니스 라켓을….

"죠로, 생일 선물 고마워! 이거 소중히 쓸게! 계속, 계속… 계~속 소중히! …보물로 삼을 테니까!"

그 뒤에 히마와리와 화해한 나는 이 녀석을 데리고 스포츠용품점으로 갔다.

다행스럽게도 아직 폐점 시간 전이었기에 거기서 나는 생일 선물로 히마와리에게 라켓을 사 주었다. 솔직히 팬지의 책과 거의 같은 액수라서 놀랐지만, 그건 문제없음.

이 녀석은 내게 팬지의 책을 새로 사 주었다. 그럼 그 대신 내가 히마와리의 라켓을 사면 된다. 소꿉친구니까 이 정도야 당연하다.

"그, 그럼 다녀올게! 난 안 질 거야! 팬지, 코스모스 선배!"

그 말이 시합을 의미하는 건지, 아니면 다른 의미인지, 그것은 알 수 없었다.

하지만 알 수 있는 것도 있다.

히마와리가 가 버린 지금, 표정을 보기가 무서운 사람이 두 명 정도 있다는 사실이다.

"…그래."

팬지, 아직 기분이 나아지지 않은 건 알겠는데, 그렇다고 해도 그 목소리가 너무 무섭다.

"우, 우우! 히마와리까지! 아, 아니, 하지만 나도 뭐라고 할 처지는 아니고… 힘내야지! 일단은 죠로의 공부 플랜을…."

코스모스, 의욕과 함께 노트를 꺼내면서 나에게 불온하기 짝이 없는 소리를 하지 말아 줘.

※

오늘 시합, 속으로는 꽤나 벌렁벌렁했지만, 내 걱정은 필요 없었다.

새로운 라켓을 한 손에 들고 활짝 웃으며 플레이하는 히마와리는 멋지게 시합에 승리.

무사히 다음 시합 진출권을 따냈다. 이대로 전국대회까지 가면 최고다.

정말로 다행이다…. 웃는 히마와리를 보는 건 기분 좋지만, 시합에 이긴 뒤의 녀석의 미소는 특히나 각별하다. 그 뒤에 카페에서 간단한 축하 모임을 가지고 우리는 해산.

모두와 헤어졌을 때, 나는 몰래 팬지에게 메일을 보내서 인적 없는 공원에서 다시 합류했다. 가능하면 앉아서 이야기를 하고 싶었지만, 공원에서 앉을 만한 것은 **녀석**밖에 없기에 기각.

선 채로 이야기하는 방향으로 하기로 했다.

"그래서… 이렇게 인적 없는 장소에 나를 불러내서 뭘 하려는 걸까?"

"…일단은 이걸 받아 줘."

생각한 것도, 말하고 싶은 것도 많이 있지만, 일단은 이것부터 해야겠지.

가방 안에서 엉망이 된 책과 반짝거리는 새 책을 꺼내 팬지에게 건넸다.

이것이 가장 중요한 미션이다.

"어머. 두 권이나 주다니, 달팽이에 필적하는 속도로밖에 읽지 못하는 당신치고 제법 애썼네."

"아무리 그래도 그렇게 느리진 않아…."

평소라면 팬지의 독설에 어느 정도 저항하겠지만, 아직은 그럴 수 없다.

오늘의 목표는 할 수 있는 데까지 관계를 회복하는 거니까.

"그리고 말이야… 팬지."

"왜?"

두 권의 책을 건넨 것으로 중요 미션을 마쳤지만, 그건 어디까지나 스타트 지점.

지금부터가 본론이다.

"저번에는 미안했어. 나 스스로에게 자신이 없어서, 빚을 지기 싫어서 고집 피운다는 점을 찔러서 동요하는 바람에… 너한테 화풀이를 했어. 게다가 그 상태로 지금까지 기다리게 한 것도…."

"그래. 알고 있어. 그래서 아주 슬펐고 외로웠어."

"으윽! …뭐, 그랬으니까 내 나름대로 생각했어."

잠시 숨을 들이마시자, 나와 팬지 사이에 묘한 침묵이 흘렀다.

이다음에 할 말에 팬지가 만족한다는 보증은 없다. 하지만 그래도 전력으로 가자.

한순간의 부끄러움을 두려워하여 기회를 놓치는 짓은 절대로 하지 않는다.

"나한테는 자랑할 만한 게 하나도 없어. 대단할 것 없는 겉모습, 특징 없는 재능. 그게 나야."

"자기 분석은 완벽해. 그걸 특기로 삼든가?"

"시끄러! 아무튼! 뭐, 나는 역시 한심한 놈이야. 아무리 네가 뭐라고 하든 나 스스로에게 자신감을 가질 수 없어. 분명히 말해서 아무것도 없으니까. 하지만 소중한 건 있어. 그러니까….."

"그러니까?"

"그 소중한 것을 열심히 지켜 나가기로 했어."

그때 아저씨에게 말했던 결의를 팬지에게 진지하게 전했다.

썬, 코스모스, 히마와리, 츠바키….. 그리고 팬지. 그 녀석들과 나를 비교하면서 스스로를 비하해도 의미는 없다. 그런 짓을 해도 변하는 건 하나도 없다.

그러니까 모두를 최대한으로 돕도록 하자. 내가 할 수 있는 일을 최대한 하자.

"…그래. 알았어."

좋아! 어쩐 일로 솔직하게 팬지에게 내 마음을 전할 수 있었다!

후후훗! 하지만 팬지. 내 성장은 이걸로 끝이 아니니까!

"그리고 너한테 거짓말을 했어. 집에서 네 진짜 마음을 말하라고 할 때, 그만 울컥해서 돌아가라고 했는데 그건 아니었어. 사실은….."

"사실은?"

어라? 잠깐만. 성장 방향이 이상하지 않나? 이거 무진장 부끄러운 전개 아냐?

팬지 녀석이 아주 덥석 화제를 물었잖아? 안경이 무진장 빛나고 있잖아?

"저기… 어어… 사실은… 너랑… 같이….."

이거 위험한 거 아냐? 어? 뭐야 이거? 왜 이렇게 됐지?

"…후후."

머뭇거리고 있자, 팬지가 기분 좋은 듯이 미소를 지었다.

양 갈래로 땋은 머리에 안경을 쓴 모습이라고는 생각할 수 없는, 경이적인 파괴력을 가진 부드러운 미소였다.

"어쩔 수 없으니까 그 새빨간 얼굴을 봐서 이번에는 그 정도로 용서해 줄게."

휴우우우우! 팬지가 어쩐 일로 다정한 기색이라 다행이다! 눈 감아 줘서 다행이다!

"용기를 내서 애썼잖아. 장해, 죠로."

살짝 발돋움을 해 내 머리를 부드럽게 쓰다듬는 팬지.

어린애 취급당한 기분이라서 복잡했지만, 그 행동 자체가 팬지 나름대로의 화해의 증거라는 걸 알기에 손을 뿌리치지 않았다.

…다행이다~ 팬지가 용서해 줘서 정말로 다행이다.

"하지만 모두를 돕기만 하고, 당신 자신은 괜찮을까?"

"괜찮아. 지금으로선 그게 내가 가장 하고 싶은 일이니까. 게다가 나처럼 아무것도 없고 시간만 남아도는 놈은 언제든지 부담 없이 좋아하는 일을 시작할 수 있어. 그러니까 지켜봐. 내가

꿈이나 목표를 가지면 엄청 대단해질 테니까."

"그래. 기대하고 있을게."

"그래. 기대하고 있어."

크크큭. 팬지, 얕보면 곤란하다.

그 정도의 부담감, 지금의 나라면 아주 간단히 견뎌 낼 수 있지!

"그래. 이렇게 용기를 가진 당신이라면 사태를 잘 수습하기 위해서 모두의 호의를 거절하는 일도 없어질 거고."

아! 잠깐! 그건 안 되잖아! 견뎌 낼 수 있을지 미심쩍은 거니까!

"다음부터는 자신의 마음에 확실히 따라서, 필요하다고 판단하거든 호의를 거절해 줘. …내 호의를 거절한다면 아주 쓸쓸하겠지만."

다정한 듯하면서도 인정사정없네…. 이 압박감은 꽤나 힘들다….

"그럼 지금부터는 내 차례네."

"어?"

그건 또 뭐야? 팬지의 차례라니…. 이 녀석은 딱히 잘못한 게 없잖아.

솔직히 이번 사건은 순도 100퍼센트로 내가 잘못했다는 자신이 있다.

"…이번 일로 나는 내 자신이 조금 싫어졌어."

거짓말이지, 어이. 포지티브 싱킹이 특기인 이 녀석에게서 네거티브한 발언이라니….

"네가 너 자신을?"

"사실 난 말이지, 츠바키를 조금 질투했어. 죠로와 같은 반이고, 내가 함께 있을 수 없는 시간에도 죠로와 함께 있을 수 있는데, 방과 후까지 죠로와 함께 있다는 게 너무 분했어. 내 나름대로 열심히 노력해서 간신히 죠로와 함께 있는 시간을 많이 만들었잖아? 그런데 그 소중한 시간을 그렇게 간단히. 그래서 비겁한 수를 썼어."

"…비겁한 수라니?"

"그래. …내 진짜 모습 말이야."

아니, 무슨 소린지 모르겠거든? 진짜 모습이 어쨌다고?

"당신이 나의 진짜 모습을 좋아한다는 것을 아는 나는 그걸 이용해 당신을 되찾으려고 했어. 저번에 당신 집에 갔을 때 말이야. 그 모습인 내가 부탁을 하면, 평소에는 부탁을 들어주지 않는 당신이 부탁을 들어줄지도 모른다고 생각하고…."

"그거 아쉽게 됐군. 그건 그거. 이건 이거야."

어차피 속은 똑같잖아. 난 팬지의 외견을 보고 싶을 뿐인걸.

그 정도로 내 생각까지 바꿀 순 없단 말이다.

"그래. 그걸 통감했어. 그리고… 그런 짓을 해서 미안해. 말에는 거짓이 없었지만, 당신을 내 밑으로 되돌리고 싶다는 더러운 생각도 사실은 있었어…."

팬지가 내게 사과하다니, 네거티브 발언 이상으로 놀랍다.

엄청나게 풀 죽은 모습이고…. 큰일이네…. 땋은 머리에 안경 주제에 묘하게 귀엽다.

"별로 상관없지 않아?"

이대로 가까이 있으면 안아 버릴 것 같았기에, 한 발 물러나고서 한마디.

여기서 팬지가 한 걸음 다가오지 않는 것을 봐도 이 녀석이 얼마나 풀 죽었는지 알 수 있었다.

"아니, 나는 그편이 좋다고 생각해."

"응?"

"저기… 이 기회에 솔직하게 말하겠는데, 나는 네가 좀 기분 나빴어. 항상 나에게 있는 그대로의 감정을 부딪치고, 전혀 굽히질 않고. 뭐라고 할까… 괴물 같은 느낌이라서 인간이 아니지 않나? 싶었을 정도야."

"그건 아무래도 너무 심한 말 아닐까?"

아, 조금 퉁명스러워졌다. 울컥하는 모습이 재미있다.

"뭐, 나는 삐딱한 녀석이니까. 표리 없이 자신의 좋은 면도 나쁜 면도 내보이는 녀석을 신용할 수는 없어. 물론 그런 녀석이 싫은 게 아냐. 다만 어딘가 주저하게 되는 거지."

나도 마찬가지이지만, 그렇게 매력적인 코스모스, 히마와리, 아스나로… 게다가 저 썬마저도 모두에게는 보여 줄 수 없는 더러운 면이 있었다.

　그것을 포함해도 나는 모두와 친하게 지내고 싶은 마음이다.

　나와 파장이 맞는 녀석이라면 그런 면도 받아들여서 어울려 지낼 수 있다.

　당연한 소리지만, 동전의 앞면밖에 없을 만큼 완벽한 인간은 이 세상에 없다.

　더러운 부분과 깨끗한 부분. 그것을 양립시킨 모순을 가져야 비로소 인간이다.

　"그러니까 잘된 거야. 너는 인간이고, 더러운 생각도 가졌다는 걸 알아서 안심했어. 어, 착각은 하지 마라? 딱히 나는 M도 아니고, 더럽게 살고 싶다는 마음도 없으니까. …아니, 애초에 나는 네가 나름 싫거든? 이제 와서 더러운 면을 알았다고 해도 큰 영향은 없어."

　"…당신이 아까 말한 대로 됐네."

　"응?"

　그 대답은 또 뭐야? 내가 아까 말한 대로 됐다니, 무슨 의미야?

　이 녀석의 새로운 일면을 알았다고 생각했더니, 그와 동시에 영문 모를 말도 튀어나왔군.

너무나도 의미를 모르겠어서 고개를 갸웃거리자, 어째서인지 팬지가 웃었다.

어떻게 오늘의 팬지는 땋은 머리에 안경 주제에 이렇게 눈에 띄게 귀여울 수 있지?

"전보다 더… 내가 당신을 **정말 무지무지하게** 좋아하게 되었어."

"그, 그런 소리를 태연하게 하지 마!"

역시나 이 녀석은 괴물이다. 응, 인간이 아냐. 용케 이런 소리를 할 수 있군.

나라면 절대로 못 한다. 말한 순간 창피해서 죽는다.

"그런데, 이 책은 분명히 다 읽어 주었어?"

방금 전의 발언으로 자폭한 걸까, 어딘가 부끄러운 듯이 화제를 돌리는 팬지.

내가 건넨 책 중 낡고 엉망이 된 쪽을 가리키며 물었다.

"당연하잖아. 너 그때는 안 읽어도 된다고 했지만, 그러면 의미가 없잖아. …새로 사지 않아도 된다고 한 의미는 알겠지만."

책을 읽어 나가면서 쫄았다고. 설마 마지막에 **그런 장치**가 있었다니….

뭐, 이제 와서 돌이켜 생각하면 '무리해서' 읽지 않아도 된다는 말은 무리가 아니라면 읽어 달라는 의미였겠지.

참나…. 여전히 사람 귀찮게 말을 뱅뱅 돌려서 하는 녀석이다.

"그래. 그러고 보니 당신이 읽어 줄지도 모른다고 기대했어. 이것도 비겁한 수네."

칫. 팬지 나름대로 도박을 했고, 나는 거기에 제대로 걸려든 건가.

다음부터는 안 읽어도 된다고 하면 절대로 읽지 말아야지….

"그래서 책의 감상은?"

"뭐, 나쁘지 않았어. 꽤 재미있었어."

"꽤나 추상적이네. 조금 더 어휘를 늘리는 편이 좋아."

"시끄러. 내 감상에 기대하지 말라고 했잖아."

"그럼 다른 쪽의 감상은?"

내 감상**에는** 만족했는지, 팬지가 팔랑팔랑 책을 넘기기 시작했다.

역시 그렇게 나왔나. **그것**의 감상을 물을 생각이군….

…그래. 이 녀석은 이 책에 한 가지 특별한 수를 써 놓았다.

읽어 가다 보면 나타나는 책갈피 하나. 이것도 책과 마찬가지로 구겨지고 엉망이 되어 버렸지만, 일부를 제외하면 확실히 읽을 수 있었다. 거기에는 이렇게 적혀 있었다.

「내가 정말로 난처해지면 당신은 도와줄 거야?」

참나…. 이런 괜한 '공통의 화제'를 내게 제공하다니, 이 녀석은 정말로 귀찮기 짝이 없다. 대체 이 녀석이 난처해질 상황이란 게 전혀 상상이 가지 않고, 그렇게 되었을 때에 무슨 도움이 될지는 전혀 모르겠다.

뭐… 대답이야 정해져 있지만.

대단한데, 반짝거리는 눈으로 이쪽을 바라보고…. 귀찮아….

"그때 한가하면. 애석하게도 나는 여러모로 바쁘니까 그렇게 기대는…."

"어디의 누구 씨는 아까 '시간이 남아돈다'고 말했어."

"……어디 보자, 나는 츠바키랑 아르바이트 시간에 대해 이야 기를 좀 해야 하니까, 슬슬 가 볼게. 다음에 보자, 팬지."

"알았어. 그리고 츠바키와의 이야기 말인데, 지금의 당신이라 면 분명 괜찮아."

아니, 왜 아르바이트 시간을 정하는 것뿐인데, 그런 격려를 받 아야 하지?

왜지? 나는 지금부터 전장에라도 가는 건가?

약간이나마 팬지를 이해했다고 생각했는데, 또 알 수 없어졌 다.

수수께끼를 하나 줄여도, 아직 끝이 보이지를 않는다….

※

팬지와의 관계를 무사히 회복한 나는 선언한 대로 츠바키의 가게로.

무사히 목표 금액은 달성했다. 그러니까 어제까지의 아르바이트 삼매경이던 나날과는 작별이다.

　이제부터는 아르바이트하는 날을 조금 줄이면서 여름 방학을 위한 돈을 모으자.

　"아, 죠로. 팬지와 무사히 화해했어?"

　사무실에 들어가는 것과 동시에 서류 정리를 하던 츠바키에게서 굉장히 대답하기 곤란한 질문이 날아왔다.

　걱정해 주는 건 고맙지만, 자세히 대답하고 싶지 않기에 간략하게 말하자.

　"뭐… 일단은."

　"그럼 다행이네. 그리고… 아르바이트 시간 이야기지?"

　"그래. 미안하지만, 내가 일하는 날을 조금… 아니, 꽤 줄여 줄 수 없을까?"

　갑자기 매일 아르바이트 하던 녀석이 아르바이트 시간을 줄인다면 츠바키에게 폐가 가겠지~

　하지만 이대로 아르바이트 삼매경이면 학업에 지장이 생기고, 그걸 어디의 학생회장에게 들켰다간 여러 의미로 무서운 일이 생길 것 같고….

　"응, 괜찮지 않을까. 조금 있으면 기말고사니까. 공부도 열심히 해야지."

　좋아! 이걸로 내일부터는 평범하게 도서실에 드나들 수 있어!

아, 하지만… 날에 따라서는 안 되는 날도 있을지도. 그 점은 팬지에게 허락을 받을 수 있기를 빌고 힘내자.

"그런데 죠로. 그것과는 별도로 내가 말하고 싶은 것이 있는데…."

어라? 무슨 일이지, 츠바키? 어쩐지 조금 부끄러워하는 기색인데.

으음, 설마… 아니, 설마~

"상관없어. 그래서… 무슨 일이야?"

"전부터 생각하고 내 나름대로 죠로에게 봉사하면서 행동으로 보였지만, 좀처럼 전해지지 않으니까. 직접 말하기로 했어."

아니, 잠깐 기다려! 지금 마음의 준비를 할 테니까!

좋아, 마음의 준비가 됐다! 언제든지 고백 OK! 아니, 이거 전에도 썼나?

레퍼토리를 더 늘려야겠는데….

"……너는 슬슬 확실히 각오를 하는 편이 좋을 것 같아."

어라?! 혹시 이거 꽤나 빙 둘러서 말하는 건가?!

"어, 어어… 그건 나에게 고백하는 의미로?"

"무슨 소리야? 전혀 아니야."

돌려줘! 내 마음의 준비에 들인 노력을 돌려줘! 무진장 두근거렸으니까!

그야 츠바키와는 관계없을지도 모르지만! 그래도 좀 돌려줘!

"정말이지 너는 속을 알 수가 없어. 진심으로 하는 말이거든?"

나는 네 발언을 잘 모르겠다. 해설 플리즈.

"하아…. 그럼 처음부터 말할게. …처음에 묘하다고 생각한 건 내가 전학 온 첫날. 죠로가 학교를 안내해 주던 때야. 그때 너는 스스로를 '잘난 것도 없는 녀석'이라고 했어. 그게 왠지 마음에 걸려서 가만히 지켜보았더니, 그 뒤에 도서실에서도 너는 스스로를 낮추어 보는 면이 눈에 띄었고 모두의 앞에서 자신은 조역에 어울린다며 계속 비하했잖아? 스스로에게 절대적인 자신감을 가진 사람은 적다고 생각하지만, 너처럼 전혀 없는 사람은 더 적을 거야. 그래서 생각했어. 어쩌면 죠로는 일부러 눈을 돌리는 게 아닐까 하고."

"눈을 돌려? 저기, 그랬을지도 모르지만, 지금은 확실히 나 스스로와 마주 보고…."

아저씨한테도, 팬지에게도 선언했던 대로, 나는 이제부터 열심히 노력할 생각이야.

그건 이미 해결된 이야기 아닌가?

"그쪽이 아냐."

"그쪽이 아니다? 그게 무슨 의미야?"

"네가 눈을 돌리는 것은…… 너를 소중히 생각하는, 주위의 마음일까."

"아!"

이거 위험한 게 왔군⋯. 큰일이다. 정말 옳은 말씀입니다만, 그걸 인정하는 건⋯.

"그래서 나는 모두에게 승부를 청했다고나 할까. 그러면 분명히 알아주리라고 생각하고. 너는 모두에게 사랑받는 대단한 사람이라고."

"아, 아니⋯ 그건 녀석들이 그냥 좋은 사람들이니까. 모두에게 평등하게⋯."

"그럴 리 없잖아. 누구에게든 평등하게 대하는 인간은 이 세상에 절대로 없어. 팬지도 코스모스 선배도 히마와리도 네가 소중한 사람이니까 열심히 노력한 거야. 물론 나도. 특히나 팬지는 대단했어. 설마 내 목적을 꿰뚫어 볼 줄은 몰랐어. 승부 때 정확하게 맞추더라니까. 잘 숨겼다는 자신은 있었지만."

어딘가 겸연쩍은 듯이 쓴웃음을 짓는 츠바키.

혹시 그건 방과 후에 둘이서 내게 거리를 두고 이야기했던 그건가?

"꽤나 고생했거든? 히마와리가 아침 연습 때문에 죠로와 함께 있을 수 있는 시간이 줄어든다는 걸 알고 아침 일찍 죠로를 깨우러 가기도 하고."

그 이상하게 빠른 모닝콜에 그런 의도가 있었다니⋯.

"결국 실패했지만, 죠로, 생각 이상으로 고집스러웠어. 내가 승부의 감상을 물었더니 죄악감이라고 말했고."

"그럼 너는 처음부터…."

"응. 내 목적은 '죠로가 **모두의 중심에 있다**는 각오를 가지는 것'. 이게… 진짜 은혜 갚기일까."

튀김꼬치 귀족의 보은이 상상 이상으로 스파르타식이었다.

설마 그걸 위해서 그런 승부를 청했다니… 완전히 당했군….

"팬지, 코스모스 선배, 히마와리, 썬, 물론 나도. 모두 너를 좋아해. 네가 있으니까 모두가 함께 있어. 그런 너는… 많은 튀김을 꿰는 하나의 꼬치처럼 곧은 사람. …어때? 잘 전해졌을까?"

……알고 있었다. 사실은 이미 알고 있었다.

나는 배경이 아니다. 아니, 애초에 배경은 이 세상 어디에도 없다.

모두가 자기 생각을 가지고 자기 나름대로 살고 있다.

목표가 없어도, 꿈이 없어도, 그래도 모든 사람이 **그렇다**.

그러니까 내가 자기 처지에 불평을 한다면 '배경'이라는 말은 전혀 어울리지 않는다.

"그래…."

뛰어나게 예쁜 여자애나 최고로 든든한 친구와 보내는 나날.

이런 녀석들과 함께 지내는 내게는 이 말이 어울리겠지.

나는 정말로 어디에나 있는 평범한…….

"…잘 전해졌어."

주인공이다.

"응. 그럼 다행이네."

만족스럽게 두 손을 모으는 츠바키.

다만 아직도 뭔가 남은 말이 있는지, 긴 속눈썹을 흔들면서 나를 바라보았다.

"그럼 마지막으로 한마디만 더 해 둘까."

"어어… 아직도 뭐 남았어?"

"전에 내가 했던 말 기억해? 네가 내게 연애 감정이 어쩌고 했을 때."

그것은 츠바키가 모두에게 승부를 청했을 때의 이야기지? 솔직히 잘 기억은 안 나지만….

"아, 잊어버렸구나. 그럼 다시 한번 말할게. '죠로처럼 꿈도 희망도 없는 남자에게 연애 감정을 갖는 사람은 적지 않을까'라고 나는 말했어."

응, 떠올리긴 했는데, 그거 꽤나 상처 입는 말이니까. 마음이 푹 꺼지는 말이니까.

"하지만… 적다는 소리는 **없다**는 말과 같은 의미가 아니니까."

"으윽!"

"뭐, 그 점은 죠로의 문제니까, 나는 관여하지 않을게. 어쩌면 거기에 내가 더해질지도 모르고. 후후후…."

"어? 어, 아니, 그건….

표정을 보면 농담이라는 걸 알겠지만, 그런 말을 면전에서 하는 건 그만둬!

왠지 목이 바짝바짝 탔다. 차를 좀 마셔서 목을 축이자. 꿀꺽.

"아, 그거….

"음. …왜 그래?"

책상 위에 있던 컵에 들어 있던 차를 꿀꺽 마셨더니 츠바키가 놀랐다.

왜 그러지? 혹시 사흘 정도 전부터 방치되었던 차라든가?

아니, 괜찮아. 내 위장은 우주다. 어머니에게 그렇게 생각하라는 교육을 받으며 자랐으니까 틀림없다. 사흘 전의 차 정도야 여유 있게 버틸 수 있다.

"그, 그거… 내가 마시던 건데….

더 심각한 거였다! 제길, 저질렀다!

그런 짓을 하는 건 자각 없고 생각 없는 bitch인 히마와리가 아니면 안 되는데, 나는 왜 자각 있는 청초계 bitch에게 저지른 걸까!

"아, 아하하하. …처, 첫 경험 5일까….

"미, 미안! 그, 그럼 난 이만! 알바 시간이고 뭐고 고마워!"

"으, 응…. 그럼 내일 또….

수치심이 너무 커서 나는 아마도 새빨개졌을 얼굴로, 새빨개진 얼굴을 한 츠바키에게 인사를 하고 엄청난 속도로 집까지 돌아왔다.

제길! 어디에나 있는 평범한 주인공의 이벤트란 놈은 자각이 있으면 귀찮잖아!

이럴 거면 그냥 배경인 편이 나았을지도 몰라….

내가 가장 듣고 싶지 않은 말

에필로그

시간은 조금 흘러서 1주일 뒤의 수요일 아침, 나는 세상의 혹독함을 통감하고 있었다.

지난주 일요일에 있었던 시합에서는 멋지게 승리를 움켜쥔 히마와리, 하지만 그 뒤, 다른 날에 열린 시합에서는 아쉽게도 패배했다.

대전 상대는 '여성계의 애거시'라고 불리는 분. 엄청나게 곱슬거리는 머리에 반짝거리는 눈동자를 가진, 아주 고저스한 느낌의 미녀. 'Bitch계의 조코비치'도 애를 썼지만, 그 분투는 한 끗 부족했다.

어쩔 수 없는 결과다. 히마와리는 열심히 애썼지만, 상대 선수도 그건 마찬가지.

노력과 재능과 운, 그 모든 것이 실력으로 집약되어 맞부딪친 결과에 불평할 순 없다.

뭐, 그건 그렇고.

"저기, 어제 버라이어티 방송, 봤어?"

"봤어, 봤어! 엄청 재미있었지! 그 버라이어티 방송!"

오늘도 변함없이 기운차게 포효하는 카리스마 그룹 여러분. 정말로 시끌시끌하시군요.

"아…. 미안. 난 안 봤어…."

"어? 그, 그래?"

여전히 귀가가 늦는 A코가 안 봤기 때문에 조용해진 카리스마 그룹 여러분.

뭐지, 이 데자뷔? 흔한 행사나 그런 건가?

"응, 난 어제는 패밀리 레스토랑에서 계속 스마트폰만 만지작거렸어. 귀가가 꽤 늦었거든."

그랬나. 어느 패밀리 레스토랑을 빈번하게 이용하는지 꼭 가르쳐 주지 않겠어?

절대로 안 가도록 할 테니까.

"그렇구나! 그럼 어쩔 수 없네~"

자, 갑작스럽기는 하지만, 여기서 다시 한번 나란 인간에 대해 복습을 해 보도록 하자.

익히 아시리라 생각하지만, 나는 거짓말쟁이다.

어느 정도로 거짓말쟁이냐 하면, 내 마음의 소리마저도 속일 수 있을 정도의 거짓말쟁이다.

그래서 말이지. 그런 나는 이번 일련의 흐름에서 사실 또 하나 숨기는 게 있다.

이렇게 말해도 알아차린 사람은 이미 알아차렸을지도 모르겠군.

그런 사람은 지금부터의 일을 정답 맞추기라고 생각해 주면 기쁘겠다.

"어… 잠깐 괜찮을까?"

"응? 뭐야?"

야수들을 너무 자극하지 않도록, 최대한 조용한 목소리로 말을 붙였지만 효과는 별로였다.

순식간에 전원이 굶주린 코요테로 돌변했다.

하지만 여기서 쫄면 안 된다. 끝까지 제대로 해내야지.

"저기…. 할 말이 조금 있는데, 잠깐 같이 가 주겠어?"

"그거… 나한테 하는 말이야?"

누가 어떻게 봐도 혐오감이 듬뿍 배인 목소리로 대답한 것은 아시다시피 A코.

그래. 나는 그녀에게 할 말이 하나 있다. 원래 내가 관여할 일은 아니라고 생각하지만, 그래도 알아 버린 이상 눈을 돌릴 수 없는 일이라서.

"그래. 미안하지만 중요한 이야기야."

"여기선 안 돼?"

"별로 좋지 않아. 가능하면 둘이서 이야기하고 싶어."

"""""부에에에에에엣!!"""""

어이, 너희들, 그건 좀 너무하지 않아?

A코를 제외한 네 사람이 단숨에 코요테에서 부에나비스타*로 돌변했다.

"…좋아."

※부에나비스타 : 여기서의 부에나비스타는 23승 9패의 전적을 남긴 경주마를 말한다.

하지만 막상 본인은 별로 개의치 않는 듯이 입가를 누르면서 창백한 얼굴로 대답해 주었다.

입가를 누른 것은 어젯밤에 마늘과 부추를 열심히 먹어서 입 냄새가 신경 쓰이기 때문이고, 얼굴이 창백한 것은 파운데이션을 너무 칠해서겠지. 참나…. 완전히 말괄량이 아가씨로군.

"그럼 이쪽으로."

자, 현실 도피도 끝났으니 얼른 출발이다!

나는 A코와 함께 교실을 뒤로하고 인적이 드문 장소로 향했다.

"그래서 무슨 일이야?"

내가 A코를 데려간 곳은 식당. 아침이라면 사람이 하나도 없는, 절호의 장소다.

"어어… 그게 말이지…."

"얼른 좀 말할래? 둔해 빠져선."

큭! 여전히 사정없는 A코… 아니, 이런 호칭은 그만둘까.

뭐, 당연하다면 당연하지만, 대부분의 사람들에게는 이름이 있다.

나는 그녀를 멋대로 A코라고 부르고 있지만, 물론 그건 본명이 아니다.

그녀에게도 번듯한 이름이 있고, 더불어 모두에게 불리는 애칭도 존재한다.

A코의 'A'는 '아사카(亞茶花)'의 'A'. 이 애는 꽤나 멋진 이름을 가졌다.

그리고 성 말인데······················ **'마야마(眞山)'**라고 하지….

즉 애칭은….

"사잔카*, 너 항상 밤늦게까지 밖에서 시간 죽이지?"

"그래서 뭐? 그건 너랑 관계없잖아."

"하지만 사실은 그러고 싶어서 그런 것도 아니지?"

"뭐? 뭔 소린지 모르겠는데? 나 이만 가도 돼?"

"그렇게 허세 부리지 마. 그러는 거, 사실은 다른 목적이 있지?"

"너 말이지… 아까부터 무슨 소리야? 적당히 좀 할래?"

그저 성이 같을 뿐, 관련 없는 사람일지도 모른다고도 생각했지만, 그럴 가능성은 희박하다.

사잔카는 성만이 아니라 **그 사람**과 또 하나의 공통점이 있었다.

마침 지금도 그걸 하고 있다. 이번에는 히마와리와 나도 그것을 선보였다.

아니, 나는 이번만이 아니라 지난번에도 무의식중에 그걸 선보였을지도 모르겠군.

그리고 사잔카의 그것 말인데.

※사잔카(山茶花) : 산다화. 우리말로는 애기동백이라고 하기도 한다.

이 녀석은 부끄러워하거나 긴장했을 때… **새끼손가락으로 뺨을 긁적거리는** 버릇이 있다.

부모와 자식이란 건 참 묘한 곳에서 비슷하단 말이야.

"…**달걀말이.**"

오, 사잔카의 움직임이 우뚝 멎고 눈을 부릅떴다. 그럼… 빙고로군.

츠바키네 가게에서 들었던 아저씨의 소중한 인연…. 그것은 친딸. 사잔카일 게 틀림없다.

"아저씨, 사잔카를 아주 소중히 생각하고 계시더라고. 그러니까 괜히 집에 늦게 돌아가지 말고 일찍 들어가."

"아까부터 너 뭔 소리야? 내가 잘하는 요리나 그 인간에 대해 어떻게 알아?"

"아르바이트 하다가 좀. 뭐, 괜찮아. 서로 고집을 피우는 부녀의 다툼은 사잔카식으로 말하자면 최고로 '한심'할 뿐이거든? 얼른 화해해."

"뭐?! 너랑 관계없잖아! 애초에 그 인간이 내 옷차림에 트집을 잡은 게 원인이고! 애초에 그 인간은 나를…… 아무렇지도 않게 생각해."

"그럴 리 없잖아. 그 아저씨는 그저 솔직해질 수 없을 뿐이야. 정말로 누구랑 똑같게도 말이지. 항상 널 걱정하고 있었어."

"그럴 리 없다니까!"

사잔카가 매일 밤늦게까지 집에 돌아가지 않는 이유.

그것은 아저씨와 얼굴을 마주치기 싫기 때문이 아니다. 그저 단순히 자기를 걱정해 주었으면 하는 거다.

참나, 솔직하게 그렇게 말하면 될 것을…. 배배 꼬인 인간이야. 나도 남 말 할 처지가 아니지만.

"마야마 아저씨, 말로는 안 해도 사잔카를 아주 소중히 여기고 있어. 그러니까 다시 한번 말할게. …너무 늦게까지 밖에서 놀지 말고 일찍 집에 들어가."

"시, 시, 시끄러! 애초에 집에 가도 아빠는 없고…."

"안 계시면 돌아오실 때까지 기다리면 되잖아. 네가 잘한다는 달걀말이라도 하고서. 아저씨가 나한테까지 자랑했거든? 또 딸의 달걀말이를 먹고 싶다. 그게 나한테는 세상에서 제일 맛있는 거다, 하면서."

"!"

"뭐, 내 사정도 좀 있지만 말이야. 이 이상 츠바키네 가게의 달걀말이에 클레임이 들어오면 매상에 문제가 있어. 그러니까 좀 부탁해."

어머나, 새빨간 얼굴을 하고. 귀여운 면도 있잖습니까.

그래, 그래, 그거야. 모처럼 애칭으로 진보를 이루었고, 여기서부터는….

"꾸엑!"

"…진짜, 최악."

너, 너… 느닷없이 보디 블로라니, 이게 뭐 하는 짓이야?

폭력계 히로인은 요즘 유행하지 않는다고 전부터 말했잖아….

어이, 괴로워하는 날 놔두고 가지 마.

부끄러움을 숨기려고 고개를 돌려도, 하는 짓은 극악무도하니까. 나한테 사죄를 좀 하라고.

"죠로, 너 진짜 재수 없어! …하지만… 고마워."

어떠십니까? 여기까지가 정답 발표입니다.

사잔카는 발소리를 내면서 서둘러 떠나가고, 나는 바닥에서 꿈틀거리고 있지요.

…그렇게 해서 정답 맞추기도 끝났으니, 내가 하는 마지막 보고다.

이번이나 지금까지의 많은 경험을 거쳐서 나는 드디어 주인공으로서의 자각을 가졌다.

즉, 여기서부터는 본격적인 꺄아꺄아우후후한 하렘 러브 코미디가 시작될 거라고, 다들 예측할지도 모른다. 하지만 그것은 중대한 착각이다.

사실을 말하자면… 아니, 뭐라고 할까… 아주 말하기 껄끄러운데….

이 이야기는 여기서 끝을 맺을까 한다. 나의 개인적인 바람으로.

어쩔 수 없어! 이것만큼은 어쩔 수 없어!

계속 늘어나는 히로인. 정합성을 맞출 수 없는 타이틀. 이미 문제점투성이라고.

그러니… 이 불초 소생, 키사라기 아마츠유, 생각했습니다!

어디에나 있는 평범한 주인공의 특권 '우리의 싸움은 이제부터다!'(라고 쓰고 '강제 종료'라고 읽는다)를 사용하기로!

…자, 드디어 그때가 찾아왔군. 이제 남은 지면도 얼마 없다.

이전에는 어중간한 페이지에서 했으니까 실패했지만, 이 정도 페이지라면 가능하겠지.

알겠어? 절대로 페이지 넘기지 마? 절대로… 절대로…!

저~~~~~~~~~~~~~~얼대로!! 페이지를 넘기지 마라?!

…어흠. 그럼 이야기가 깔끔하게 끝난 타이밍에~….

다들… 또 만나자!

[완결]

"여기 있었군요! 키사라기 선배!"

역시나 끝나지 않았구나아아아아아아!! 제기랄!

왜 [완결] 다음에 아무런 맥락도 없이 새로운 여캐가 나타나는데?!

사잔카로 끝나면 딱 좋잖아! 인상이 흐려진다고!

모처럼 좋은 느낌으로 끝낼 수 있다고 생각했는데, 왜 그렇게 놔두질 않는 건데?!

식당에서 나가려는 순간 제대로 포획되었다! 덥석 손을 붙잡혔어!

아니, 그런데 이 꼬맹이는 누구지? 앞머리로 이마를 가린 보브 스타일에 꽃 모양 리본을 단… 어, 어라?

분명히 이 아이는….

"너는 야구부의 매니저인 꼬맹… 우, 우왓!"

"잠깐 이리로 좀 와 주세요!"

내가 이야기를 완결시키려는 찰나에 나타난 여학생은 이전에 화무전에서 3위의 표를 얻어 뽑혔던 1학년이다. 나와 닿으면 죽네 어쩌네 했던 주제에, 이번에는 내 손을 덥석 붙잡았다.

"뭐, 뭐야?! 어이, 잡아끌지 마! 여기서 말하면 되잖아! 사람도 없으니까!"

"길어질 것 같으니까 앉아서 이야기하고 싶어요!"

어, 어이…. 이 녀석, 지금 뭐라고 했지?

아, 앉아서 이야기를 해?! ⋯어어이, 잠깐만 기다려.

그럴 리가, 없잖아? 설마, 그건⋯.

"저기가 딱 좋겠네요! 가요!"

"아! 그, 그만둬! 거기는 안 돼! 거기는 안 돼!"

보인다⋯. 보이고 만다⋯. 왠지 한층 광택을 띤 **녀석**에게 나는 다가가고 있다.

"으그그그그그그⋯."

"왜 버티는 건가요! 얼른 따라오세요!"

이, 이 녀석! 무슨 힘이 이렇게 세! 저항의 효과가 전혀 없어!

이번에는 진짜로 힘썼거든? 안 앉으려고 열심히 조심했거든?!

"아, 으음!"

말하지 마아아아아아! 그런 식으로 말하지 마아아아아!

"우선은!"

엄청난 원심력이! 부웅 하고 날 휘둘렀어!

"거기에!"

아, 틀렸다, 이거~

"앉아 주세요!!"

꼬맹이는 힘찬 말과 원심력으로 내 몸을 강제로 **녀석**의 앞으로.

눈앞에 있는, 갈색으로 빛나는 **녀석**의 모습에, 침을 꿀꺽.

꼬맹이는 준비가 다 되었다는 듯이 착석 중이다.

다들, 이제 알았겠지? 으으, 그래…. 그렇다고, 제길!

내 눈앞에는 지금………… 벤치가 있다고오오오오오!!

"…알았어."

모든 것을 체념하고 꼬맹이의 지시에 따라서, 벤치에 앉은 그녀의 왼편에… 앉으려고 했더니 어째서인지 붙잡혀서 오른편에 앉는 꼴이 되었다. 역시 안정적인 '오른쪽'이다.

하지만 지시에 따라도 꼬맹이의 말은 이어지지 않았다.

그거지? 어차피 날 가지고 노는 거지? 그거 보라고!

머리카락을 손가락으로 감기 시작했습니다! 그렇다면 이다음에 오는 것은~….

"저기…! 우우…!"

말하기 힘들다는 듯이 머뭇거린 다음에~….

"시, 실은 말이죠…. 저기… 전 계속 신경 쓰이는 게 있어서…."

나오셨습니다! '실은' 시리즈입니다요~!

이번에는 신경 쓰이는 게 있는 모양이로군요~

그거냐? 썬과 관련된 거냐? 응? 반한 거야? 내 친구한테?

그럼 일단 이력서를 써서 나한테 제출해. 자기 PR 5천 자로.

이야기는 그다음에 하지.

"그걸 생각하면 가슴이 아파 오고 매일 엄청 두근거려요. 그러니까 이기적이라고 생각하지만, 이렇게 행동에 옮겨서…."

정말이지 이기적이니까! 그거 제대로 자각하고 있어? 제대로 반성해라?

또 휘말리는 거로군요? 소녀의 전장에 돌격하게 되는 패턴이로군요, 이거.

아아, 차라리 전장에서 가공의 세계로 가고 싶다….

"키사라기 선배…."

그리고 꼬맹이의 얼굴이 다가왔다. 천천히, 그리고 확실하게.

그야말로 사랑을 하는 소녀의 표정이다. 도망칠 준비, 해도 될까?

그리고 서로의 숨결이 닿을 정도로 가까워지자, 꼬맹이는 눈을 꼭 감았다.

죠로피나, 컴뱃 옵션으로 드레스 업! 무슈, 도망치시죠*!

"오오가 선배와 산쇼쿠인 선배를 연인으로 만들게 도와주세요!"

미안! 정말로, 여기서 도망치고 싶다!

3권 끝

※라이트노벨 『에이룬 라스트 코드』의 대사 패러디.

◈작가 후기◈

시작부터 말씀드리겠습니다만, 이 후기에는 스포일러가 포함되어 있습니다.

그러니 그게 싫으신 분은 다음 줄을 읽지 않도록 주의해 주세요.

4권, 나옵니다.

그렇게 해서 지난 권에서 선언했던 대로 이번에는 전격소설대상 수상자(마츠무라 씨, 미카가미 씨, 저)의 뜨거운 플롯 제작 비화를 말하도록 하겠습니다.

만일을 위해 모르시는 분이 있을 경우에 대비해 말하자면, '플롯'이란 '스토리상의 중요한 사항을 정리한 것'이라고 합니다(위키피디아 선생님께서).

뭐, 이런 걸 쓰는 시점에서 눈치채셨을지도 모릅니다만, 사실 저는 플롯이란 것을 이제까지 써 본 적이 없었습니다.

아무튼 머릿속에 떠오른 것을 떡 하고 써서 처억 하고 제출. 같은 인간이었습니다.

하지만 이래선 안 된다. '앞으로 플롯을 쓸 수 있게 되는 편이 좋다!'라는, 잘은 모르지만 어째서인지 그런 생각을 한 저는 시상식에서 만난 두 분에게 의논했습니다.

그 두 분이 바로 대상 수상자인 마츠무라 씨와 금상 수상자인 미카가미 씨!

서로 만난 지 얼마 안 된 상황이라서 무슨 이야기를 할까 모색하는 듯한 상황.

대화거리와 자신의 지식을 보충한다는 일석이조의 질문이다, 이건. 쿠헤헤.

속으로 그렇게 웃으면서 사랑스러운 새끼 고양이 같은 눈동자를 한 저는 말했습니다.

"플롯이란 건 어떻게 쓰는 걸까요~?"

간드러지는 듯한 목소리, 살짝 올려다보는 시선. 머뭇거리면서도 상큼한 행동.

이것으로 사각은 없다. 이렇게까지 했는데 대답하지 않는 사람은 없겠지. 그런 플래그를 세우면서 두 분의 대답을 기다리는데….

""쓴 적 없습니다.""

대 화 종 료

…설마 했던 사태였다. 정말로 설마 했던 사태였다….

분명히 써 봤을 거라고만 생각했던 저는 예상 밖의 대답에 무심코 "어…. 그, 그렇습니까~"라고 일단 나이스 스마일과 함께 말해 보았다.

…뭐, 그런 거지요. 이건 하나의 증명이기도 한 거지요.

즉… 플롯을 안 써도 전격대상을 받을 수 있다!

그런 교훈을 멋대로 혼자 얻고서 만족한 저였습니다.

또한 여담입니다만, 플롯을 쓴 적 없는 주제에 데뷔를 했다고 하면,

어디의 대상 수상자처럼 플롯 없음 무한 루프에 돌입하는 경우나 어디의 금상 수상자처럼 멋진 미소와 함께 '아니~ R 씨의 플롯, 진짜 재미없거든요!'라는 소리를 듣거나, 최종적으로 완성된 원고가 원형 플롯의 30퍼센트 정도밖에 담지 못하는 경우도 있으니까, 결코 못 써도 된다는 것은 아닙니다. 오해가 없기를!

다만, 뭐… 안 써도, 될 때는 된다는 사례(×3)입니다.

이상, 별로 도움이 되지 않는 뜨거운 플롯 제작 비화였습니다.

그러면 감사 인사를.

일단은 이 책을 구입해 주신 모든 여러분. 감사합니다!

타이틀의 정합성이 좀 그렇습니다만, 조만간 회수에 들어가리라고 생각하니까 그때까지 뜨뜻미지근한 눈으로 지켜봐 주시면 감사하겠습니다. 응…. 아마, 회수할 겁니다!

사랑의 채찍으로 메시지를 보내 주신 여러분. 많은 의견, 고마

웠습니다!

독자 미터 님의 홈페이지에도 기재되었습니다만, 앞으로도 캐릭터의 매력을 많이 끌어낼 수 있도록 야마다 씨와 스팅어 군에게도 많은 활약을 시키겠습니다.

팬레터를 보내 주신 분들. 수많은 편지, 감사합니다!

저 나름대로 메시지를 보내 드렸으니 받으셨다면 기쁘겠습니다.

앞으로도 건강에 조심하면서, 최대한 **빠른** 페이스로 간행할 수 있도록 힘내겠습니다.

담당 편집자 여러분. 많은 지적, 길게 계속된 회의 등등, 감사합니다!

브리키 님. 멋진 일러스트 감사합니다. '짝수 권에서는 소환하자!' 등의 영문 모를 암묵의 룰을 만들려고 기획했으니, 다음 권에서도 아무쪼록 잘 부탁드립니다.

그럼 전부터 말해 보고 싶었던 한마디를 마지막에 넣으면서 마무리 짓겠습니다.

이제부터가 진짜 '나를 좋아하는 건 너뿐이냐'입니다.

이번에는 평범한 작가 **라쿠다**

나를 좋아하는 건 너뿐이냐 [3]

2019년 1월 7일 초판 발행

저자 라쿠다 | **일러스트** 브리키 | **옮긴이** 한신남
발행인 정동훈 | **편집 전무** 여영아
편집 팀장 김태헌 | **편집** 노혜림 임지수
발행처 (주)학산문화사 | 서울특별시 동작구 상도로 282 학산빌딩
편집부 02.828.8838(전화), 02.828.8890(팩스) | **영업부** 02.828.8961~5(전화), 02.828.8989(팩스)
홈페이지 www.haksanpub.co.kr | **등록** 1995년 7월 1일 | **등록번호** 제3-632호

원제·ORE WO SUKINANOHA OMAEDAKEKAYO Vol.3
ⓒRAKUDA 2016
First published in Japan in 2016 by KADOKAWA CORPORATION, Tokyo.
Korean translation rights arranged with KADOKAWA CORPORATION, Tokyo,
through Korea Copyright Center Inc.

ISBN 979-11-256-9867-8 04830
ISBN 979-11-256-9864-7 (세트)
값 7,000원

대 마도학원 35시험소대 12

야나기미 토키 지음 | 킷푸 일러스트

끝없는 바람을 관철해 나가는 액션 판타지, 제12권!!

잔존하는 마력의 위협에 대응하기 위해 '이단 심문관'을 육성하는 교육기관인 대 마도학원에는 열등생들이 모인 '제35시험소대'가 있다. 소게츠의 계획대로 황혼이 임박한 세계에서 맞서게 된 저주받은 오누이. '모든 것을 파괴하고 타케루와 함께 죽겠다'는 여동생의 소망 앞에서 오빠 또한 자신의 결의를 밀어붙인다. "선택해. 나한테 미움을 사서 혼자 죽을지… 나랑 함께 살지." 한편, 뿔뿔이 흩어진 35소대 대원들도 백귀야행과 사투를 벌인다. 그들 안에서 '쿠사나기 타케루'를 지우려 드는 키세키에게 자신들의, 그리고 타케루의 마음을 전하기 위해…!

(주)학산문화사 발행

비오타쿠인 그녀가 내가 가진 에로게임에 엄청 관심을 보이는데…… 2

타키자와 케이 지음 | 무츠타케 일러스트

〈제28회 판타지아 대상〉 '금상' 수상작!
본격 소꿉친구 루트 돌입?!

품행방정하고 성적까지 우수한 우등생 미소녀, 미사키 호노카. 에로게임이 취미인 내게 처음 생긴, 꿈에 그리던 여자친구와의 리얼충 고교 생활은…. "나도 이 히로인처럼, 아, 알몸에 에이프런만 걸치고 아침에 깨우는 게 좋을까?" 이번에도 그녀가 에로게임의 영향으로 대폭주! 그런 가운데, 나의 소꿉친구인 시노미야 루리가 동아리방을 찾아오는데. "내, 내가 '건전하게' 사귀는 법을, 알려 줄 수도 있는데." 루리가 부추기는 바람에 미사키 양과 나는 건전한 데이트를 배우게되었지만…. 오락실에서는 옷을 걷어 올린 채 스티커 사진을 찍으려 들고, 옷을 사러 가서는 과격한 에로게임 코스프레에 도전하기까지?! 건전한 데이트란 거참 어렵네…. 어, 루리도 같이 코스프레하는 거야?!

(주)학산문화사 발행